Tout juif or not tout juif

Lionel Chouchon

Tout juif or not tout juif

Albin Michel

22, rue Huyghens, 75014 Paris

ISBN 2-226-02985-0

Voici un roman en forme d'essai pour rire jaune, un essai en forme de pamphlet pied-de-nez, un pamphlet-essai-roman sur l'une des formes les plus retorses de négritude blanche. Conséquences : tout ce qui paraît faux est vrai. Tout ce qui est vrai est outré. Tout le reste n'est que fiction quotidienne.

A ma mère,
et pour trois raisons :
parce qu'elle est l'auteur de mes jours
parce qu'elle est l'auteur de l'auteur
parce qu'elle est la petite fille
de l'auteur du Livre Vert.

Une chose encore : je ne me considère ni comme un philosophe ni comme un sociologue. Ce livre est fait d'humeurs et d'amour. Les chiffres, ici et là, sont des repères : pas des bornes. Et si la réalité statistique n'est pas conforme à la coloration de certaines séquences, inutile de demander un droit de réponse ! Les véritables problèmes ne sont jamais codifiables. Et les études sociodémographiques, qu'elles soient quantitatives ou qualitatives, manquent singulièrement d'humour.

Je ne m'appelle pas Lévy. Ni Rozemblum. Ni Séligman... Je n'ai pas le nez qui me tombe dans la bouche après deux bosses et trois cassis. Je n'ai pas la lèvre lippue, pas le cheveu crépu, pas les ongles crochus. Les lobes de mes oreilles sont plats, plutôt petits. Le galbe de mon front est ample, sans être saillant. Je suis grand. Pas malingre, pas chétif. Ni difforme ni bossu. Et mes yeux sont bleus, bêtement. Mes cheveux châtains. Ma peau mate... En un mot comme en cent, CELA ne se voit pas ! Cela ne saute pas aux yeux. Cela n'est en rien évident, sous-jacent, ni même sous-terrain. Et cela ne s'entend pas non plus quand on m'appelle...

— Varal ! Au tableau...

Au tableau, je ne suis pas plus sot qu'un autre. Ni plus fort. Ma matière forte, justement, c'est le français : pas le calcul. Je fais le clown pour les copains. On me trouve rigolo. On me surnomme « le Zigoto ». Et ma bouille ronde plaît aux maîtresses.

— Un marchand de nougat vend ses produits trois francs cinquante pièce. Il les a achetés deux francs vingt-cinq. Il a eu trente centimes de frais de transport. Et cinquante de frais d'emballage. Quel bénéfice retire-t-il, dans ces conditions, de la vente d'une grosse de nougats ?

Est-ce que je sais !

Je n'aime pas le nougat. Et j'ignore combien il en faut pour faire une grosse. Laquelle doit sacrément vous coller aux dents. C'était la leçon de la dernière fois. Et, depuis, il y a eu mon anniversaire. Dix ans que Claude Varal porte son ombre sur cette terre. Dix ans qu'il se passe de nougat. Et de grosse.

— J' sais pas, m'zelle !...

J'ai dit ça en souriant car l'ignorance crasse, mais honnête, ne me paraît pas plus inconvenante que la connaissance artificielle, mais mal maîtrisée.

J'ai la craie qui s'effrite entre mes doigts. Mlle Labisse me fait son œil. Il est gros, lourd et circonspect, son œil. Aussi je fais des efforts et jette un chiffre, au hasard. Pas le bon.

— Pour un youpin, t'es pas fortiche, mon pote !

C'est Marais. La voix aigre de Marais. Le rire gras de Marais. Sa mine rose et son corps obèse.

J'ai rougi si fort que ma craie est tombée, que j'ai reculé d'un bond, que je l'ai écrasée sur l'estrade...

Les yeux me piquent et les larmes me guettent devant ma double faute : youpin et écraseur de craie. Deux choses défendues.

On a mis Marais à la porte et je suis retourné m'asseoir. Mes copains sourient. Mes ennemis aussi.

Les nougats ont été abandonnés à leur sort et mademoiselle le professeur dicte le problème de la prochaine fois. Une boulette de papier vert vient se nicher contre la pointe de mon stylographe Waterman bleu. C'est le vert de Sartoux. Son ton laconique. Et son orthographe au rabais. « Alors, Varalsky, tu te dégonfles ? »

Ni Sky, ni Baum, ni Berg, ni rien. Varal tout court. Sale con ! Je jette le mot par-dessus mon épaule. Le plus loin et le plus violemment possible. Il est moins cinq.

On s'est retrouvés rue du Vert-Bois. Marais, moi et les autres. Dans l'encoignure habituelle et qui sent la pisse. C'est le Champ-de-Mars du lycée Turgot. Notre Pré-aux-Clercs. L'aire des duels et des règlements de comptes. On y rosse les faibles et découvre les chefs. Le préau de la vie, quoi !

On a posé nos cartables de carton bouilli, Marais et moi. On a ôté nos manteaux, Marais et moi. On a dégrafé le col de nos chemises. Enfin lui, pas moi. Et on s'est jetés l'un sur l'autre. Avec conviction. Précipitation. Et des masses de haine rentrée que les copains attentifs attisent sadiquement.

Cela a duré moins de trois minutes. Because la conviction qui décuple nos forces, la hargne qui aveugle nos yeux et la trouille de se faire piquer. Ce qui oblige à taper vite et sec. Très vite, en conséquence, je saigne de la bouche. Mais lui a le nez cassé. Ou tout comme. Il est emmené, soutenu par deux élèves, à la pharmacie la plus proche. Laquelle, habituée, sort la teinture d'iode alors qu'ils sont encore à cinquante mètres. Moi je me rhabille lentement. Les mains endolories, les lèvres enflées, la joue droite écarlate.

— Salut !
— Salut !
Je rentre à la maison.
Cela fait la troisième fois en un mois que je suis obligé de me battre pour l'honneur d'être juif. Tu parles d'une gloire !

***

En ces temps-là, dans les années 50, la France pansait ses plaies. Et le racisme reprenait son souffle. Il faut dire que la guerre n'était pas loin et que, pour les jeunes impubères de l'époque, jouer à être grand c'était forcément s'efforcer de ressembler aux parents. En remettant les pieds dans les empreintes encore fraîches. En faisant appel aux souvenirs encore chauds. Et en récupérant au passage, et presque inconsciemment, nombre de « scories » d'avant. Au nombre desquelles l'antisémitisme. Mais si, mais si ! Hélas, hélas !

Depuis, l'opprobre général a été si prégnant et si universel que force fut de changer de monture. Et de cible. Aidé, Dieu merci, par les événements. Adieu les juifs : bonjour les Arabes ! (Encore que ce fût plutôt « au revoir » !)

On regretta sûrement les youpins mais, heureusement, on avait récupéré les bicots. Une chance, en fait, pour les Sémites couleur de muraille comme moi. Et surtout pour tous ceux qui, toujours comme moi, ne se sentaient pas plus juifs qu'autre chose. Et même plutôt moins.

Toutefois, comme l'on ne se retrouve pas juif par hasard et que c'est, comme qui dirait, un « truc de naissance », je suis bien obligé de confesser que ma famille l'était. Venue de loin en des temps reculés (pensez qu'au XVIIIe siècle il n'y avait pas plus de cinq cents à sept cents familles israélites à Paris !). Bringuebalée, comme beaucoup, dans pas mal de tourmentes. Aguerrie aux insultes et rompue aux dangers. Maigrement croyante. Sporadiquement pratiquante. Et, en tous les cas, suffisamment intelligente pour laisser à ses marmots le soin de se faire leur propre opinion quant à l'existence de Dieu, la forme de son « zibouloum », l'importance relative ou définitive d'une religion donnée, et le reste.

Autant dire que dès que j'ai eu l'âge de comprendre, je ne compris rien.

Nous étions français. Comme tout le monde dans ce beau pays qui était le mien. Avec un appartement (petit), un travail pour le père (négociant), une fonction pour la mère (au foyer), des dettes à régler (beaucoup) et des tas de problèmes à débattre chaque dimanche que le bon Dieu faisait (cinquante-deux moins les vacances où nous parlions d'autre chose !).

J'allais au lycée. Dans lequel lycée il y avait des types qui m'aimaient bien et d'autres qui m'aimaient moins. Mais n'ayant pas « la gueule de l'emploi » (sauf à intervalles réguliers, rue du Vert-Bois), la plupart de mes amis étaient catholiques. Et cela m'allait très bien. Ils avaient des croix sur la poitrine. Ou des médailles de Marie. Ils étaient de baptême ou de communion plus souvent qu'à mon tour. Ils n'allaient que rarement à la messe. Et ne parlaient pas religion. On était donc pareils : avides de vivre, de s'amuser et, comble de l'imbécillité, de grandir.

L'air était doux. Les années avaient encore quatre

saisons distinctes. Mes études se passaient sans incidents. Et mon problème d'identité demeurait une entité abstraite au sujet de laquelle je ne me posais pas de questions.

***

Trente-cinq années ont passé. Un bail.

De quoi, pour certains, s'être fait un nom. Et briguer les honneurs pour tout de suite ou la statue pour demain. Pas moi. Je m'appelle toujours Varal, prénom Claude, et ma femme passe de Vava à Cloclo selon l'humeur du jour ou la teneur des circonstances.

Je suis toujours grand, et même plutôt plus, ce qui est heureux ; toujours châtain, quoique dégarni sur l'arrière et un peu poivre et sel sur les côtés.

Par ailleurs, je suis toujours juif. Mais, aussi incroyable que cela puisse paraître, je suis passé de l'adolescence à l'âge adulte et de la vie d'étudiant à la vie active sans que jamais — ou presque jamais — le fait de l'être ne m'ait causé autant de soucis que ceux que j'ai eus lorsque j'étais en classe de septième. Je n'en tire ni gloriole ni honte. Et pas même de conclusion !

***

Dans l'une de ces années de paix et de douceur qui caractérisera plus tard la décennie 80 lorsqu'elle postulera pour entrer dans les livres d'histoire et, plus précisément, dans une de celles repeintes en rose mais dont la fraîcheur s'écaille notablement, M. Varal, lequel est dans les affaires, est à son bureau. Il est cadre, M. Varal. Du genre supérieur. C'est-à-dire supérieurement taxé, supérieurement coincé et médiocrement heureux.

Il fait dans l'informatique, ce qui est l'avenir ; dans un building de verre et d'acier, ce qui est pratique ; au sein d'une « nationalisée », ce qui est peinard mais le laisse néanmoins indifférent. D'autant qu'à ce qu'on dit, elle ne le sera peut-être bientôt plus !... méandres obscurs de la finance et de la politique.

Sa responsabilité englobe un service de cinq personnes et son titre est « directeur du marketing et de la communication ». Il aime. Ça sonne moderne et chic. Important et cher. Et ça fait choc dans les dîners en ville. Il est à ce poste depuis quatre ans. Avant il était à la pub. Et avant-avant, au porte-à-porte. Bel itinéraire pour quelqu'un que rien ne destinait à ce type de métier. Et qui se serait vu plutôt vétérinaire en rase campagne. Ou poète à gages en milieu urbain. Mais sûrement pas dans la réclame et la gestion de la micro-informatique domestique. Communiquer à vie sur ces *Hoola-Up* des temps modernes lui fait froid dans le dos quand il y songe. Et son problème, pré-sen-te-ment... est qu'il y pense de plus en plus souvent.

Ce sont les effets de la crise économique qui sévit dans le secteur, conjugués au fait que ses quarante-cinq ans vont faire quarante-six dans quelques semaines. Un très vieil âge pour un milieu professionnel où la moyenne est acnéique (mais se soigne !). Et pour un individu dont le tempérament est hypocondriaque. Cette mauvaise passe personnelle, prenant elle-même place au milieu d'une fin de règne politique aux turbulences multiformes, ajoute encore à son état « insécure » pour parler comme ceux-qui-savent. Beaucoup de piques, donc dans son jeu. Assez peu de trèfles. Et pas du tout de cœur.

Parfois, il se demande même ce qu'il doit faire ? Rebattre ses cartes ? couper ? tirer ? abattre ? L'air du temps le navre. La démagogie rose l'irrite. Les prétentions adverses le font ricaner. Et les politiques le plongent, selon les jours, dans des accès de rage. Ou de fou rire. Car, pour lui, la politique n'est pas une nébuleuse que l'on découvre uniquement le soir à l'occasion du journal télévisé. Dans une société d'obédience étatique, forte de sept mille personnes et de quinze syndicats ou associations divers, elle est pâture quotidienne. Les décisions sont politiques. Les absences de décision sont politiques. Les relations entre les gens sont politiques. Et les clans, les lobbies, les peaux de banane, les on-dit, les en-cas et les yakas. Tout ça, Claude Varal le supporte de moins en moins. Surtout depuis que le nouveau président du groupe a été nommé. Qu'il fait connerie sur connerie. Qu'il est champion toutes catégories de l'Immobilisme Dynamique (vertu cardinale bien de chez nous et qui cause le même type de ravages dans les entreprises que le mildiou dans les vignobles !). Qu'en outre il est allergique aux conseils. Réfractaire au dialogue. Myope devant les faits. Et sourd sitôt qu'il s'agit d'entendre une proposition concrète. De plus, cette perle, elle s'appelle Goldenberg ! Comme ceux de la carpe et des attentats ! Albert Goldenberg ! Alors fatalement, dans les couloirs moquettisés de la grande société d'informatique tricolore, on rapproche ceci de cela... C'est humain comme dirait « l'autre » si on lui demandait son avis !

De toute éternité, nous l'avons dit, ce qui fait au bas

mot trente-cinq ans, Varal ne s'est jamais intéressé au « problème juif ». Cette notion même de « problème » lui est étrangère. Athée et agnostique, marié à une Bretonne dodue et catholique depuis près de vingt ans, père d'un fils unique qui aurait pu être circoncis mais qui ne l'a pas été, il s'est toujours considéré comme étant « ailleurs ». Mélange de Gini et d'extraterrestre. Spécimen bizarre en voie d'apparition.

Était-ce de l'amnésie commode ou une philosophie profonde ? Une indifférence viscérale ou de circonstance ? Une variété de lâcheté caractéristique ? Ou une assimilation totalement authentique ? Mystère. Ces questions ne l'avaient jamais chatouillé. Et Turgot était loin. Il avait quarante-cinq ans et des... Un ulcère à l'estomac en train de se former. Des soucis avec son fils. Des retards avec le fisc. Un grand vide avec sa femme. Alors juif, en plus ! Non. Claude Varal dort sur son Talmud avec la béatitude des hérétiques. Il ronfle parfois. Il grommelle. Il renifle. Mais jamais il ne rêve. Goldenberg ? il s'en contrefout. Alors ?

Alors pourquoi ?...

***

L'Affaire a éclaté vers six-sept heures. A la réunion générale de coordination.

Elle tirait en longueur tout en se mordant la queue — ce qui dépeint assez exactement 90 % des sauteries analogues ! — lorsque Pintard, le directeur général adjoint, nous apprit la nouvelle : le P23 ne serait pas lancé l'année prochaine car le Patron n'y croyait plus. La bévue était de taille et la consternation s'était répandue parmi nous comme le brouillard matinal normand sur les pâturages de la région. Merde, quel con ! me dis-je en mon faible intérieur. Et quelle bourde à la fois stratégique et commerciale ! Alors que tout était prêt. Qu'avec cette nouvelle « bécane » nous allions avoir enfin une chance de museler la concurrence. Que cela faisait deux ans que tout le monde était sur le pont pour préparer ce lancement.

Il y a parfois, dans les grandes sociétés, des décisions qui amènent à s'interroger sur l'état mental de ceux qui les prennent. Ou les laissent s'accomplir. Nous étions dix à cette réunion. Et tous les dix abasourdis.

— Plus débile, tu meurs, dit l'un.

— Plus pleutre, plus ringard, plus nul, tu ne trouves pas, dit un autre.

— Pas même à Euromarché ou à la Samar, précisa un troisième très au fait des arcanes de la distribution de masse.

Les grands esprits, surtout lorsqu'ils sont méchants, se rencontrent facilement. C'est connu. Pollet, Dubois et le Cronillard prirent la parole. D'abord ensemble, en un flot touffu d'invectives diverses. Puis séparément, pour étayer leurs positions. Alternativement, enfin, pour suggérer qu'on devrait le virer. Qu'il était certes dominateur mais pas sûr de lui... si vous voyez ce que je veux dire ! Que c'était d'ailleurs fatal quand on mettait des étrangers à la tête d'entreprises nationales... si vous voyez ce que je sous-entends ! Et que, de toute évidence, l'indépendance de la France à l'égard des États-Unis devait lui être équilatérale. Si ce n'était contraire à ses aspirations profondes... si vous voulez suivre mon regard.

On y était.

Les bondes avaient lâché.

C'était Fréjus et Malpasset. Les grandes marées

d'équinoxe et l'œil du cyclone. Le chauvinisme aigu, le nationalisme rance et rapiécé, le racisme insidieux mais bien vivant, voici que tout était en train de sourdre sur le beau tapis vert de la salle de réunion C 14 du douzième étage de la si puissante et si vulnérablement française Compagnie nationale d'informatique universelle (plus connue sous le sigle évocateur de CNIU).

Je mentirais si je disais que c'était la première fois de ma vie où une telle situation me prenait à la fois au collet et au dépourvu.

Je mentirais également si j'affirmais que, jusqu'à ce jour, moi le profil bas, le faux-derche, le faux juif, je n'avais pas éprouvé ce picotement bizarre à la base du cou. Cette lourdeur soudaine dans les jambes. Et cette nausée visqueuse coulant à l'intérieur de mes entrailles. On ne vit pas en France, l'un des pays paradoxalement les plus tolérants de la planète en même temps que l'un des plus xénophobes, sans se retrouver, un jour ou l'autre, dans une situation de ce genre. En général, mû par quelque sixième sens, je prenais la tangente ou esquivais l'affrontement. Persuadé que j'étais, depuis ma plus tendre enfance, de l'inutilité de ces combats douteux. Et sûr que c'était « comme ça » et que je n'y changerais rien. Si ce n'est de plonger l'Autre dans un embarras sans fond qu'il ne me pardonnerait pas. (L'Autre en question étant d'ailleurs fort de quelque cinquante-cinq millions de « cols » dont deux millions de musulmans et quatre-vingt-cinq mille de protestants alors que moi, même soudainement solidaire, je n'étais jamais qu'à la tête d'un peloton de six cent mille âmes... *La Population juive en France,* de Doris Bensimon et Sergio Della Pergola, donnait le chiffre de cinq cent trente-cinq mille pour 1980 !)

Car c'est ainsi que sont les choses : du moins à mon avis de néophyte au parfum. Tout ce qui ne l'est pas l'est... c'est-à-dire que tout non-juif peut, un beau matin de printemps ou par un soir d'orage automnal, tenir brusquement des propos antisémites. Même s'il ne l'est pas vraiment dans le fond de lui-même. Et si ses paroles dépassent les limites de ses convictions réelles. C'est ainsi depuis deux mille ans. Tout un chacun l'a tété avec le Nestlé de ses biberons. Et avant, avec le lait de ses nourrices. On peut toujours se battre contre les moulins à vent : ça ne les empêchera pas de tourner. Et cela ne m'empêchait pas de dormir. J'en avais fait l'expérience, d'ailleurs. Une ou deux fois. Dont une, sévère, avec un ami cher. Perdu à jamais dans l'heure qui a suivi.

Il avait le visage rond et lisse, l'ami. Le nez bourbon, le cheveu gominé et plaqué en arrière. Et une légère calvitie naissante, façon tonsure. Noblesse pratiquante oblige !

Nous nous connaissions de longue date et étions plutôt liés. J'étais sûr qu'il savait. Et, de ce fait, on n'en avait jamais parlé. Ainsi vont et s'ancrent les ambiguïtés : par habitude ou ignorance.

Il avait l'œil légèrement globuleux mais le sourire engageant. Il s'appelait « quelque-chose » avec un trait d'union. Comme seuls osent encore se nommer les descendants des grandes familles répertoriées dans la rubrique nécrologique du *Figaro.* Ou épinglées en noir et blanc dans l'œil de *Vogue.*

Il avait une femme jolie et des meubles d'époque. Moi, à l'époque, je débutais dans le marketing. Avec du Lévitan et une femme timide. L'ami, magnat de l'immobilier de loisirs et de plaisirs, fils de famille de surcroît, avait déjà ses comptes en Suisse, son yacht à Cannes et ses cartes de membre titulaire et bienfaiteur de tous les endroits à la mode.

Il débarqua un jour, à l'improviste, dans l'antre qui me servait de bureau. Il avait un costume trois-pièces et un peu de couperose. J'aurais dû me méfier. Il voulait me consulter pour le lancement d'une Marina. Une affaire à la fois urgente, intéressante et confidentielle.

Une seule de ces trois raisons aurait eu raison de ma méfiance. Et m'aurait suffit. Je craquai donc en trois morceaux. Épars. Anxieux. Mais déjà reconnaissant.

Arnaud de Plovieux-Croquet me planta le décor :

— J'ai mes bases dans la grande bleue, des bateaux à quai, du bronzage à revendre et des pétrodollars. Faut que je fourgue mes anneaux, que je loue mes studios et que j'éponge mes agios. Clair ?

— Lumineux. L'affaire est dans mes cordes, dis-je...

Et elle l'était, d'évidence. Sauf que l'une d'elles, de corde, traînait un peu par terre et que je m'y pris les pieds.

Nous étions, mon officine et moi, en concurrence. Mais, mon officine et moi, avions la préférence. Car il s'agissait, pour mon officine et moi, d'un climat de confiance. Et qu'en toute conscience, vu que mes confrères et compétiteurs s'appelaient Lévy et Samuel, j'avais toutes mes chances !

— Tu comprends, me dit-il d'un air entendu, mes commanditaires, lesquels sont fort riches mais également arabes, comprendraient assez mal si... et n'apprécieraient pas que...

Oui : j'avais compris.

Écrasant alors le cigare de prix qu'il m'avait offert et que je n'avais pas encore les moyens de me payer, je lui dis qu'il venait de se mettre le doigt dans l'œil et, pis, qu'au travers du sien il avait atteint le mien. Je lui révélai, dans la foulée, que je faisais partie du parti des crochus. Avec un tarin droit, peut-être, le poil clair, OK, mais un zob circoncis. Et pour être sûr d'être bien compris, je lui proposai même de le lui montrer. Nous en restâmes là.

Il ramassa ses papiers, ses plans, ainsi que les morceaux éparpillés de son quant-à-soi, s'empara de son attaché-case Vuitton, et sortit.

Je trouvai ça plutôt comique. Lui ne me le pardonna jamais. Comme ces gens auxquels vous avez prêté de l'argent, qui « oublient » de vous le rendre, et auxquels vous « oubliez » de le réclamer... justement pour ne pas vous les mettre à dos définitivement.

A chacun ses plans Marshall et les ennuis qui vont avec ! Quand, de loin en loin, nous nous croisons au hasard de nos carrières professionnelles, il m'évite. Ou bien me décoche un très joli sourire de Judas. Il y a vraiment des épithètes absurdes. Et déplacées.

Or donc, pourquoi ai-je pris la mouche en cette occasion-là ? Pourquoi m'importait soudain ce que l'on pouvait dire ou penser de Goldenberg dont je clamais moi-même qu'il était le dernier des cons ? Et pourquoi suis-je rentré dans le lard de collègues de plusieurs années, à priori sympathiques et avenants ? Pas méchants et qui m'aimaient bien ? Obscurités complexes de la nature humaine !...

Je me suis redressé soudain, blanc et raide comme une bougie. J'ai toisé l'auditoire de la salle C 14 du douzième étage d'un œil épais. Et j'ai laissé tomber :

— Vous êtes des truies, messieurs ! Et je vous emmerde. En tant que juif, d'abord. En tant qu'homme, ensuite. Et parce que cela me tardait finalement de vous le cracher un jour ou l'autre !

Personne n'aime se faire prendre la main dans le sac de la bêtise. Surpris en flagrant délit de stupidité et de comportement raciste. Et s'il est toujours loisible de casser du sucre sur les juifs, mieux vaut s'assurer d'abord qu'il n'y a pas de contestataire dans l'assistance. Ou qu'un soi-disant « assimilé » n'est pas en train de faire sa mue ! Pour n'avoir pas respecté ces principes basiques du racisme *up-to-date,* mes confrères se sentirent morveux. Mouchés. Et piégés. Nul n'aime ça, j'en conviens. On me fit donc des excuses, sur le moment.

Puis la gueule dans les heures et les jours qui suivirent. Puis, allez donc savoir pourquoi, le P23 effectivement ne sortit pas. Goldenberg fut débarqué. Mon service amputé des deux tiers. Dont moi.

Comme c'était la première fois que j'avais des couilles, mais aussi la première fois que la France dépassait la barre des deux millions de chômeurs, mon manque de bol était patent. Et de discernement.

⁂

Dans la vie, il y a trois sortes de héros. Ceux dont l'encéphalogramme est plat comme une crêpe mais dont le tour de biceps fait des Rambo en puissance. Jouer les matamores est donc dans leur nature.

Ceux qui ont tête et jambes équilibrées et qui agissent en connaissance de cause : ô nobles chevaliers à la fois preux et vaillants !

Ceux, enfin, qui se retrouvent à la une d'un haut fait sans l'avoir fait exprès : des pommes qui auraient été mieux inspirées en jouant au Loto.

Le cas Varal relevait de cette troisième catégorie. Le

jour de sa mise à pied, il rentra chez lui dans un état second.

Lui, le nègre blanc, l'anti-tout, le pseudo-juif, l'anar rentré, lui qui se foutait de tout ce qui était religion et religieux comme de sa première paire de bretelles en Lastex, voilà qu'il se sentait pousser des ailes d'ange exterminateur. Et, qui plus est, d'ange avec barbe de rabbin. Qu'est-ce qu'il allait faire ? Prévenir la LICRA ? la Ligue des Droits de l'homme ? les Prud'hommes ? Amnesty International ? Greenpeace ? Bardot ? Son problème était-il du ressort de la protection des espèces animales en voie de disparition ou des expériences génétiques sur l'évolution de la nature humaine ?

Devait-il prendre les armes ou le téléphone ? le maquis ou un avocat ?

Il s'écroula sur « son » fauteuil, celui des jours heureux mais qu'il n'appelait pas encore ainsi, faute de recul ! Et il remercia le ciel — ça aussi c'était une « première » — qu'à l'heure où il venait de rentrer sa femme fût encore à l'extérieur.

⁂

Licencié pour raisons économiques (selon la formule consacrée) et dispensé de faire son préavis pour avoir tout son temps (à utiliser à quoi ?), Claude Varal se retrouva telle une baleine échouée, incapable de se mouvoir et presque infoutu de penser. De plus, par cette sorte de lâcheté qui relève davantage de l'euthanasie que du mensonge pur, il n'avait rien dit à sa femme. Histoire de ne pas la faire souffrir inutilement.

Il partait donc le matin à l'heure habituelle, changeait sa voiture de place, puis revenait croupir dans son appartement. Depuis trois mois leur fils Jean-Luc ne vivait plus avec eux. Encore une chance !

Cela, évidemment, ne dura qu'un temps. Huit jours plus tard, Claire découvrait la vérité en cherchant son mari, « lequel ne faisait plus partie de la société ».

Firent donc irruption, dans le foyer Varal, tout à la fois le chômage et le doute, la rancœur et la méfiance et, comble de malheur en forme de pied-de-nez divin, la subite révélation qu'ils appartenaient à une caste maudite. C'était, en tout cas, ce qui émergeait avec insistance des propos de plus en plus décousus de Vava. Qui aurait pu être grec vu son profil : non mais regarde-moi, c'est vrai ou pas que je l'ai grec mon profil !... ou protestant vu sa rigueur — j'en ai pas de la rigueur peut-être ? — ... ou maghrébin vu son amour pour les pistaches — tu peux pas les acheter au kilo au lieu de me les refiler au compte-gouttes ? Et merde après tout !

Oui... et merde ! Il avait le sentiment de se retrouver sur la touche de sa vie parce que touché du doigt par l'une des sept branches de cette foutue étoile de David dont il n'avait rien à foutre. C'est peu dire qu'il éructait. Il n'en dormait plus la nuit et ne décolérait pas le jour. C'était beaucoup pour une famille qui n'en était plus aux roucoulades de ses débuts. Beaucoup pour un couple qui partageait plus volontiers la lecture de *Télé-7-Jours* que la pelote nébuleuse de ses pensées intimes. Beaucoup, enfin, pour un fils qui avait déjà choisi de faire studio à part et que l'état de nerfs de son père amenait encore plus à fuir la maison. Car, juif ou pas, le chômage mine. Suce. Pompe. Taraude le corps et l'esprit comme le ferait un véritable cancer. Et, paradoxe des paradoxes, il vous mobilise la tête et réquisitionne les neurones mieux que n'y parviendrait la plus importante des responsabilités dans la plus importante des multinationales de première importance. Varal ne pensait plus qu'à ça. Ne sortait plus de chez lui. Se lavait à peine et s'habillait de n'importe quoi. Il se levait le matin en même temps que sa femme, la regardait se préparer, prendre son café, chercher ses affaires et disparaître sur le palier. Puis il allait s'asseoir dans le fauteuil du salon et allumait la télé. Il n'osait pas songer au calvaire des chômeurs d'avant... quand le petit écran ne fonctionnait qu'à partir de midi.

Claire, Dieu merci, avait un travail. Et une énergie farouche. Comme en ont souvent les épouses plongées brutalement dans ces situations extrêmes.

Jusque-là Claude avait toujours considéré son activité comme mineure et futile. De ces petits jobs de femme qui éclorent dans les années 60, quand le MLF et le CNPF, la presse féminine et les libres penseurs, les politiques et les sociologues, prirent conscience qu'il était temps de passer à un autre temps. De ces petits boulots qui permirent à la gent féminine d'échapper au stress de la casserole et à l'esclavage de l'aspirateur en même temps qu'ils leur donnaient accès aux bulletins de salaire, aux retenues sur bulletins, aux tickets-restaurant, aux cantines d'entreprise et à tous ces signes incontestables de réussite sociale.

Claire était attachée de presse. Situation distinguée s'il en est, féminine par excellence, à la fois complexe à assumer et tuante à exercer. Elle l'exerçait, précisément, dans une agence spécialisée, dont la vocation était de sortir de l'ombre produits, marques, services et individus désireux de s'éclater dans les médias comme d'autres dans la consommation du LSD. C'était à la mode et bien payé. Et il n'y a pas de sous-métiers. Encore moins de sous-clients. C'est ce qu'elle lui disait déjà « avant ». Aujourd'hui, elle se contentait de hausser les épaules quand il s'enquérait, le soir venu, du nombre de cocktails qu'elle avait organisés. Ou du volume de petits fours qu'elle avait mis sur orbite.

Les jours s'écoulaient. Glauques et tristes.

Il avait eu quarante-six ans, un gâteau d'anniversaire et pas de cadeau.

Les ides de mars étaient passées, emportant avec elles un gouvernement socialiste usé mais revanchard. Et laissant à la place, genre névé noirâtre et craquelé, un nouveau quarteron de responsables qui rappelaient furieusement le passé. Certains sentaient même fort la naphtaline.

Claude allait pointer à l'ANPE, docile et réservé. Il ne cherchait pas de travail car il « n'avait pas la tête à ça ». Cela ne tombait pas vraiment mal puisqu'on ne lui en proposait pas non plus.

Il restait donc chez lui, prostré, tournant en rond entre ses murs. Et dans sa tête. Et plus il tournait sur sa moquette, plus il retournait le PROBLÈME dans tous les sens. Et plus il le retournait, ce putain de problème, moins il le comprenait. Et moins il le comprenait, plus il voulait savoir pourquoi... Vis sans fin, cruelle et maniaque, qui commençait par « pourquoi est-ce que j'ai fait ça ? », se poursuivait par « mais qui suis-je donc pour avoir fait ça ? » et se terminait, provisoirement, par « pourquoi a-t-il fallu que ça tombe sur moi ? » Spirale complexe et sans issue. Normale du point de vue d'une vis. Plus discutable pour un être — jusqu'à ce jour du moins — sain de corps et d'esprit. D'autant que la Sécu, mère de tous les vices et de tous les Français, ne remboursait pas cette névrose-là.

Ainsi fut-il, Varal, jusqu'au jour — un samedi — où il se dit que faute de se le dire d'une façon claire, il arriverait peut-être à se l'écrire. Aussitôt entrevue, aussitôt appliquée : sur un cahier d'écolier il mit en œuvre ce qui lui semblait être la meilleure des thérapies.

⁂

Aujourd'hui, samedi 5, il pleut..., écrivit-il sur son confessionnal quadrillé à reliure bleue, flanqué d'anneaux de métal gris, le tout recouvert d'une couverture en plastique transparent.

Il relut sa première phrase — c'est important une première phrase quand on s'apprête à accoucher de ses petits secrets intimes ! —, la trouva sans intérêt et la raya.

Aujourd'hui, j'ai la tête comme le temps : maussade. Et humide. Bourrée de nuées livides... Il s'arrêta de nouveau pour allumer une cigarette.

C'est vrai qu'il pleuvait. Le ciel avait des couleurs noires striées de blanc. Le vent éclatait les nuages de chaque côté des toits qui lui faisaient vis-à-vis. L'eau ruisselait sur le zinc, s'enfilait dans les gouttières et tombait sur les pavés de la cour. Il faisait froid et triste et sombre et démoniaquement verdâtre. Comme dans un aquarium. Le temps rêvé pour se mettre l'âme à nu sur un cahier d'écolier piqué à son fils et qui devait dater du temps où le môme avait aussi ses carnets défendus.

Planqué lui-même dans la chambre de service qu'ils avaient au sixième. Là où les gouttes jouaient du tambourin sur les auvents métalliques. Où les cheminées s'alignaient à perte de vue. Où l'on pouvait même apercevoir, la nuit tombée, les ébats amoureux des Portugaises au repos. Varal avait monté dans son repaire une pile de papiers et de livres, quelques caisses de dossiers poussiéreux et une botte de crayons. Il avait expliqué à sa femme qu'il allait travailler. Elle ne lui avait pas demandé à quoi. Et encore moins pour qui.

Il avait également apporté avec lui l'appareil téléphonique sans fil du salon, si bien que lorsque la sonnerie nasillarde retentit, il décrocha avec bonheur. Ravi que son initiative ne l'ait pas été pour rien.

C'était Mme Varal mère. Sainte et douce femme de soixante-quinze printemps. Veuve et toute petite. Bien en chair et gourmande comme un chat. Forte tel un ressort d'acier. Avec une crinière de cheveux blancs et des yeux d'améthyste. Une voix chantante et un rire de jeune fille. Des élans du cœur comme si elle avait quinze ans. Et un fantastique appétit de vivre comme si elle en avait vingt. Variété débordante et chaleureuse de « mère unique » (qui n'a eu qu'un petit !), elle avait pour Claude, son bambin quinquagénaire, des prévenances de mamy poule et des jalousies de mère amante. Selon les jours ou les circonstances, cela tapait sur les nerfs de son fils chéri. Ou lui allait droit au cœur. Façon torpille d'amour.

En l'occurrence, il n'eut pas à se poser de question car la bonne dame était aux cent coups.

— Claude, lui dit-elle dans un souffle qui lui glaça les sangs, viens tout de suite, tu m'entends, viens. C'est affreux...

Il crut d'abord à un accident et fut pris de panique. Puis il comprit que c'était grave, certes, mais pas physique. Que cela la touchait au plus profond d'elle-même mais qu'elle n'avait rien de cassé. Qu'il y allait de la quiétude de ses vieux jours mais que la maladie n'y était pour rien. Il respira, toucha du bois, croisa les doigts, referma son cahier et changea de position.

— Calme-toi, lui dit-il en essayant de couvrir sa voix qui devenait de plus en plus aiguë. Calme-toi et dis-moi ce qu'il se passe ?... Le livre ? Quel livre ?... Ah oui, notre Livre, je me souviens. Volé ! Tu es sûre ?... Mais par qui... pourquoi ?... D'accord, je comprends. OUI... oui, je viens... tout de suite... je te le promets. Mais non, maman, tu ne vas pas en mourir. Je vais te le retrouver ton bouquin... oui, excuse-moi, ton talisman... J'arrive... allez, raccroche... j'arrive.

Il descendit quatre à quatre jusqu'à chez lui, enfila son imperméable et appela l'ascenseur.

Dehors la pluie avait redoublé. C'était la première fois depuis des jours qu'il mettait le nez dans la rue.

***

— Ils ont volé le Livre de ton arrière-grand-père, Claude, voilà ce qu'il se passe ! Volé ou perdu, quelle différence, hein, je te le demande ? D'ailleurs les autres s'en moquent éperdument !

Les « autres », c'étaient Ils, Eux, la Famille. Proche et éloignée. Frères et sœurs, beaux-frères et belles-sœurs, cousins, neveux, grands ou petits, oncles et tantes, famille à la fois « germaine » et anonyme. Du sang de son sang qui aurait viré à l'aigre. Caillé sur place. Ou ailleurs. De petites haines perfides en jalousies rentrées, d'incidents de frontières en accidents de parcours, le tout noué et englué dans les secrets fangeux dont savent si bien s'entourer les familles qui se respectent, c'étaient des pans entiers de parents du clan Varal qui étaient entrés dans le *no man's land* des guerres fratricides.

Claude écoutait sa mère égrener des noms et des prénoms qui ne lui disaient rien. Sur lesquels il était infoutu de poser le moindre visage. Et qui, pourtant, formaient SA famille.

— Tiens, regarde, c'est tout ce qu'il nous reste !

Il prit les documents que sa mère lui tendait. Le premier était un exemplaire du papier à lettres armorié et gravé de l'aïeul Isaac Jules Sofer. Celui-là même qu'il utilisait pour faire les lettres d'accompagnement jointes à ses œuvres. Et qui lui valurent, en retour, des missives innombrables de remerciements et de félicitations signées par tout ce qui avait un nom ou un titre entre 1870 et 1910.

Jules Isaac Sofer, né en Roumanie, était devenu historien à la cour du tsar Nicolas II, mais il avait dû son succès et sa notoriété à la découverte, puis à la maîtrise, d'un art nouveau : la micrographie. (Encore que l'écriture micrographique soit une tradition chez les Hébreux et que les premiers manuscrits retrouvés en Israël datent du IXe siècle.) Mais Sofer avait eu l'idée de dépasser la simple transcription de la Torah pour faire de véritables portraits.

Cet officier d'académie, comme le rappelait son papier à en-tête, s'était donc hissé sur le devant de la scène en composant des tableaux. Lesquels, et de loin, ressemblaient à de classiques gravures à la plume et à

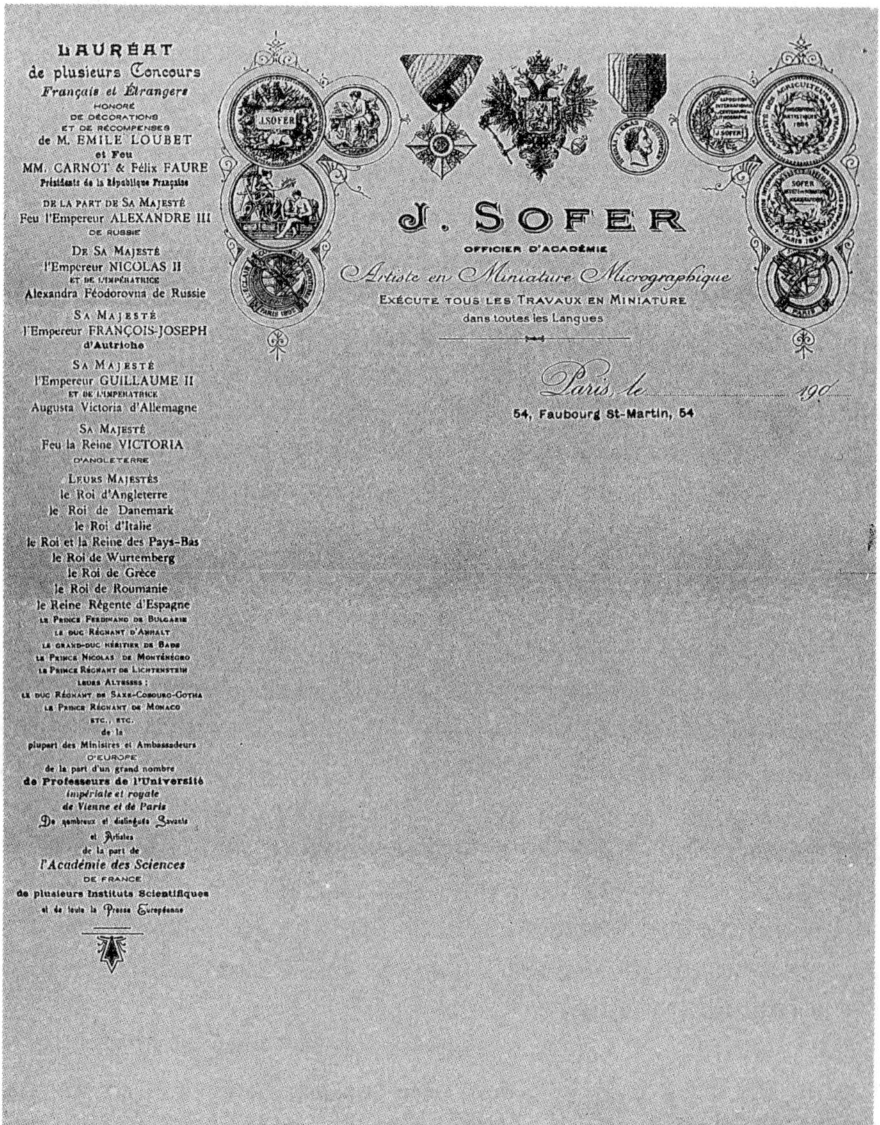

LAURÉAT
de plusieurs Concours
Français et Étrangers
HONORÉ
DE DÉCORATIONS
ET DE RÉCOMPENSES
de M. EMILE LOUBET
et Feu
MM. CARNOT & Félix FAURE
Présidents de la République Française
DE LA PART DE SA MAJESTÉ
Feu l'Empereur ALEXANDRE III
DE RUSSIE
DE SA MAJESTÉ
l'Empereur NICOLAS II
ET DE L'IMPÉRATRICE
Alexandra Féodorovna de Russie
SA MAJESTÉ
l'Empereur FRANÇOIS-JOSEPH
d'Autriche
SA MAJESTÉ
l'Empereur GUILLAUME II
ET DE L'IMPÉRATRICE
Augusta Victoria d'Allemagne
SA MAJESTÉ
Feu la Reine VICTORIA
D'ANGLETERRE
LEURS MAJESTÉS
le Roi d'Angleterre
le Roi de Danemark
le Roi d'Italie
le Roi et la Reine des Pays-Bas
le Roi de Wurtemberg
le Roi de Grèce
le Roi de Roumanie
le Reine Régente d'Espagne
LE PRINCE FERDINAND DE BULGARIE
LE DUC RÉGNANT D'ANHALT
LE GRAND-DUC HÉRITIER DE BADE
LE PRINCE NICOLAS DE MONTÉNÉGRO
LE PRINCE RÉGNANT DE LICHTENSTEIN
LEURS ALTESSES :
LE DUC RÉGNANT DE SAXE-COBOURG-GOTHA
LE PRINCE RÉGNANT DE MONACO
ETC., ETC.
de la
plupart des Ministres et Ambassadeurs
D'EUROPE
de la part d'un grand nombre
de Professeurs de l'Université
impériale et royale
de Vienne et de Paris
De nombreux et distingués Savants
et Artistes
de la part de
l'Académie des Sciences
DE FRANCE
de plusieurs Instituts Scientifiques
et de toute la Presse Européenne

J. SOFER

OFFICIER D'ACADÉMIE

Artiste en Miniature Micrographique

EXÉCUTE TOUS LES TRAVAUX EN MINIATURE
dans toutes les Langues

Paris, le *190*

54, Faubourg St-Martin, 54

l'encre de Chine, mais qui révélaient en réalité, et une fois examinés de près, d'extraordinaires entrelacs de phrases, de mots et de chiffres.

On parvenait au comble de la surprise lorsque, muni de verres grossissants, on s'apercevait que chaque trait du dessin, chaque ombre, chaque détail, depuis la pupille des yeux jusqu'aux poils de barbe de ses illustres modèles, faisait partie intégrante d'une histoire complète, à savoir : la vie du personnage ainsi dessiné ; ou quelques-unes de ses œuvres s'il s'agissait d'un écrivain ; ou encore certains de ses discours s'il était homme d'État ou personnalité politique.

Pour le pape Léon XIII, l'artiste avait ni plus ni moins utilisé l'intégralité de ses diverses encycliques. Ce qui voulait dire quelque soixante mille lettres pour un portrait qui ne mesurait pas plus de quinze centimètres de large sur vingt de haut ! Le visage du président de la République française, M. Carnot, contenait soixante mille voyelles et consonnes et formait l'équivalent d'une brochure de quarante-quatre pages in-octavo. L'ensemble exécuté en quatre mois. Sans loupe ni lunettes. A raison de trois heures de travail par jour au maximum. Avec des plumes d'oie spécialement taillées que Sofer prenait sur le cou de l'animal. Et non pas, comme jadis, sur les ailes.

Incroyable mais vrai.

Fascinant mais réel !

Génial et quasi jamais vu.

Madame mère lui arracha les papiers des mains et les étala sur le guéridon qui les séparait.

— Là, regarde, c'est lui. Son autoportrait. Est-ce que tu es capable de lire seulement ? Et te souviens-tu à présent du Livre que je gardais ici ? Dans lequel il y

avait des dessins originaux qu'il avait conservés par-devers lui. Et les lettres exceptionnelles qu'il avait reçues !

Effectivement, il se souvenait. Depuis tout gamin, chaque fête familiale, chaque occasion de se retrouver à plusieurs, oncles et tantes, cousins et cousines, petits-neveux et nièces, était prétexte à sortir le « Livre du Grand-Père » et à le feuilleter avec recueillement. Émotion. Et ce sentiment indescriptible de tripoter l'Histoire et de savoir, en même temps, que ses propres ancêtres y ont été mêlés.

Inutile de dire que les Varal n'étaient pas peu fiers d'avoir eu en leur sein passé mais atavique un tel génie. Et chaque branche de la famille, même les plus dissidentes, avait précieusement conservé quelque part, dans leurs coffres muraux ou sous les lattes de leurs parquets, qui une carte postale, qui une lettre autographe, qui un portrait jauni mais authentique, riche de milliers de lettres minuscules que plus personne ne parvenait à déchiffrer. Sans parler des grains de blé entièrement recouverts d'un sonnet entier de Victor Hugo. Ou des cartes de visite dont la tranche, sur un tiers seulement de son épaisseur, en disait plus sur le ci-devant « visité » qu'une monographie d'une page prise dans le *Who's Who.*

— Regarde ça aussi, lui dit Mme Varal (qui continuait à farfouiller dans un secrétaire de merisier poli par les ans et dans lequel, jusqu'à ce jour fatal, elle gardait le livre-talisman). Lis ce que disait de lui le *Journal du Parlement.* En 1891, mon fils. Mon père. Ton grand-père.

L'arrière-petit-fils du grand Jules Isaac saisit avec précaution la feuille jaunie, tant de fois pliée et dépliée

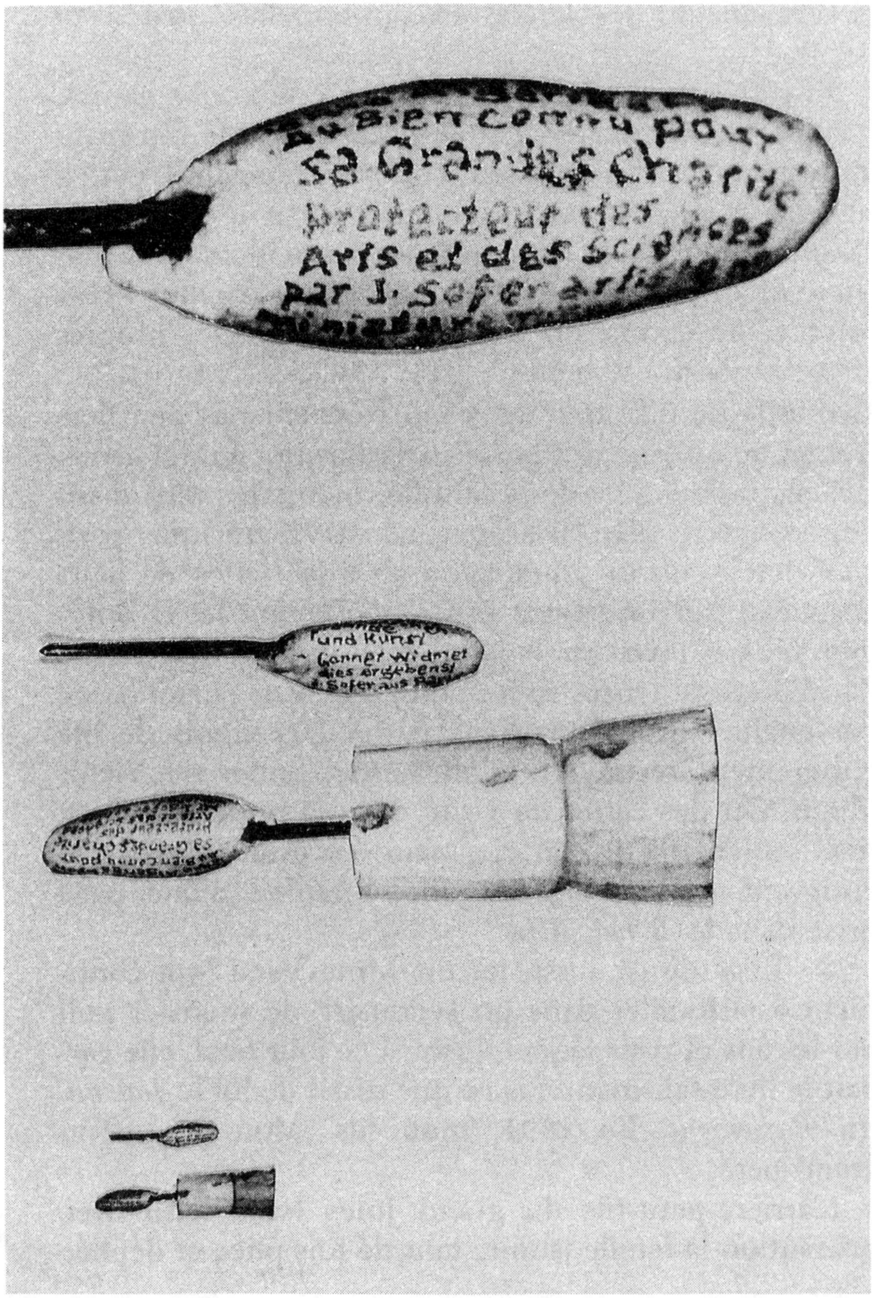
Au Bien Connu pour
Sa Grandes Charité
protecteur des
Arts et des Sciences
par J. Sofer
und Kunst
Gönner widmet
dies ergebenst

qu'elle en était presque découpée, et qui datait effectivement du 10 août 1891. Presque un siècle ! Dans son emphase, le journaliste de l'époque allait jusqu'à écrire : « ... une vue invraisemblable de finesse : c'est tout juste s'il ne distingue pas à l'œil nu le bacille de la tuberculose ! »

— Tu as lu ? Tu as tout lu ? Te rends-tu compte à présent de ce que cela pouvait représenter ? Et les lettres, tu t'en rappelles ? Signées Émile Zola. Gustave Eiffel. Jules Ferry. Rothschild. Plus tous les rois de l'époque. Les grands rabbins. Le pape. Les empereurs. Est-ce que je sais seulement ?

Elle cherchait toujours dans ses tiroirs et en ressortit un autre document. Deux lettres de la présidence de la République française. Elle les lui tendit sans rien dire. Elle sanglotait et il avait mal. A sa fibre familiale. A ses racines oubliées. A son aïeul immense et soudainement disparu une seconde fois, cent ans après sa gloire. Il prit sa mère dans ses bras et l'embrassa longuement. Ses cheveux étaient si fins, si doux, si légers qu'il avait l'impression de poser ses lèvres sur des fils de soie. Et d'argent. Il la voyait trembler contre lui et sentait, à son tour, les larmes lui monter au bord des paupières.

Oui, il allait se mettre à la recherche de ce sacré bouquin dont il se souvenait de la reliure épaisse, vert bronze, en cuir repoussé. Oui, il allait le retrouver, cet emblème du « clan », ce morceau de lui-même. Dût-il y consacrer tout son temps. (Ce qui ne tombait pas mal puisque ce n'est pas ce qui lui manquait le plus, pré-sen-te-ment, crénom !)

Il repoussa la vieille dame et la força à s'asseoir. Et là, il se fit enfin expliquer ce qui s'était passé. Sa mère avait prêté le Livre à l'oncle Charles qui avait eu une vert.

Un micrographe.

Les Chinois n'ont plus le monopole des travaux lilliputiens; voici que la Roumanie leur dispute cette spécialité en la personne de M. Sofer, qui s'intitule lui-même *artiste micrographe*.

M. Sofer possède sur ses contemporains l'avantage d'une vue invraisemblable de finesse : c'est tout juste s'il ne distingue pas à l'œil nu le bacille de la tuberculose. Etant, d'autre part, calligraphe et un peu dessinateur, il a imaginé d'employer sa faculté spéciale en accomplissant à la plume des petits chefs-d'œuvre de minutie qui ont, à défaut d'autre mérite, un véritable intérêt de curiosité. Ces jours derniers, il colportait dans les bureaux de rédaction des principaux journaux de Paris un portrait de M. Carnot, assez ressemblant, qui, au premier abord, ne paraissait pas beaucoup différer des nombreuses images représentant le Président de la République. Mais en regardant plus attentivement le travail, on s'apercevait que ce qu'on avait pris d'abord pour des points et des traits était une succession de lettres minuscules, disposées dans un certain ordre et racontant l'histoire de M. Carnot.

La légende commence à la raie de droite des cheveux et se succède sans interruption jusqu'aux deux branches de laurier encadrant le dessin, lesquelles contiennent la biographie de Lazare Carnot. Ce portrait écrit, qui mesure environ 0m20 sur 15, contient 62,000 lettres, la valeur d'une brochure in-octavo de 44 pages de texte serré. M. Sofer a exécuté, d'après le même procédé, un portrait de Léon XIII avec le texte des diverses Encycliques publiées par le Souverain Pontife. Mais il possède bien d'autres curiosités en dehors de ses dessins. Voici, d'abord, des grains de blé, plantés au bout d'une aiguille et enfermés dans des petits tubes de verre, pour éviter les manipulations. En regardant au microscope, les loupes n'étant pas assez puissantes, on lit sur la surface des grains de blé, ici un sonnet entier de Victor Hugo, là la parabole du Semeur de l'Ecriture sainte. L'artiste nous remet ensuite une carte de visite portant ses noms et qualités en typographie vulgaire, et nous prie de voir ce qu'il a ajouté à la plume. L'examen le plus minutieux ne nous révèle rien, ni au recto, ni au verso du carton. Après nous avoir laissé bien chercher, M. Sofer nous engage à considérer la tranche de la carte. Ce n'est certes pas là que nous aurions soupçonné un texte. Pourtant, l'examen microscopique nous montre toute une correspondance sur ces quatre tranches, et les lettres n'occupent qu'un tiers de cette épaisseur d'un quart de millimètre environ ; autrement dit, il y a, en haut et en bas de la ligne écrite, une marge blanche très apparente.

De plus fort en plus fort.

Notre micrographe, qui a distribué ses grains de blé à beaucoup de célébrités européennes, en a reçu en échange peu d'argent, mais beaucoup de réponses flatteuses. Il les a collectionnées dans un bel album et nous en présente une du ministre de la guerre auquel il avait offert, sans succès d'ailleurs, ses services pour les correspondances secrètes. Cette lettre, comme toutes les missives administratives, comporte une manchette imprimée, un libellé et une signature, ornée dans le cas de l'espèce d'un paraphe magistral. En lisière de ce paraphe, sur une seule ligne courbe de trois ou quatre centimètres, le destinataire a reproduit... tout le contenu de la lettre, manchette, formules administratives et signature du chef de cabinet.

M. Sofer travaille sans lunettes et sans l'aide d'aucun verre grossissant. Il emploie pour ses travaux de petites plumes d'oie qu'il taille lui-même, non pas des plumes d'ailes, mais des plumes prises sur le cou de la bête. Par mesure de précaution, il n'opère qu'en plein jour, par une clarté suffisante, et pas plus de deux heures de suite. Aussi les portraits lui prennent-ils assez de temps à accomplir. Il a mis quatre mois pour l'exécution de celui de M. Carnot. Malgré cela, l'artiste ne semble pas bien ambitieux au point de vue des rétributions, car il nous a confié qu'il ferait volontiers des travaux semblables, pour des particuliers, à raison de 2,000 fr. l'un. Quel amoureux lui demandera de reproduire les traits d'une maîtresse infidèle avec le contenu de ses lettres d'amour ?... Quel homme politique lèguera à sa postérité, sous forme de tableau parlant, son image faite avec ses discours ?

Malgré toute l'originalité de l'art de M. Sofer, on ne peut que regretter qu'il n'ait pas mis sa vue merveilleuse au service de la science, plutôt que de l'employer à ces petites curiosités sans conséquences.

Quel chirurgien n'aurait-il pas fait et quels services ne rendrait-il pas encore, même en sous-ordre, dans un laboratoire ?

Peut-être ne serait-il pas trop tard pour que le micrographe, qui n'est pas vieux, s'orientât de ce côté. Il ne perdrait pas grand chose au change, car, ainsi qu'il nous le disait en prenant congé de nous : « J'ai beau avoir bonne vue, je n'ai encore jamais aperçu la fortune ! »

soudaine bouffée de piété familiale. Puis l'oncle, généreux et pas méfiant, l'avait donné à quelqu'un d'autre comme une curiosité. Lequel l'avait soumis à un expert, histoire de savoir ce que « ça valait ». Et l'affaire s'arrêtait là. Ou plutôt commençait.

***

Réfugié sous les toits, assis à sa table et les yeux dans le vague, Claude Varal avait l'impression d'avoir subi un électrochoc.

Survenant en une période de sa vie où tout lui paraissait remis en question pour une question saugrenue de « juiverie » mal digérée, le prenant au dépourvu alors qu'il se trouvait déjà fort dépourvu quant à son devenir, il ressentit cette disparition du Livre comme une atteinte à son honneur. Comme un camouflet à son passé. Comme un coup de pied au cul qu'un gnome sardonique — et sûrement antisémite ! — lui aurait décoché au beau milieu du cœur. Agile, le bougre ! Mais fou.

Il eut brusquement le sentiment que le Sort lui faisait un clin d'œil précis. Que quelqu'un, quelque part, l'attendait au tournant. Que tout ce qui venait de lui arriver était inscrit. Prémédité. Agencé de façon à ce qu'il se transforme en limier. Bref : il allait enfin lui falloir se bouger le train.

Il revint à son cahier et à ses crayons encore neufs, à sa vue sur les toits et à son spleen de midinette et, une nouvelle fois, barra ce qu'il avait écrit. La pluie tombait toujours mais il n'en avait rien à cirer. De sa plus belle écriture, mi-pattes de mouches mi-docteur dégénéré, il écrivit :

Des juifs, des juifs, oui mais des juifs...
Pourquoi ?
Comment ?
Parce que. Tout bonnement.
La formule lui avait glissé le long du cou, du bras, des doigts, façon geste de Dieu ou quinte de toux. Incontournable. A l'occasion de la chasse au trésor qu'il devait mener, il allait écrire sur ses congéné-frères de lait qu'il connaissait plutôt mal mais dont il était temps qu'il intègre la troupe. Puisqu'on l'avait poussé dans ce camp — ou qu'il s'y était laissé descendre plus ou moins consciemment —, il allait en décrire les tics et les manies, les points forts et les points faibles. Ainsi que ceux de ceux sans lesquels ils ne seraient pas ce qu'ils sont : c'est-à-dire les « autres », les anti. Les d'en-face (nobles, forcément !).

Il se sentit joyeux, soudain. Roborativement ricanant à l'idée de ce qu'il allait débusquer. Et pas mécontent du tour qu'il allait leur jouer. A tous. En commençant par lui-même. De chômeur abattu, le voici qui se sentait subitement devenir une variété de chercheur mystique. De chef de pub en informatique, il passait chef de file d'un clandé hébraïque.

Lui, Claude Varal, arrière-petit-fils du grand Jules Isaac Sofer, jusqu'à ce jour ersatz de juif, trois quarts impie, un quart intrus, plus un zeste d'angustura, voyait enfin poindre à l'horizon de sa vie plate un semblant de signification. Il savait bien, au fond, que l'on ne peut pas aimer les cornichons au sel, les radis rouges et noirs, toutes les sortes de salades, les épices et le tarama, sans que cela ait un sens métaphysique.

Il sifflota un air étrange. Cassa la mine de son premier crayon. En choisit un autre avec beaucoup de soin. Et se mit à écrire.

*
**

Des juifs, il y en a tout plein. Avec des tas de variétés différentes : comme les champignons, le fromage ou le gazon. D'abord, un truc simple : est réputé juif celui né d'une mère juive. (Pendant la guerre, les Allemands, qui aimaient à chercher les poux dans les têtes, mirent dans le coup la religion puis les grands-parents. Ce n'était là qu'une façon de voir LA *chose !) En réalité les techniques d'identification sont au nombre de cinq. Petit* a *: le critère juridique. Ou, plus exactement, l'appartenance reconnue à une communauté juive dans les pays où cette appartenance est fixée par la loi. Rare. Petit* b *: le critère institutionnel. Est juif celui qui appartient volontairement à une ou plusieurs organisations juives. (Une bonne dizaine en France.) Petit* c *: l'onomastique. Ça c'est clair puisque c'est uniquement une question de blase.* A priori, *onomastiquement parlant, Blum l'est. Goldstein aussi. Mais pas Dubois. Ni Le Plouhénec. Petit* d *: la linguistique. Tu causes ou tu causes pas une langue maternelle juive. (Incidemment, tu t'intéresses ou tu ne t'intéresses pas à l'un des quatre-vingt-deux périodiques juifs édités en France et en français !) Petit* e *: résidentiel. Dans Paris, par exemple, les « quartiers chauds » sont les 3ᵉ, 4ᵉ, 9ᵉ, 10ᵉ, 11ᵉ et 16ᵉ arrondissements. Si l'on sait qu'un juif sur deux vit dans la région parisienne, un quart dans le Midi et le reste où il peut, à bon antisémite, salut ! (A noter, toutefois, pour les irréductibles qui ne supportent aucun voisinage polluant, deux communes absolument exemptes de tout descendant de Moïse : Marnes-la-Coquette, Hauts-de-Seine, et Courtry, Seine-et-Marne !...*

Cf. La Population juive de France. Sociodémographie et identité, *de Doris Bensimon et Sergio Della Pergola.)*

Donc des juifs, il y en a encore pas mal. Notre petit pays accueillant et chaleureux est d'ailleurs en troisième position mondiale, après les États-Unis (5 690 000) et l'URSS (1 700 000). Dans ces conditions, autant savoir à quoi ils ressemblent. Et ne pas se contenter des clichés primaires visant à les mettre tous dans le même panier alors qu'un analyste un peu averti peut aisément en distinguer plusieurs types.

En premier lieu, il y a les « Mous » et il y a les « Durs ». Comme pour les nougats.

Le Juif-Mou *est également un doux. Genre camembert trop fait, poire un peu blette ou cidre trop sucré. Il a de bons gros yeux de chien aimant, moitié cocker moitié caniche, avec des paupières tombantes, les traits légèrement avachis, le menton épais, la lèvre gourmande mais le foie fragile.*

De taille médiocre, si ce n'est petite, il la ramène assez peu, préférant l'ombre à la lumière et l'anonyme paix aux prises de position délibérément belliqueuses. Dans ce domaine il a d'ailleurs le sentiment d'avoir déjà donné. Une fois pour toutes. (Fin 44, 75 721 juifs français avaient été déportés. 2 500 seulement ont survécu. Cf. *S. Klarsfeld.)*

De fait, il est mou parce qu'il est tendre. Et il est tendre parce qu'il est conscient jusqu'à la paranoïa de tous les dangers putatifs qui l'entourent. Il a tout vu, tout vécu et tout subi. Lorsque ce n'est pas directement, c'est par le biais de sa famille. Ou via *le Sernam des chromosomes collectifs. Il en résulte une grande sagesse qu'il arbore en toutes circonstances et qu'il porte, selon les cas, comme un drap, un couvre-chef, un cache-nez, une toile* *de tente ou la voile d'un radeau qui ferait fonction d'annexe à la remorque de l'*Exodus.

Le Juif-Mou n'a du reste pas de réelles convictions religieuses... (30,2 % ne fréquentent aucun office et 31,9 % ne vont à la synagogue qu'une fois l'an, pour Kippour : ibid.*)*

Il n'a pas non plus d'authentiques engagements politiques ni d'idées arrêtées. Il connaît trop les précarités de l'existence et, dans cette existence, les difficultés inhérentes à la sienne, pour ne pas être surtout sensible aux brises du temps. En même temps qu'allergique à tous les courants d'air.

A première vue on pourrait le croire un tantinet lâche. On pourrait s'étonner de ce qu'il ne s'étonne de rien. Qu'il se tire de toutes les situations ambiguës par une indifférence feinte. Ou une pirouette habile. En vérité il encaisse tout en bloc. Et toujours au niveau de son plexus solaire. Ce qui explique, au passage, pourquoi nombre d'entre eux marchent voûtés. Ou font de l'aérophagie.

Le Juif-Dur, a contrario, *a le regard noir de jais ou bleu acier. Son nez est carrément provocant. Ses épaules sont carrément carrées. Sa démarche bien assurée. Il est sûr de lui. Et arrogant. Il connaît sa valeur et, mieux encore, la nullité ambiante dans laquelle il évolue. (Ceci confortant cela.) Et puisqu'au royaume des aveugles les borgnes règnent en maîtres, lui est bien évidemment l'empereur du terroir.*

Entre autres péchés mignons il a l'art du syllogisme et la volonté aiguë de vouloir convaincre à tout prix. Persuadé d'appartenir à la race des élus et même, au sein de ladite race, d'être plus élu que les copains, il vaut mieux lui prêter cent balles que la parole. Car, contrairement à ce que les mauvaises langues peuvent penser, s'il a le sens de la dette il n'a que très peu celui du silence. C'est tout à la fois un raseur et un redoutable théoricien. Une variété d'obtus-têtu en même temps qu'un champion ès vérité en prêt-à-monter soi-même. Bref : une espèce attachante mais parfaitement horripilante pour qui ne fait pas partie de la confrérie. Ou est sujet à l'urticaire racial.

Si l'on sort du rayon nougat pour entrer dans celui du comportement, on trouve également deux genres distincts.

L'Offensif *est un juif anguleux, caustique, pointu et polémiste. C'est un individu qui prend son pied à tenir la dragée haute à qui le cherche sur son terrain. Et qui se prend un second pied en faisant venir sur ce terrain ceux-là mêmes qui s'en défendent. Où qu'il soit et quoi qu'il se dise, en moins de trois secondes il a précisé qu'il « l'était » ! C'est en général inutile et redondant puisqu'il s'appelle plutôt Bronstein que Lemarchand, a le nez plutôt camus que négroïde et que tout anti, même médiocrement doué, est sûr de le repérer à cent mètres.*

Infiniment plus dur que mou et plus croyant que passif, il fait souvent partie des 25 % de juifs qui pratiquent le cachérouth *(le miam-miam pur, dit casher !) et pour qui la circoncision est le signe de l'Alliance et le sceau charnel de l'appartenance au peuple élu. Garant des traditions — surtout lorsqu'elles sont orales ! — et porte-drapeau zélé de la Caste — essentiellement quand on ne lui demande rien ! —, il séduit ou exaspère en fonction du degré de tolérance de ses vis-à-vis. Ou de l'amour que l'on peut avoir pour le poil à gratter.*

Le Juif-Honteux *est catégoriquement entré dans la légende. Il a eu droit à des livres, des pièces de théâtre, des caricatures, et aura sûrement sa place au panthéon des animaux malades de la peste.*

En vérité, le Juif-Honteux n'est que rarement né

affligé de cette tare-là. C'est le cours de la vie qui l'a forgé ainsi. Gommant ses aspérités, lustrant le coude de ses vestes, tirant toujours plus bas sa nuque et son menton. Honteux, en fait, il l'est surtout de ce qu'il est devenu. Et, plus encore, de ce que cela implique de la part de ceux qui l'ont amené, siècle après siècle, à cette aberrante situation.

Rescapé des camps ou soucieux d'éviter ceux à venir, il a décidé, une fois pour toutes, de prendre la couleur des murailles et de reléguer au tréfonds de ses artères le sang réputé maudit qui coule en lui. Il en éprouve à tout instant une nostalgie acide. Et, certains soirs, comme un goût de larme au bord des lèvres.

C'est incontestablement un triste sire menant une triste vie. Mais qui façonne qui? Et lequel des deux conditionne-t-il l'autre? Y aurait-il des Juifs-Honteux si l'Histoire avait été différente? Et existe-t-il des Catholiques-Honteux? Joli sujet de méditation pour qui aime son prochain. Ou ne reçoit pas encore les chaînes 5 et 6.

L'Assimilir, *enfin, est une déclinaison du précédent. Une version moderne et née de la dernière guerre. Bien que 4,7 % seulement des juifs vivant en France se soient convertis à la religion chrétienne, il faut savoir que 9 % des foyers nommément reconnus et « fichés » comme juifs se déclarent non juifs* (ibid.). *Si l'on ajoute à ces chiffres le phénomène galopant des mariages mixtes (1 mariage sur 3 de la communauté, entre 1966 et 1975, s'est fait entre un-qui-l'était et un-qui-ne l'était-pas!), on se rend compte que l'assimilation gagne du terrain.*

De toute éternité il y a eu des juifs qui tournaient casaque. Mais nazisme aidant (ainsi que le comportement de leurs compatriotes tricolores!), cela s'est considérablement développé après la Libération. Objectif : se fondre dans la masse. N'avoir plus rien qui dépasse, plus rien qui se remarque, plus rien qui jure, qui dénote, qui rappelle. Certains ont même été jusqu'au baptême. Jusqu'aux croix en pendentif et aux médailles en sautoir. Ils ont changé leur nom, leurs attaches, leur passé. Du jour au lendemain ils ont fréquenté les églises et abandonné les fêtes païennes. Le tout avec une conscience opiniâtre. Une foi éclatante. Et moult démonstrations volubiles. C'est d'ailleurs à ces détails qu'on peut les reconnaître. A cette ardeur de béotien qui n'inspire rien qui vaille aux valeureux catholiques que rebutent ces zélotes sacrilèges. Leur autre motivation est de fréquenter le « beau monde ». Lequel, comme chacun sait, est fait de bien des choses mais d'assez peu de juifs. Même masqués. En conséquence, et nonobstant leurs efforts méritoires, ils ne trompent personne. On se méfie autant de l'eau qui dort que du juif qui mue. Et fréquentes sont donc les chutes de ces assimilés mal intégrés qui glissent, un beau jour, sur leur ancienne peau.

Plus répandus encore sont les Assimilés-Partiels. *Ceux qui restent tels mais veulent, pour leurs enfants, un parcours différent. Dans ce cas, on les plonge de gré ou de force dans la seule religion qui ne rime plus avec souci : le catho-ringardo-licisme. En France, parce que c'est le plus grand dénominateur commun, c'est aussi le viatique pour la tranquillité. Le meilleur passeport en cas de conflit futur qui verrait resurgir les fourches terribles du racisme antijuif. Las ! Deux fois sur trois les petits bambins, sitôt sevrés, balancent leur Vierge Marie par-dessus les moulins. Et se recollent, aussi sec, un* mézouzé *autour du cou. Un dénommé Jean-Paul Simon, ex-Jonathan Moïché, qui vient à renier ses défroques cathos au profit d'un habit qui ne fait pas le moine, ça tire l'œil. Et fait jaser. Le problème, avec tous ces juifs à tenue réversible, c'est qu'ils sont devenus encore plus apatrides que les plus apatrides. A l'écart des leurs, sur la lisière des autres, les voici dangereusement en équilibre.*

Ne s'en sortiront que ceux qui auront su faire fortune. Ou accompagner leur mutation ethnologique d'une réussite sociale percutante. Cela n'est évidemment pas donné à tout le monde. Ni même prêté. Juif est donc un état qu'en tout état de cause il est malaisé de vouloir abandonner au vestiaire. Avis aux candidats au transfuge. Et autres protagonistes de l'anonymat-caméléon.

On frappa à la porte.

C'était sa femme qui venait le chercher pour le dîner.

Il referma son cahier à regret et descendit la rejoindre.

***

— Tu vas continuer longtemps à passer tes journées dans cette soupente ? Tu ne crois pas que tu pourrais enfin te mettre à chercher sérieusement du travail ? Je n'en peux plus, Claude, tu comprends ? Je n'en peux plus et de cette situation et de ton comportement !

Elle l'avait attaqué tout de go, avant même qu'il ne trempe sa première cuiller dans la soupe au pistou que pourtant il adorait. Mauvais ça. Il resta quelques secondes la main en l'air, ne sachant quelle contenance prendre. Ni quoi répondre. Lentement, il manœuvra pour abaisser l'engin jusqu'au niveau du précieux breuvage, mais alors qu'il allait enfin remonter le tout jusqu'à ses papilles impatientes, Claire à nouveau éclata.

— Et qu'est-ce que c'est que cette histoire de livre que je ne sais qui a dérobé ? Vous devenez tous fous ou quoi, dans cette famille ?

Claude sursauta. Le pistou, soudain, lui parut amer. Et sa femme bien curieuse.

— Comment sais-tu ?

— Je sais parce que ta mère a appelé pendant que tu étais là-haut à faire Dieu sait quoi ! Elle m'a dit qu'elle t'avait vu cet après-midi, que tu allais te mettre à la recherche de ce machin et que je devais tout faire pour t'aider. Elle se moque de moi, ma parole ! Sait-elle au moins dans quelle galère nous sommes ?

— Oui, elle sait, dit Claude à voix basse. Elle le sait même très bien. Mais elle est âgée. Et cette histoire lui a causé un grand choc.

— Moi aussi ! Mais pas le même, apparemment !

Sur ce elle se leva pour aller à la cuisine et Claude termina son potage.

Quand sa femme revint, elle semblait un peu calmée et il lui raconta l'affaire. Il expliqua le côté historique, l'aspect talisman, le coup des racines et l'honneur perdu de mamma Varal. Il justifia son propre engagement comme étant une preuve d'amour filial. Et promit que cela ne l'empêcherait nullement de chercher du boulot.

— Bien au contraire !

— Comment ça, au contraire ? Tu me prends pour une gourde ?

— Mais non, fit Varal qui sentait le ton remonter d'un cran. Simplement je vais être amené à voir et revoir des gens de ma famille. Des oncles et des tantes. Ils pourront peut-être m'aider.

— C'est ça, rêve ! Des gens qui te sont totalement

étrangers. Qui, pour certains, ne connaissent même pas ton fils et à peine ta femme. Tu es en plein délire, mon pauvre Cloclo !

L'orage était passé. Il y avait rarement d'incident grave sur le mode Cloclo. Alors que son prénom brut, prononcé d'une voix blanche, était le signe avant-coureur d'un méchant changement de temps.

Il mangea donc sa dorade de bon appétit. Prit deux fois de la mimolette. Et finit son souper par une orange maltaise. Sa femme ne souffla plus mot ni du livre ni de son travail éventuel. A la télé, il y avait Sabatier. Dieu merci !

***

Le lendemain matin, à onze heures précises, j'étais chez l'oncle Charles.

Contrairement à ce qu'un vain peuple pense, tous les juifs de bonne souche ne sont pas forcément dans le tissu. Charles et consort, eux, faisaient dans le meuble. Et ce, pratiquement, depuis la nuit des temps.

L'aventure avait commencé dans un réduit du 14e, lequel avait explosé en un superbe capharnaüm planté dans le 13e, pour aboutir, dans les années 50, dans une superbe artère commerçante du 18e. Au fil des années, l'échoppe avait grandi, la société pris du poids et du panache, et l'enseigne fait des petits dans tout l'hexagone.

A soixante-dix ans passés, le patriarche du bout de bois n'était toujours pas retiré. Bien que de plus en plus souvent affalé sur ses fauteuils « pur cuir » ou engoncé jusqu'au torse dans l'un de ces canapés convertibles « à saisir de suite ». L'œil aux aguets derrière ses lunettes à double foyer, il n'avait toujours pas son pareil pour distinguer le « varlot » du chaland sérieux et les « schmockes » prêts à signer des couples qui n'avaient pas trouvé de places au cinéma du quartier. Cela faisait des années que je ne l'avais pas vu, l'oncle Charles. Because les brouilles et les embrouilles de famille. Et les heurts à couteaux de moins en moins mouchetés entre les deux branches Varal. Il avait pris du poids et du gîte. Ainsi que du diabète, à ce qu'on disait. Il ne me reconnut pas d'emblée. Soit parce que ses verres étaient défaillants. Soit parce que moi-même j'avais passablement changé.

— C'est moi, Claude, le fils de Maude, dis-je en lui tendant la main. (Je n'étais pas très « baiser » avec des étrangers !)

Il se redressa sur un coude, replaça ses lunettes bien d'aplomb sur son nez varalien, et me scruta de ses yeux gris vert que ses loupes faisaient ressembler à des huîtres.

— Toi ! Tu parles d'une surprise ! Tu te souvenais donc que je n'étais pas mort ? Ah ça alors...

Le combat était engagé. C'était fatal, aussi. Aussi m'assis-je.

— Je suis venu au sujet du Livre. Tu es au courant. Maman est dans tous ses états. Et moi également, ajoutai-je, un ton en dessous.

Il leva ses mains au ciel, en un geste las de semeur qui n'a plus rien à semer. Puis il tenta de se mettre debout. Bon prince, je l'aidai. Ajoutant :

— Qu'est-ce qui s'est passé ? Et où est-il à l'heure qu'il est ? Tu peux me le dire ?

— Viens : suis-moi, répondit-il seulement.

Nous traversâmes le magasin qui sentait bon le vernis polyester démodé et la cire en bombe, le traversin défraîchi et la couette en plumetis bouffée par l'humidité.

A première vue, en voilà encore un qui souffre des grandes surfaces et autres Conforama, me dis-je en regardant l'enchevêtrement extraordinaire de canapés, tables, chaises, lits, armoires, matelas, sièges en tout genre et bibelots sans style ni cachet. Comment disait-on déjà, dans ma jeunesse ? *« Dreck mit lebber? »* Je n'ai jamais rien compris au yiddish mais je sais seulement que ce qualificatif était d'usage courant pour désigner ce type de mobilier merdique.

Je suivis le vieil homme à travers son magasin. Son bureau était au premier étage. Une vaste pièce sans fenêtre et regorgeant de papiers, dossiers, liasses de tissus, photos défraîchies et, comble de l'exotisme, de courbes de vente affichées au mur, sur papier millimétré et dont les pointes — bien émoussées — s'arrêtaient il y a facilement dix ans ! Sacré tonton !

Tonton, justement, alluma une lampe à l'abat-jour bancal (sans doute un « rossignol » dont personne n'avait voulu depuis vingt ans !), s'assit sur un fauteuil de chêne noirâtre (même diagnostic) et finit par caler ses pieds sous un bureau de direction d'avant-guerre (celui-là, on n'avait même pas dû oser le mettre en vente !).

Une fois installé, il me fit signe de prendre place face à lui et, une nouvelle fois, leva les bras au ciel. Je notai, au passage, qu'il les avait tavelés.

— Alors, dis-je, le Livre ?

— Je l'ai emprunté à ta mère, c'est exact. Il y a huit ou dix jours. Une envie, tu vois. Comme ça. Une envie de vieux sans doute ! Mais j'avais besoin de me replonger dans ce passé. Tu peux comprendre ça, toi !

Oui. Je pouvais comprendre ça. J'acquiesçai, ému par ce bonhomme fatigué, à demi sénile, et qui était mon oncle ! Il reprit, d'une voix très basse, très lasse, presque un filet :

— Et puis un soir, alors que Samuel, tu te souviens de Samuel, ton cousin ? alors qu'il était venu me voir à la maison, je ne sais ce qui m'a pris mais je lui ai montré. Il est devenu comme fou. Il a voulu absolument me l'emprunter. Parce que cela correspondait à une étude qu'il était en train de faire, est-ce que je sais ? Bref : je le lui ai donné. Pour un jour ou deux. La suite, je l'ignore. Tu me crois, au moins ?

Je fis signe que oui, hélas. Samuel, l'archiviste de la famille ! Un grand gaillard barbu qui avait le look d'un rabbin, les tics d'un rabbin, la foi d'un rabbin, mais qui n'était que rat de bibliothèque.

— Mais il paraît qu'il voulait le faire expertiser. Tu l'as dit à Maude. Tu te rappelles ?

— Oui, fit l'oncle Charles. Une lubie. Il voulait savoir ce que cela pouvait représenter.

— Une expertise pour faire quoi ? C'est débile. Ma mère n'a jamais envisagé de vendre cet ouvrage, que je sache.

Je sentais la colère monter. Et l'indignation. Et aussi le sentiment que je ne tirerais rien d'autre de mon entrevue. A tout hasard, je lui demandai s'il avait une idée de l'endroit où ce livre pourrait être ?

L'oncle enfonça sa tête dans ses épaules qu'il souleva en signe d'impuissance.

— Aucune, mon petit Claude, aucune ! Je suis aussi affecté que toi et Maude, tu sais. Dis-le-lui, surtout, dis-le-lui bien !

Je hochai la tête et me levai. Je regardai le vieux Charles faire mine de s'affairer, ouvrant un dossier, en déplaçant un autre, décapuchonnant son stylo, le reposant sur son bureau. Il me faisait pitié, soudain. Était-il sincère ? honnête ? ou complice !

Je m'approchai de lui et l'embrassai. Il avait la peau parcheminée et sentait la lavande bon marché. Le premier baiser depuis vingt ans au moins. Je n'étais pas venu totalement pour rien.

⁂

Sur le canapé du salon, fiché dans le velours carmin, l'attendait une « note » de sa femme.

Depuis quelques jours cette façon de communiquer leur était devenue habituelle. Muets la plupart du temps lorsqu'ils étaient face à face et murés dans leurs pensées sûrement antinomiques, ils en étaient arrivés à se laisser des mots un peu partout et n'importe quand pour se faire part de l'essentiel.

La présente missive comportait deux points.

Le premier lui rappelait qu'ils étaient invités, le prochain week-end, chez les de Grandvallet. Des amis de Claire. Lesquels avaient une maison à Deauville. Et une fabrique de cosmétologie qui avait bien besoin de relations publiques. L'utile et l'agréable ! Il lui était donc instamment demandé de bien vouloir utiliser son temps libre *(sic !)* pour aller jusqu'à leur agence de voyages faire les réservations SNCF.

Le second se présentait sous forme d'une petite annonce du *Figaro*. Soigneusement découpée et épinglée à la note. Et qui proposait un poste à pourvoir dans une entreprise d'informatique. Le texte précisait que la fonction s'appelait « directeur de la communication » et qu'une expérience analogue ou compatible était fortement conseillée. Le contact à prendre avait pour nom « M. Lapatinière ».

Il n'y a rien de pire, pour un désœuvré, que d'avoir soudainement plusieurs choses à accomplir en même temps. Claude Varal, son papier à la main, tournait dans son salon, au bord de l'asphyxie. Qu'est-ce qu'il allait faire en premier ? Manger un morceau ? prendre le plus urgemment possible un rendez-vous avec le cousin Samuel ? courir à l'agence de voyages retenir les billets de train ? appeler sur-le-champ ce M. Lapatinière qui avait, c'était sûr, le poste qu'il lui fallait ? C'était beaucoup pour un homme que la fébrilité du travail avait abandonné depuis plusieurs semaines et pour qui tout ce qui était inopiné prenait des allures d'ascension sauvage de l'Annapurna.

Comme il ne s'appelait pas Lanzmann et qu'il ne connaissait rien au trecking, il s'assit. Pour réfléchir. Puis il se servit un verre de porto. Pour se désembuer l'esprit. Il finit par composer le numéro de téléphone de la société d'informatique en demandant à parler au cousin chéri.

Circoncis ou pas, les dieux, aujourd'hui, étaient avec lui. A cette heure-là il n'y avait qu'une secrétaire qui ne comprit rien et lui demanda simplement de bien vouloir rappeler un peu plus tard. Il raccrocha. Fila dans la cuisine se préparer un sandwich. Moulut du café. Fit chauffer de l'eau. Et revint au salon pour déguster son repas. Après beaucoup d'hésitations et de tergiversations diverses, il grimpa dans son grenier.

Avant tout, son cahier. Le reste attendrait.

*
**

Une autre façon de jouer les anthropologues est de s'attaquer au rayon des origines. Vaste programme quand on sait que selon des statistiques officielles qui datent de 1980, 18 millions de Français (1 sur 3, aïe, aïe, monsieur Le Pen!) sont des descendants d'immigrants à la première, deuxième ou troisième génération.

Sur ce terrain, deux sectes tiennent le haut du pavé.

Les Loukoums *sont, comme leur nom l'indique, natifs des pays méditerranéens. Avec soleil, dattes et huile d'olive. Descendants des juifs expulsés de la péninsule Ibérique aux XIV*e *et XV*e *siècles, ces sépharades (c'est ainsi qu'on les appelle dans les herbiers spécialisés!) forment aujourd'hui la grande masse des juifs français de moins de trente ans, décolonisation oblige! Ils ont en général le cheveu noir et frisé, la lèvre pulpeuse et bombée, le teint mat, les yeux sombres et le verbe haut. A une époque où l'on déteste les Arabes presque autant que les juifs, avoir l'aspect des premiers tout en faisant néanmoins partie de la congrégation des seconds est une sacrée tuile. Mais les Loukoums — trait marquant de leur caractère — s'en tamponnent le derrière comme de leur première baignade dans la grande bleue. Rarement « Mous » et encore moins « Honteux », ils n'hésitent pas à balader sur leur thorax poilu des sigles hébraïques en plaqué or (massif pour certains) ou des étoiles qui ne sont pas filantes. On en voit beaucoup. Et d'autant plus qu'à Paris par exemple, sur cent copains à Chalom 43,9 % sont nés en France, 38,1 % en Afrique du Nord et 10 % en Europe centrale ou orientale. Donc on les remarque. Normal. (*Cf. : *Doris et Sergio...)*

Exubérants et mal élevés, faiseurs d'histoires et chaleureux, bons vivants et caricaturaux, ils sont le « tout-en-un ».

Avec eux c'est le soleil couchant sur l'or lustré des minarets et la fièvre du samedi soir après un Shabbath qu'en général ils observent. C'est la turbulence des souks, l'odeur épicée des médinas, conjuguées à l'effervescence des ateliers de confection du Sentier. C'est le respect des traditions et de la famille que ne freine nullement une propension très nette à baisser son pantalon si cela peut faire monter l'ambiance. C'est enfin le sens exacerbé de l'amitié et, presque, celui de la vendetta.

Les juifs, s'ils étaient compréhensifs — et un peu moins racistes ! — devraient être bougrement contents d'avoir leurs Corses à eux !

A l'opposé sont les Caviar-Vodka. *Bien qu'ils soient loin d'en consommer tous les jours et qu'ils forment la partie vieillissante de l'iceberg (la première génération de l'immigration européenne ne représente plus qu'un groupe résiduel âgé de plus de quarante-cinq ans !) ils se considèrent toujours comme l'aristocratie de la tribu. Voire comme la branche aînée... et bien-aimée.*

Arrivés dans les premiers, dans le courant du XIXe siècle et sur les talons des Alsaciens (qui sentaient déjà chez leurs voisins teutons des effluves pas réellement philosémites !), ils débarquèrent avec leurs violons et leurs molossols, leurs danses tziganes (d'apparence) et leur accent yiddish, de Pologne, Russie, Roumanie, ainsi que d'Allemagne, Autriche, Tchécoslovaquie et Hongrie. Recensés sous l'appellation d'ashkénazes, ils firent faire un bond sérieux à la population « hébrophile » française, laquelle passa de quelque 40 000 âmes avant la Révolution à 150 000 en 1918 puis à 320 000 à la veille de la Deuxième Guerre mondiale (op. cit.).

Plus blonds que bruns, le teint et les yeux clairs, et moins réfractaires à l'assimilation que leurs homologues bronzés, ces juifs du Centre — par opposition aux juifs du Sud — souffrirent longtemps d'un indiscutable complexe de supériorité à l'égard de ceux qui étaient pourtant leurs frères de lait. Les considérant comme les « nègres » de la famille : ce qui est légèrement réactionnaire. Les trouvant « bâtardisés » par l'Orient et ses langueurs : ce qui n'est pas faux mais relativement tendancieux. Les suspectant, enfin, d'être moins purs que les plus purs : ce qui se discute à l'infini. Où ne vont donc pas se nicher les germes de la « différence » ?

Reste le chapitre de l'activité. Holà les clichés ! Bonjour les stéréotypes poussiéreux ! Concrètement, il y a deux groupes majeurs. L'un ultraspécialisé, aux ramifications multiples. L'autre superdiversifié.

Le premier est celui des Fil-à-Fil. *Tailleurs en tout genre, fourreurs à tout crin, ce sont les grands faiseurs de fringues devant l'Éternel.*

De l'échoppe miteuse au « grand bouclard bien placé », de la fabrique artisanale de robes et costumes à la chaîne de boutiques de prêt-à-porter avec pignon sur rue et publicité dans les magazines, l'éventail est large. Et l'on est loin du simple « Papa pique et maman coud ! ».

Les Fil-à-Fil sont, comme de bien entendu, dans le métier de père en fils. Ils se refilent l'aiguille au soir crépusculaire qui s'étend sur l'aïeul et la replantent aussitôt dans un autre quartier, sur une autre échelle et pour faire — c'est humain — une autre pelote. Ils ont tous le génie de la couture, de la doublure, de la garniture et de la coupe. Ils sont les rois du piqué et du surpiqué, du cousu main et du cousu machine, de la boutonnière et du rabat... tout un métier. Hélas pour eux, les autochtones à éret basque et à baguette de pain ne sont pas mauvais non plus. De même que les Italiens, les Espagnols, les Coréens et tout le péril jaune. Tout ça sent donc le synthétique, le pathétique et le marché commun.

De l'autre côté il y a le Grand-Bazar. *Le BHV du Roi Salomon dont les mines sont loin d'être taries.*

On y pêche les malins tous azimuts qui ne manient ni l'épingle ni le fer à repasser, qui ne font ni dans le poil ni dans l'étoffe et que l'on retrouve aussi bien banquiers que marchands, dentistes que docteurs, artistes ou maçons, intellectuels (de gauche) ou avocats (autres que marron) ainsi que professeurs, maquereaux, flics ou postiers. Car le vieil et vilain adage qui posait comme une vérité arithmétique l'équation suivante : juif = commerçant, a fait long feu.

Les juifs, en fait, sont partout. Et c'est d'ailleurs ce qu'on leur reproche ! Ils sont même dans la fonction publique, mais oui ! même cadres moyens, mais oui ! même employés, mais oui ! avec des pourcentages quasi comparables à ceux des gentils goyes. (Dans la région parisienne, par exemple, sur 100 actifs, il faut savoir que 24,8 exercent leur coupable industrie à vous emmerder dans l'un quelconque des innombrables offices publics. Eh bien, sur 100 potes à David, 21,5 ont également choisi cette même voie pour subsister. Et canuler le monde !)

Cette similitude est encore plus frappante en ce qui concerne les cadres moyens et les employés, mais se gâte, il faut bien le dire, lorsqu'on aborde le dessus des paniers. 25,3 % font dans la profession libérale contre 12,2 % dans l'autre camp. (Ce qui veut dire, au passage et toutes proportions gardées, qu'un antisémite malade devrait l'être doublement puisqu'il a une chance sur deux de se faire soigner par un juif !)

En revanche, c'est toujours les mêmes qui se coltinent le sale boulot puisque en matière d'ouvriers on trouve seulement 8,8 % de juifs — toujours sur 100 qui bossent ! — contre 29,4 % de petits-enfants du maréchal Pétain. Rien n'est parfait.

Pour clore cette nomenklatura *judéo-schématique, il ne faut pas oublier une catégorie nouvelle :* les Juifs du 3ᵉ type.

Il s'agit des fils d'Israël et de Tsahal par communiqués de presse interposés ; les commandos téléportés du journal de 20 heures ; les guerriers planqués.

Peu nombreux encore il y a un quart de siècle, ils ont pris leur envol avec la guerre des Six Jours et, depuis lors, chaque escarmouche gagnée par leur drapeau bleu est un pansement divin qui leur va droit au cœur comme un cataplasme révulsif.

Jusqu'à ce qu'Israël soit devenu ce qu'il est aujourd'hui, ils n'étaient que des juifs ordinaires. D'une vaillance discutée et d'un courage circonspect. A présent, ils ont une armée, des soldats émérites, des vedettes de Cherbourg, des armes sans embargo, un service d'espionnage à faire baver le SDEC et la CIA... et même les honneurs appuyés et répétitifs des médias écrits, parlés et télévisés.

Bien que natifs de Paris 14ᵉ ou de Villetaneuse, ils ont le chant des cigales au fond du ventricule gauche et l'âme d'un kibboutzim chevillée au corps. En contrepartie, chaque bombe ou colis piégé qui explose à Tel-Aviv ou Haïfa leur fait le même effet qu'un client qui leur aurait demandé à voir tout leur stock et ressortirait de leur magasin pour s'en aller faire son chèque chez le voisin d'en face !

Certains, plus cohérents que d'autres — ou réellement

touchés par la grâce — ont fait leurs paquets et sont partis là-bas replanter leurs pénates d'ici. Plutôt rares, ces aventuriers ! Car le plus grand nombre se contente « d'y être de tout son cœur » mais en restant sur place. C'est comme une variété nouvelle d'anciens combattants. A bon compte et à faible niveau de risque. Ou encore de FFI *qui préféreraient les joies de la carte orange à la récolte des agrumes du même nom sur fond de champs de mines. A chacun ses couacs !*

Il était plus de quinze heures lorsqu'il posa son crayon. Mince, jura-t-il ! Et mon rendez-vous ? Il redescendit chez lui en quatrième vitesse, composa le numéro de la petite annonce, obtint un rendez-vous miraculeux pour 16 heures 15 — vous avez de la chance, monsieur, un candidat vient de se décommander ! — et bolida prendre le métro.

A cette heure-ci, Varal, il se méfiait des encombrements. Et puis le chômage sert au moins à une chose : il rapproche des transports en commun.

⁂

La société Micro pour Tous perchait au troisième étage d'un immeuble vétuste près de la République. Arrivé avec quelques minutes d'avance, Varal s'était vu remisé dans une sorte de placard-salle d'attente défraîchi encombré de classeurs Ronéo qui avaient dû faire toutes les guerres. Et même avoir connu le daguerréotype avant de se mettre à l'heure des ordinateurs.

En prenant l'ascenseur exigu et poussif, il s'était mis à songer à son ex-immeuble d'acier et de verre, à son bureau nickel et fonctionnel et à sa carrière brutalement passée par pertes et pas de profit.

Chômeur, en fait, n'était pas le pire de sa condition actuelle. Car qui dit « chôme » dit « ne bosse pas ». Et qui ne bosse pas est en vacances. Les vacances, Varal, il aimait bien ! Non, le drame était ailleurs. Au niveau de demandeur d'emploi, par exemple. A celui de mendiant en carte et syndiqué. De travailleur à la cloche de bois à la recherche d'un poste. Élevé, le poste. Mais humble, le travailleur-demandeur-chômeur.

Perdu dans ses pensées moroses, il n'entendit pas la porte s'ouvrir, ne vit pas qu'on venait le quérir et ne sursauta qu'en entendant son nom. « Varal ? — Oui, c'est moi ! »

Il suivit la secrétaire aux hanches épaisses et aux cheveux gras avec la mine d'un veau qu'on mène à l'abattoir.

Le bureau d'équarrissage de Lapatinière était au fond d'un couloir sombre, après deux angles pas très droits et un demi-palier. Il était, c'était couru, à l'image du reste. Un réduit obscur, avec des meubles vieux jeu, des classeurs métalliques, des photos de micros (ordinateurs !) et un bonhomme qui aurait pu être le sosie de Vincent Price dans un film d'Avoriaz. Moins le tonton, tout cela rappelait furieusement le bureau de l'oncle Charles.

L'entrée en matière de monsieur le directeur — car il s'agissait de monsieur le directeur ! — fut brève mais circonstanciée. Micro pour Tous vendait de la petite informatique personnelle. C'est-à-dire de ces engins révolutionnaires que l'on achète sur un coup de cœur puis qu'on remise sur un coup de sang après s'être rendu compte — mais un peu tard ! — qu'on est sûrement plus con que la moyenne ! Comme, en plus, ces appareils sont encombrants, on finit par les monter au grenier, les descendre à la cave ou, dans les cas extrêmes, par les garder dans le living après y avoir posé les bottins dessus. Cher!... pour des supports d'annuaires téléphoniques!

Donc, M.p.T., c'était ça. Et en porte-à-porte, qui plus est. Spécialité d'ailleurs toute nouvelle puisqu'il y a peu, la même société, mais sous un autre nom, faisait un commerce identique avec des chaînes hi-fi. Et, avant encore, avec des articles sanitaires.

Grandeur et débilité, se dit Claude Varal, tandis que son interlocuteur-directeur déchiffrait son curriculum et ponctuait sa lecture d'explications quant au poste à pourvoir. Plus proche du VRP que de chargé de la communication.

M. Lapatinière, outre sa ressemblance frappante avec le grand acteur draculéen, portait des lunettes à monture métallique et une grosse chevalière à l'auriculaire gauche. A intervalles irréguliers il fixait Varal comme un serpent qui découvre une belette à portée de ses glandes à venin. Et c'est la belette Claude, incommodée, qui se tortillait sur son siège façon reptile. Comme Lapatinière parlait d'une voix monocorde, sans intonation ni ponctuation d'aucune sorte, lorsque soudain il s'arrêta, Varal ne s'en rendit pas compte.

— Alors, cher monsieur, fit l'autre en tripotant son imposante bague : vous sentez-vous l'homme de la situation ?

Pris de court, Claude n'en avait pas la moindre idée. Il se sentait mal, ça oui. Il se foutait de ce job comme d'une guigne, ça sûr. Et il ne se voyait pas employé par la très brillante et très performante et très prometteuse Micro pour Tous, ça non.

Il sortit son paquet de cigarettes, en offrit une au

chef, lequel chef ne fumait pas, l'alluma posément et, tout d'un coup, s'entendit dire :

— Le problème, monsieur le directeur, c'est que je suis juif !

— Pardon ?

— Je suis juif.

Vincent Price n'était pas interloqué, pas abasourdi, pas stupéfait : il était a-hu-ri. Il délaissa sa chevalière et ôta ses lorgnons pour les nettoyer.

— Et alors, monsieur Varal, ce n'est pas une tare ! Nous en avons déjà employé et je ne vois pas le problème. Ils étaient très compétents, d'ailleurs !

— Vous voyez, fit Varal triomphant.

— Je vois quoi, dit Lapatinière hésitant.

— Le « d'ailleurs » ! C'était forcé. Fatal. Inéluctable. Dans une minute vous me direz même qu'il y en a de biens. Et dans cinq, que certains de vos meilleurs copains le sont. Mais cela, hélas, ne changera rien à la réalité. Moi je suis juif. Depuis tout petit.

M. Lapatinière remit ses lunettes et referma son dossier. De toute évidence il était assis en face d'un déséquilibré. Or il avait du travail. Un poste à pourvoir. Et pas de temps à perdre. C'est ce qu'il dit donc à Varal, en termes mesurés mais peu amènes. Puis il se leva et le raccompagna jusqu'à la porte de son bureau.

— Soignez-vous, monsieur, avant de chercher un emploi. Juif, dites-vous ? Parfait. Vous le resterez. Mais malade, vous pouvez guérir. Bonne chance.

Claude se retrouva dans le couloir coudé, dans le vestibule crasseux, dans l'ascenseur mité, puis dans la rue. Il ne se souvenait pas vraiment des détails de l'entrevue mais simplement du fait précis qu'il avait été très bien.

Très à la hauteur.

Très comme il faut.

Il décida de rentrer chez lui à pied. Pour prendre l'air. Sur le chemin il passerait à l'agence de voyages.

⁂

Manque de chance ! Claire qui ne rentrait que rarement chez eux durant la journée y était bel et bien. Juchée sur un tabouret de la cuisine, en train de sucrer à l'édulcorant un yaourt Taillefine. Avant de s'appuyer un ananas entier, réputé, comme nul ne l'ignore, le meilleur calorifère qui soit des graisses superflues. Claude aurait bien voulu l'éviter mais il était trop tard. Ils étaient dans la nasse ! Et comme les régimes basses calories ont ceci de particulier qu'ils ne réchauffent pas vraiment le caractère, sa femme lui laissa à peine le temps de dire bonjour que déjà elle était descendue de son siège pour grimper sur ses grands chevaux.

— Tu as vu mon mot ?

— Oui, fit Varal en ouvrant le réfrigérateur avec une discrétion infinie.

— Et tu as répondu à la petite annonce que je t'avais cochée et qui, apparemment, t'allait comme un gant ?

— Oui !

— Oh ma parole, mais on t'a changé ! Et alors ?

— Rien !

— Comment, rien ? Tu as pris rendez-vous ? Tu y es allé ? Ils disaient que c'était urgent. Mais bien sûr, te violer en quoi que ce soit, en ce moment, ce serait trop te demander !

— En effet. Sauf que j'y suis passé, figure-toi. Et que je l'ai vu, ta taupinière. Manque de bol, il n'aimait pas les juifs. J'en sors.

Sous le choc, Claire ramena à elle le tabouret et remonta dessus avec difficulté.

— Quoi, dit-elle d'une voix cassée. Tu plaisantes ou quoi ? Il t'a réellement dit ça ?

— Il l'a dit, murmura Claude. Je l'avais un peu aidé, c'est vrai, mais il le pensait de toute façon. Ça se voyait à la façon dont il tournicotait sa chevalière. Dans tous les sens. Comme ça ! (geste !) Fais-moi confiance : il y a des signes qui ne trompent pas.

— Fou ! Tu es devenu complètement fou, mon pauvre Claude. Et qu'est-ce que tu vas faire à présent ? Retrouver une étoile jaune que tu t'accrocheras au revers ? Aller te présenter à la Gestapo ? Ou courir dans la rue en chantant des hymnes hébreux !

— Je ne connais pas l'hébreu, laissa tomber Varal. Mais c'est un manque, tu as raison. Et pour ce qui est de ton ami Latapinière, je me demande si je ne vais pas le dénoncer. Il doit bien rester des offices pour ça ? Spécialisés et ouverts 24 heures sur 24 pour les cas d'urgence, non ? Toi qui sais tout ! A moins que tu ne m'orchestres une campagne de presse. La rumeur d'Orléans resurgit dans le 18e ! Quel tabac !

Ils ne dirent plus rien, ni l'un ni l'autre, pendant plusieurs minutes. Claire regardait son époux aller et venir dans la cuisine, ouvrir les placards, les refermer, prendre le pain, le reposer, hagard. Elle voyait bien qu'il n'était pas dans son état normal. Et sa colère fit place à l'inquiétude. Dans la balance, il y avait son désarroi soudain, cette sorte de folie incompréhensible. Et vingt années de vie commune. Bon nombre de bons moments. Et même un peu d'amour. Elle se leva, s'approcha de lui et le prit par les épaules.

— Écoute, mon Cloclo, je te crois. Tu m'entends ? Je crois à ton histoire. Alors calme-toi et écoute-moi, tu veux bien ?

Ébranlé par cet inattendu accès de tendresse, Claude se laissa aller dans les bras de sa femme. Elle sentait un parfum dont il avait oublié le nom. Mais qu'il aimait. La petite veine bleutée de son cou battait contre ses lèvres. Ses cheveux courts lui chatouillaient le nez. Il lui pressa les seins et l'embrassa à pleine bouche. Comme dans le temps. Comme il y avait longtemps. Elle ne se recula pas. Ne dit rien. Et ne fit pas de geste pour s'opposer à la lente descente de ses mains le long de ses fesses. Puis sous sa jupe. Et, pour finir, sous le tissu rétractile de son collant.

Ils firent l'amour contre la cuisinière.

Les voisins, s'ils étaient rentrés à cinq heures de l'après-midi, auraient pu se croire sur Canal +. Ils se défirent mutuellement avec fébrilité. Ils se crochèrent l'un à l'autre comme deux noyés. Ils jouirent en même temps. En un long râle. Dans un même cri. Affalés sur l'Arthur Martin. Avec le ronronnement du frigo en arrière-plan. Heureux, le frigo, d'avoir un peu de distraction.

Ainsi qu'il est d'usage après l'amour debout et habillé, ils remirent de l'ordre dans leurs vêtements. Puis dans leurs pensées. Ils avaient eu beau s'envoyer en l'air avec frénésie, une fois retombés les spasmes du plaisir et disparue l'excitation réciproque, ils se retrouvaient au point de départ. L'un, chômeur à demi fou. L'autre, à bout de nerfs et de patience.

— Claude, dit Claire en rajustant son collant filé et

en repeignant de ses doigts ses cheveux défaits, je vais appeler une société d'intérim dont on m'a parlé. Il paraît qu'ils sont très bien. Très fiables. Très efficaces. Si je te décroche quelque chose, me promets-tu d'y aller ? Et d'arrêter de jouer les fous. Ou les martyrs ?

Bien que son désir fût passé et qu'il n'attendît plus rien d'elle dans l'immédiat, il promit. Jura. L'embrassa sur la joue. Et sortit de la cuisine en repensant à Latapinière et en se disant que, tout compte fait, il était sur la bonne voie.

S'il en avait été ainsi c'est que c'était écrit ainsi. Et si telles étaient les Écritures, c'est que Jéhovah dans sa toute bonté l'avait voulu. Peut-être un soir récent où il avait trop poussé sur l'alcool de figue, Jéhovah ! Et où le *matsé* lui faisait défaut. Allez savoir, avec le Ciel !

***

Le morceau numéro deux de son puzzle c'était Samuel. Le petit cousin moraliste, écrivain à ses heures, pieux comme une bonne sœur, portant barbiche, lorgnons, costume sombre, plus tout le poids de l'humanité juive sur les épaules. Dire qu'il était voûté serait trahir les lois mathématiques : il était tout simplement cassé en deux. Corollaire optique : cela l'obligeait à regarder ses interlocuteurs par le dessus de ses besicles. A se demander pourquoi il en portait ?

C'est donc ainsi, et coudé, que je captai son premier regard, après l'avoir débusqué dans la bibliothèque hébraïque dans laquelle il travaillait.

Plus âgé que moi (cinquante, cinquante et un, cinquante-deux ?), il en faisait soixante de toute façon tant sa mine était glabre, son allure poussiéreuse et sa manière de s'exprimer surannée. Véritable cancrela de synagogue (équivalent des grenouilles de bénitier dans le camp adverse !), il avait passé sa vie à la vivre aux crochets de sa famille, puis de sa femme et, pour terminer, de la communauté religieuse dont il faisait partie. (Son épouse ayant fini par lever le pied avec un plombier-zingueur, moustachu et ivrogne, goye de surcroît, et père de famille nombreuse pour tout arranger. Une honte !) Cela faisait une éternité biblique que nous ne nous étions vus.

— Ah, Claude ! Oh, Claude ! Mais c'est toi, Claude ! Je n'en reviens pas, tu sais. Je suis si content, tu sais. Ah, si je m'attendais, aussi !

Il frétillait comme les toutous qui savent que l'on va les emmener pisser sur les platanes de leur quartier.

Je m'attendais à ce qu'il finisse par prendre son élan pour me sauter au visage et me balancer un grand coup de langue baveuse. Râpeuse. Gaffeuse.

— Comment va Claire ? et ton fils ? et ta sainte femme de mère ? Qu'est-ce que tu deviens ? Comment va ton boulot ? Bien, je parie !

Je reculai d'un pas devant tant de bons sentiments au mètre-mot-carré.

— Je vais bien, dis-je. Moi aussi cela me fait plaisir de te revoir. Et tout le monde va bien, dis-je encore. Et toute la famille t'embrasse, ajoutai-je, pour conclure le chapitre des effusions.

Il ôta ses lorgnons et je vis qu'il n'y voyait rien. D'un geste lent il les essuya avec un pan de son *taleth* brodé. Assorti à la *kipa* qu'il portait sur le haut du crâne.

— Samuel, dis-je, je suis venu au sujet du Livre. Il paraît que c'est toi qui l'as eu entre les mains le dernier. C'est grave, tu sais. Très grave. Peux-tu me dire ce qui s'est passé ?

Ayant soigneusement nettoyé ses verres, il les remit sur le bout de son nez et me dévisagea d'un air lugubre. Sa voix, qui n'était déjà pas brillante d'ordinaire, était devenue pratiquement inaudible. Il bredouillait. A moins que ce ne soient des psaumes ? Pour un peu il allait me fondre en larmes dans les bras. Souiller les ouvrages saints sur lesquels il était censé veiller. Je le secouai gentiment. Mais fermement.

— Voyons Samuel, parle, raconte-moi. Je sais bien que tu n'y es pour rien.

Cette démonstration de confiance lui redonna du tonus.

Il m'avoua, finalement, qu'il avait emprunté le Livre non pour le faire expertiser comme l'avait compris l'oncle Charles mais parce qu'il travaillait à une vaste fresque historique. Quelque chose entre le roman et le livre de messe. Un peu trop allégorique peut-être pour le Goncourt. Mais sûrement apte à s'arroger le grand prix de l'Académie française. Rien de moins ! Dans ce contexte, le talisman de la famille n'était qu'une pièce à conviction. Un élément documentaire.

— Une source, quoi : tu comprends ?

J'opinai. Il ne faut jamais brusquer un mythomane mais le manier, au contraire, comme on le ferait d'un somnambule. Je l'écoutai dix bonnes minutes me raconter l'immensité de son talent, l'extraordinaire importance de son prochain bébé et la somme de travail et de recherches que cela avait représenté.

Comme je ne relançai pas la balle, il finit par se fatiguer tout seul et, de lui-même, revint à mes moutons.

— La seule chose que je peux te dire, mon petit

Claude, c'est qu'effectivement je l'ai confié à quelqu'un pour authentifier certaines lettres auxquelles je voulais faire référence. Mais jamais, tu m'entends, jamais je n'ai songé à le faire expertiser, comme tu dis !

— Et ce quelqu'un, c'était qui ?

— Un ami de Sarah. Tu sais, la tante Sarah ! Elle a toujours été très versée dans les choses anciennes. Elle connaissait ce garçon qui était aussi antiquaire.

— Et qui est où à présent ?

— Parti ! Disparu sans laisser de trace. Boutique close, voisins pas au courant, aucune adresse pour faire suivre son courrier. Tu penses bien que j'ai pensé à tout !

Je n'en étais pas si sûr mais je vérifierais. Pour l'heure, j'avais envie de l'attraper par son Saint-Sacrement, le Samuel, et lui faire regretter de ne pas porter plutôt des plaids de la Redoute ! J'avais envie de lui arracher ses lunettes trop fines et de les pulvériser jusqu'à ce qu'il n'en reste plus qu'une poussière atomisée. Ou encore de tirer brusquement sur sa tête en forme de coing la pile de bouquins qui le surplombait !... Mais j'étais un pacifiste. Et c'était un petit cousin.

Aussi je lui serrai la pince sans m'attarder davantage et sortis.

Le jour était devenu gris. Plus froid. Et infiniment sinistre.

***

Un certain nombre de grands talents — ou qui se disent et se jugent tels ! — et de moins grands (comme le cousin

Samuel par exemple!) portent leur juiverie en sautoir comme s'il s'agissait de la grand-croix de la Légion d'honneur! (D'aucuns arrivent aussi à combiner les deux quitte à se contenter d'un grade inférieur.) Soit! Mais est-ce que le fait d'être juif donne du talent? Ah, l'immense, la terrible question!

Si la réponse est oui, on comprend mieux la jalousie latente d'anti attentifs à tout ce qui peut leur faire de l'ombre. Mais si elle est non? Oh, l'angoisse! Car dans bien des cas, c'est-à-dire pour bien des juifs, « l'être » (et non pas « ne pas l'être »!) est la grande Affaire de leur vie. Et, pour beaucoup d'autres, la source quasiment exclusive et apparemment intarissable à laquelle ils abreuvent leur Art.

Cette façon d'exister, de s'imposer et même de se promouvoir m'a toujours frappé. Surpris. Et irrité.

D'accord je suis, s'il y va d'une conviction profonde, religieuse et garantie, « pur Dieu ». D'accord, d'accord je demeure, si cela est le fait d'individus marqués dans leur chair. Ou dans celle de leurs proches. Mais quelle est l'explication cohérente et crédible pour ceux qui sont juifs comme ils sont (par ailleurs) asthmatiques ou sujets aux maux de gorge? Pour ceux qui n'ont rien fait d'autre que de naître « ainsi », ne sacrifiant ni aux rites ni aux traditions et qui auraient tout aussi bien pu être catholiques, luthériens ou musulmans? Pour ceux, enfin, qui vous parlent de « racines », de « race » ou d'« héritage », sans avoir jamais dépassé les limites de leur 14e natal. Ni s'être « engagés » autrement que par oral et, en général, après un « Dossier de l'écran »!

Tout bien considéré, n'est-ce pas un peu sectaire, et terriblement limitatif, que de tout voir, tout vivre et tout analyser au travers du prisme judéo-racial?

Certes, ces Gueules Cassées du judaïsme ne défilent pas tous les soirs sur la place de l'Étoile. Ils n'ont pas de cérémonies du souvenir à dates fixes ni de messes à heures dites. Mais ils causent. Ils écrivent. Ils filment. Ils en vivent.

C'est sincère? ou habile! C'est pour eux une impérieuse nécessité? ou un truc! Dur à dire...

En tout cas, cette inspiration « étoilée », cet « O camp, ô désespoir, ô réserves inépuisables d'œuvres d'art et d'art-bominations » m'inspire plus de méfiance que d'émotion. Loin de moi, tudieu! l'idée de condamner le souvenir ou de laisser croire que le passé m'indiffère. Mais plus loin encore le sentiment que cela puisse utilement et continuellement alimenter chaque année que Dieu fait — et depuis bientôt un demi-siècle! — toute une armada de livres-souvenirs, de films-documents, d'appels à la mémoire collective et de révélations de derrière les barbelés! Ils commencent à avoir bon dos, les barbelés!

Je déteste cette forme de merchandising *du malheur. Je la trouve malhonnête. Et dangereuse.*

Je sais, bien sûr, que l'horreur a été telle, que tout est bien quand il s'agit de retenir le voile de l'oubli. Et je n'oublie pas le chiffre de 120000 « déportés raciaux » officiellement communiqué par le gouvernement lors de la projection du film Holocauste *à la télévision (février 78). Ni surtout les 287962 juifs recensés pour recevoir l'étoile infâme entre début juin et le 1er août 1941 par les Français eux-mêmes sur demande des Allemands. Je n'ignore pas qu'aujourd'hui, dans notre beau et doux et paisible pays, un foyer juif sur deux âgé de plus de cinquante-cinq ans a eu une ou plusieurs personnes déportées dans sa famille (et que ce chiffre est de 36,4 % pour les quarante/cinquante-quatre ans). Je sais que tout doit être fait pour rappeler aux vivants les millions de morts. Oui je sais. Comme tout le monde. Mais hélas je n'en crois rien.*

Cela fait des lustres que tous les écoliers de la planète (ou presque!) apprennent le carnage que les abominables Romains firent avec les adorables chrétiens. Est-ce que cela empêche, de nos jours, à quelques encâblures à peine de nos postes de télé et de nos fours à micro-ondes, que les Irlandais se fassent sauter le poil à qui mieux mieux pour des prétextes du même genre?

Si la vue, la connaissance ou la reconnaissance du vice, de la guerre et des tortures avaient jamais eu la moindre chance de faire baisser le taux d'ignominie de notre globe, on le saurait! Et nous ne serions plus, à quelques exceptions près, que des milliards de petits êtres tolérants, empreints d'une grande sagesse glanée au fil des ans. Mon cul!

Le sang fait bander le vulgum péquin. Il fait vendre le papier journal. Il fait entrer dans les salles obscures. Et qu'il soit de fiction ou qu'il s'appuie sur une réalité récente ne change rien à l'affaire. Ni aux affaires qui se font sur son dos. Ou en son nom.

On en arrive même à l'effet inverse puisque — ironie suprême et abominable! — il se trouve aujourd'hui un certain nombre d'énergumènes pour contester le génocide. Ratiociner sur ses chiffres. Ou discuter des responsabilités. En tant que juif, je ne me sens pas grandi d'avoir laissé une bonne partie de ma famille dans les camps de la mort. Ou montée en lampes pour éclairer les sinistres parties de belote des Waffenkappo. *Et je ne pense malheureusement pas que cela gêne en quoi que ce soit M. Khomeyni dans sa rage de vaincre. Et d'imposer sa loi. Ni M. Kadhafi dans celle d'en faire autant.*

Quand donc, en 1987, on voit encore poindre à la devanture des libraires de nouveaux recueils sur ces années tragiques, je me demande ce qui anime réellement leurs auteurs ? La gratouille de la célébrité? L'envie de faire comme la famille Joffo (moins les casses). Ou comme M. Martin Gray (moins l'incendie). A moins que ce ne soit, plus prosaïquement, pour payer les traites de la maison de campagne, quelque part en Bretagne ou dans l'Aveyron. Entre ciel et sillons. Peuplée l'hiver de ratons dormeurs. Le printemps de petits oiseaux. Et l'été d'aimables Allemands venus faire du caravaning à proximité. Même chose pour tous ces films ou séries télévisées qui ont pour objet la guerre et ses malheurs et pour toile de fond l'Occupation, la déportation, la collaboration et tout le triste frusquin.

Nos créateurs sont-ils exsangues à ce point que sortis de cette époque rien d'autre ne les inspire? Et pour un Dernier Métro *combien de faux mélos et d'authentiques navets? Vrai, il y en a marre du culte de ces années-là. Que célèbrent les juifs comme ceux qui ne le sont pas. (Car sur ce sujet précis, ils sont loin d'avoir l'exclusivité!) Marre de revenir sans cesse sur ces comportements sordides, sur ces héroïsmes à rebours et sur cette boue immonde dont on sait tous qu'elle nous pend toujours au nez. Ce qui est un comble, pour de la boue!*

Il vaudrait mieux parier sur l'engourdissement des mémoires et la paresse inventive de nos concitoyens plutôt que de miser sur leur faculté de s'amender une fois qu'ils auront vu ceci. Ou lu cela. Ça serait trop beau. Et trop facile.

Le téléphone lui vrilla les oreilles. Son fils venait aux nouvelles. Claude referma son cahier et lui en donna. Un peu « fraîches », peut-être ! Voire « surexcitées ». A l'autre bout du fil, le garçon ne soufflait mot. Regrettant sans doute d'avoir composé le numéro.

*
**

M. et Mme Varal prirent le turbotrain Paris-Deauville de 19 heures 03, avec chacun une petite valise et un journal, un sandwich racorni et une canette. Ils étaient en première et le train était plein. Arrivés en avance, ils se trouvaient à mi-course du jambon-pain de mie lorsque le train s'ébranla.

Très vite, comme si le wagon ne comptait que des habitués (ce qui était le cas mais Claude l'ignorait), des groupes se formèrent, on sortit les cartes et les mots croisés, les en-cas et les liquides, on libéra les chiens de manchon et les gamins bouclés, lesquels, tous à quatre pattes, se mirent à cavaler dans les allées. C'était sans façon, bon enfant et avec ses aises !

Alors que Claire était plongée dans son magazine et lisait son cent cinquante-huitième article de la saison consacré à l'art et la manière de maigrir sans se priver, Varal jetait des coups d'œil furtifs autour de lui, surpris de découvrir autant de gens de la « Maison ».

Il observait avec intérêt les réactions des rares « étrangers » que les hasards du voyage avaient installés à côté d'un petit couple tout de jean et de cuir vêtu faisant à haute voix l'inventaire de ses stocks et le bilan de sa semaine. Ou face à ce qui aurait pu être leurs parents et qui s'engueulaient sans retenue dans un franco-yiddish à couper au couteau. Ou encore, dos à dos avec des joueurs de gin fumant cigare et ponctuant leurs levées d'allusions tonitruantes et rigolardes à leur fric, leur froc ou leurs fringues.

L'intéressaient également les « kinders » survoltés,

qui minaudaient comme maman ou la ramenaient comme papa. Avec Cartier et Hermès pour les filles. Walkman dernier cri et Renoma branché pour les garçons.

Les « goyes » lisaient ou dormaient mais ne semblaient pas se soucier du côté mi-choule mi-casbah qu'avait pris le wagon. Encore heureux, se dit Varal qui s'étonnait lui-même d'être devenu subitement aussi réceptif à ces détails. Et qui tâchait de se rappeler s'il était « comme ça » avant ! Et qui était forcé d'admettre que non. Putain de réveil, se dit-il en se levant pour aller aux toilettes et en se fendant, au passage, d'un sourire bien large à une dame bien grosse.

— *Hye!* fit la dame, qui était américaine.

— *Hello,* répondit Claude, qui ne s'y attendait pas.

Lorsqu'il revint à sa place, Claire avait posé sa lecture et dormait. Il abandonna ses études anthropologiques et ouvrit son journal.

*
**

A la gare de Deauville Mme de Grandvallet et son fils Serge les attendaient.

Ils échangèrent les banalités d'usage — mélange de considérations S.N.céfiques et de météorologie locale — et se dirigèrent vers le break Peugeot dont les de Grandvallet se servaient pour venir chercher leurs amis de passage. Claude se sentait d'une humeur maussade et ne desserra pas les dents de tout le voyage : vingt kilomètres et vingt minutes à travers un paysage glauque et noyé de pluie. On était en Normandie. C'était normal.

Le manoir de leurs hôtes — car c'était un manoir, ma chère ! — était lové au pied d'une colline plantée de pommiers moribonds et de lauriers-roses que les intempéries avaient rendus gris.

Le bâtiment central était à deux étages mais les invités logeaient dans une sorte d'appendice récent, relié à l'édifice principal par un boyau-jardin d'hiver.

Le maître des lieux — il était tard — était couché. Aussi, ils prirent une collation légère, firent une toilette rapide et se couchèrent dans un lit qui sentait le lilas. Et le moisi.

C'est le lendemain, dès le petit déjeuner, que le drame en cinq actes se noua et que les choses se gâtèrent.

Premier acte : Claude s'était levé du mauvais pied et sa femme la première. Ils se rejoignirent tous dans la salle à manger : M. et Mme de Grandvallet, le fiston et les Varal. Le pain était sec et les voix enrouées. Sans doute parce que Claire avait dû raconter leurs malheurs et, notamment, ses problèmes de chômeur fraîchement émoulu, Claude se retrouva le sujet central de la conversation du café au lait.

C'était un peu tôt, à son goût. Et un peu limité. Aussi, à la troisième tentative de M. De pour lui tirer les vers du nez et compatir ensuite avec les accents de sincérité qui s'imposaient, il prit la mouche.

— Cher monsieur, dit-il, la bouche à moitié pleine de confiture maison et de brioche mollasse, oubliez-moi de si matin, voulez-vous ! Je suis chômeur, c'est exact ! Fatigué, indiscutablement ! Diminué, mais on le serait à moins, n'est-ce pas ? Ce qui ne m'empêche pas d'être totalement allergique à vos tentatives de pseudo-sauvetage mondain !...

L'air de la pièce était devenu cristallin. Le cœur de chacun y résonnait avec un bruit d'enfer. Et on y aurait entendu une mouche penser. Claire le fusilla du regard et observa, atterrée, M. De prendre congé. Un budget pareil ! Et madame sa femme se lever pour faire réchauffer le café bouillu et, depuis longtemps, foutu.

Le deuxième acte se donna en début d'après-midi, au moment d'aller « marcher un peu » pour profiter de l'accalmie et d'un semblant de rayon de soleil qui se glissait, tant bien que mal, entre les nuages. Ils partirent donc, en file indienne, sur un chemin détrempé. Puis, la voie s'élargissant, se retrouvèrent deux par deux.

Aux côtés de Claude trottinait Françoise de Grandvallet, équipée en Parisienne rustico-normande type : ciré jaune, fichu bleu, bottes verdâtres et bâton noueux en guise de canne.

— Claire m'a dit, pour le livre de votre maman. C'est affreux ! Je vous souhaite de tout cœur de le retrouver. Avez-vous une idée de ce qui a pu arriver ?

— Aucune, chère petite madame, fit Claude en mettant le pied droit dans une flaque et en se fendant, côté gauche, d'une grimace polie. Mais tout ce que je peux vous dire, c'est que je mettrai la main dessus. Un jour ou l'autre. Ainsi que sur le ou les salauds qui l'ont dérobé. Et qu'ils n'ont pas fini de regretter le jour où le Sort Divin et Abraham le futé se sont réunis pour me mettre sur l'affaire !

Du coup, madame Françoise n'insista pas. Claire l'avait prévenue que son mari était hypertendu : elle s'en serait rendu compte même sans cette précision !

L'acte III eut pour cadre la chambre à coucher dans laquelle se retrouvèrent les époux Varal, le soir du samedi, après un dîner sans histoire et une partie de rami à laquelle Claude avait refusé de participer.

— Tu le fais exprès, ma parole, éclata Claire sitôt qu'ils eurent refermé la porte. Tu sais pourtant combien ce type est important pour l'agence. Et la cour que nous lui faisons depuis des mois. En plus, ce sont des gens charmants. Prévenants. Et qui ne demandent qu'à rendre service. Tu veux me fâcher définitivement avec eux ? Mais parle, bon sang, au lieu de regarder tes pieds. Ou de lever les yeux au ciel comme si tu étais à Lourdes !

— Lourdes, c'est plutôt pour toi. Vas-y mettre un cierge et tu l'auras peut-être, ton budget ! Moi, tes de-Grand-Machin-bien-comme-il-faut, ils me donnent envie de grimper aux murs. Ils sont faux comme des jetons, maniérés comme des curetons et bouffent sûrement du juif dès qu'ils en ont l'occasion. Ça se sent, ma petite. Ça se voit !

Claire le regardait, effondrée. Elle s'assit sur le rebord du lit.

— Tu es malade, tu sais, Claude ! Vraiment ! Tu fais de la paranoïa. Du délire de persécution. Ces gens ne t'ont rien dit et n'ont rien fait qui justifie un seul instant ce comportement imbécile à leur égard. Moi, à leur place, je t'aurais déjà mouché. Giflé même. C'est tout ce que tu mérites.

Elle se déshabilla, se coucha, tira sur elle la couette immense et disparut. Claude resta quelques instants, piqué, auprès de la fenêtre. Puis il en fit autant.

— Pardon, dit-il en éteignant la lampe.

— Tu es dingue, dit-elle en s'éloignant de lui. Le quatrième et avant-dernier acte se déroula pendant le déjeuner du lendemain.

C'était dimanche et il faisait presque beau. Le fils de la maison avait ramené des crevettes grises et vivantes, lesquelles étaient maintenant roses et mortes, dans leurs assiettes.

— Un régal, dit Mme De. J'ai beau en manger presque chaque week-end, je ne m'en lasse jamais !

— Oui, mais quel travail pour les éplucher, dit Claire qui pratiquait sur chaque bestiole une véritable vivisection.

— Le travail les rend encore plus désirables, remarqua M. De en servant à profusion le bon cidre bouché de Normandie. Et le travail, c'est également la santé, n'est-il pas vrai ?

Claude, qui aimait bien les crevettes, qui était plus agile que sa femme, et qui avait fini sa ration, laissa tomber d'une voix gutturale :

— Faut-il encore en avoir, n'est-il pas vrai ? Et en ce moment, je ne sais pas si vous connaissez le taux de multiplication des chômeurs mais je peux vous dire qu'il bat celui des crevettes !

M. de Grandvallet, sans doute d'humeur diserte, repoussa son couvert, posa sa serviette et commença d'expliquer que du travail, justement, il y en avait ! Et qu'il y en aurait encore davantage pour les Français si on ne prenait pas leurs places abusivement.

— Les Suisses ont raison, ajouta-t-il, qui ferment leurs frontières à l'immigration sauvage. Et les Américains ! Nous, nous sommes les champions de la passoire. Les rois du bon accueil. Surtout du temps des socialistes ! Qu'on fasse un peu le tri, monsieur Varal, et vous verrez si vous n'avez pas un job demain matin !

— Vous votez Le Pen ? demanda Claude à brûle-pourpoint.

— Non, mais je finirai par le faire, répliqua M. De, d'un ton pincé.

— Claude, je t'en prie, arrête ! s'écria Claire qui sentait le vent tourner et passer de force 2 à 9.

— Eh bien, vous devriez le faire dès maintenant, monsieur-aux-nombreux-valets ! Ses théories collent parfaitement avec les vôtres. Il n'y a qu'à reconduire les Noirs, les bronzés et les juifs à nos frontières, et à nous — je veux dire à vous ! — la liberté, l'égalité et la fraternité retrouvées.

— Mais il n'a jamais dit une chose pareille, tenta de glisser madame l'épouse qui voyait son dimanche tourner en eau de boudin.

— Il ne l'a pas dit, vous trouvez, rugit Claude qui fonçait obstinément droit devant lui, comme un taureau sur le drap rouge.

Ils se colletèrent encore quelques instants sur le même thème. Puis sur des voisins, des connexes, des annexes. Et, pour finir, Claude se leva, sortit de la pièce, enfila sa gabardine et partit à pied à travers champs.

Le cinquième acte fut très bref. Il se joua sur le pas de la porte, à 19 heures 43, c'est-à-dire vingt minutes avant d'aller prendre le train.

Claude n'était toujours pas rentré et sa femme se tordait les doigts d'inquiétude. Ils avaient passé l'après-midi à éviter de se parler. Puis, en fin de journée, gagnés par l'anxiété, à commencer à battre la campagne. Et même à appeler les gendarmes.

Sur le quai de la gare, Claire, livide, demanda pardon à M. et Mme de Grandvallet pour la conduite de son mari.

— Ce n'est rien, dirent-ils en chœur. Ce n'est rien.

Faites-le seulement voir par un médecin. Et divorcez pendant qu'il en est encore temps !

A la même heure, entre Pont-L'Évêque et Lisieux, Claude réussissait enfin à se faire prendre en stop par un couple sympathique qui remorquait un van et faisait, gaiement, du 70 à l'heure.

***

Installé à l'arrière de la R 5, aux côtés du gamin qui bricolait ses Lego et du chat prénommé Gustave qui se léchait les pattes, Claude sortit de sa poche son petit cahier comme un malade qui prendrait sa gélule de tranquillisant. Il en avait besoin. Et se sentait inspiré.

A la lueur jaunâtre du plafonnier que le môme avait allumé — et qui ne gênait personne vu la vitesse à laquelle ils roulaient — il se mit à écrire.

De la même façon qu'il existe différents types de juifs, il y a, en regard, différentes sortes d'antisémites. C'est à la fois normal et chimique. Tout métal (ou presque) a son oxyde !

Les oxydes de juifs sont de plusieurs types.

Il y a les oxydes à sang bleu : branche aristocratique de l'espèce. Et les oxydes à bretelles : protubérance prolétarienne. Il y a les oxydes à fortes précipitations : cailloux, pavés, bombes parfois ! Et ceux à réactions lentes (quasi souterraines). Il y a les occasionnels et les répétitifs, les durs et les mous, les actifs et les passifs, bref : une fois encore, autant d'antis que de fromages, la mesure-étalon nationale de tout ce qui s'étalonne et se mesure en France !

Tout a commencé, il y a longtemps, par un malentendu. Je n'y reviendrai pas. Mais alors que tant de choses belles passent et disparaissent, en voici une, dramatiquement moche, hideuse même, qui dure et qui perdure. Bizarres, quand on y songe, les lois de la nature!

Les uns, donc, bouffent du juif à chaque occasion.

Les autres seulement dans les grandes occasions.

Certains font remonter leur ire au Golgotha. D'autres à la fois où ils se sont fait avoir par leur cordonnier qui s'appelait Rozenthal. Beaucoup cachent leurs mauvais penchants en public mais n'hésitent pas à dégrafer leur ceinture dès que le courant leur semble favorable. Et la majorité à leurs côtés.

Côté aristos, *justement, c'est un sentiment qu'ils ont découvert très tôt. Avec leur porridge dans son bol en Limoges qu'ils avalaient en gloussant tandis que chauffait leur « tub » anglais que leur faisait couler leur nurse suisse. On comprend, d'emblée, qu'ils se méfient des étrangers. Cultivés et raffinés, ils ont des références historiques, des images pieuses, des alibis culturels ou socio-économiques et des exemples précis.*

Ils sont « contre »; c'est évident, mais n'en parlent que du bout des lèvres. Ils les fréquentent le moins possible, encore qu'ils en aient toujours au moins un ou deux au nombre de leurs amis. Soit pour donner le change en toutes petites coupures. Soit parce que « ceux-ci » sont incontournables. Ils font alors contre mauvaise fortune bonne grâce. En gardant leur quant-à-soi. Et en n'en pensant pas moins.

Comme ils ont l'art de la litote, leurs traits sont rarement directs mais parfaitement cinglants. Un de... quelque chose... qui mastique du juif, ça ne fait pas de bruit mais des sacrés dégâts.

De plus, ils sont le plus souvent catholiques pratiquants; donc a priori *charitables! Et, plus généralement encore, notables quelque part; donc* a priori *responsables ! Dans le genre faux-cul, on ne fait pas mieux.*

Côté prolos, *ce n'est pas non plus de la dentelle.*

Les vieux mythes ont la vie dure et le juif cupide, avare, avide et mystique est toujours d'actualité. Même les plus bornés, les plus tarés ou les plus analphabètes savent tout du juif et des juifs. Sur ce chapitre-là, leur culture est immense. Et la tradition orale supplée aisément à ce qu'ils n'ont pu vérifier par eux-mêmes. Comme ils sont en même temps, et dans le civil, boulanger ou charcutier, quincaillier ou marchand de légumes, forcément ils s'y frottent. Et forcément s'y piquent. Ils savent donc de quoi ils causent. Parlent en connaisseurs. Et sont à même de les reconnaître de très loin. Parfois même avant qu'ils n'aient seulement poussé la porte de leurs boutiques. C'est assez dire !

Perspicaces comme pas deux, malins comme pas trois, et le sens critique toujours en éveil, ils sont capables d'identifier « leur » juif à des détails infimes qui échappent à l'œil du profane.

Souvent, ils sont plus forts en gueule que fiers-à-bras. Et ne deviennent vraiment méchants que si l'on touche à leur porte-monnaie. Le reste du temps, ils peuvent être plutôt bons zigues et aimables avec la clientèle. Vitupérant en public, pour faire comme tout le monde. Mais plutôt débonnaires en privé. Le problème, c'est qu'ils sont « tout-le-monde » ! Et qu'ils façonnent ainsi, à leur image, des milliers de gosses rosâtres qui boufferont du juif après leur bouillie quand leur tour sera venu.

Côté offensifs, *ceux-là en consomment tous les jours. Où qu'ils se trouvent et quoi qu'il se passe.*

Qu'un train déraille ou que les étudiants se mettent en grève, que le cours de la laitue augmente ou que Bel-

mondo ne les fasse plus rire, c'est la faute aux juifs. Simple. Et clair. Nostalgiques de la belle époque, celle des feuilles de chou perfides, des caricatures assassines et des personnalités encensées par les médias pour s'être fait précisément remarquer comme étant des antisémites notoires, ils regrettent le bon temps. Et ne rêvent que d'en découdre. Dans l'intervalle, ils se rabattent sur les négros, les gauchos, les ritals, les Arabes, les chinetoques et les faces de rat. Ce n'est pas la matière première qui manque. Inégalables pour assurer l'ordre au sein des services du même nom dans certaines manifs de grande ampleur, ils sont champions de la provoc et experts en arts martiaux. Leur messie s'appelle, pour l'instant, Le Pen. Leur héros, Kadhaf. Et leur bête noire, Israël. Heureusement que lorsqu'ils y vont c'est avec le Club Med et que les seules boules qu'ils aient alors soient en plastique!

Une autre variété intéressante est celle des antis réversibles. *Comme les matelas. Avec un côté hiver et un côté été. Un pour le chaud et un pour le froid. D'une façon, ils peuvent apparaître comme prosémites. Vantant, par exemple, les mérites de ces « gens admirables... qui ont tellement souffert... auxquels on a fait tant de misères... ». De l'autre, à force de tartiner la rhubarbe et de passer le séné, on finit par trouver à leurs accents enthousiastes de curieux relents excessifs. Et que ne voit-on poindre sous cette admiration forcée et cet amour immodéré? Un authentique antisémitisme primaire, travaillé dans la masse et dans le sens du fil. Quelque chose de particulièrement sophistiqué. Et dévastateur.*

Ils sont d'autant plus dangereux que les juifs ne les voient pas venir avec leurs gros sabots (ce qui n'a rien de surprenant puisqu'ils sont en général en charentaises.

Ou sur des patins). Les pauvres niais se font donc avoir au moment où ils s'y attendent le moins. Lorsqu'ils tournent le dos. Ou sont déjà dans la mouise. C'est alors que le matelas montre son côté « pile »... et patatras !

Il y a enfin ceux-qui-ne-le-sont-pas-vraiment-tout-en-l'étant-un-peu. *Qui en prendraient bien une part tout en faisant mine d'avoir bobo au cœur. Qui chipotent les autres antis mais ouvrent bien grandes leurs oreilles. Et dont la langue frémit. Et dont les doigts s'agitent. Et qui attendent leur « minute de vérité » tout en se voilant la face. Très répandus dans les milieux politiques et dans les affaires. Là où savoir nager est une règle absolue.*

Comme tout est dans tout et réciproquement, ils ne prennent jamais une position tranchée et ne font que de l'antisémitisme « ton sur ton ». C'est à la fois seyant et décoratif. Bien vu et rarement démasqué. De temps à autre, ces sortes de caméléons-anguilles prennent la mouche. Et éclatent en sornettes tonitruantes. Le lendemain, ils s'excusent. Ou font un démenti.

En marge de ce « listing » qui est loin d'être exhaustif, il faut savoir, quand on est un juif de bon aloi ou un goye qui aime sa tranquillité, que c'est dans la capitale des Gaules qu'il y a sûrement le plus d'antisémites puisque plus il y a « des uns » plus il y a « des autres » ! (Au recensement de 1975, la population de Paris était de 2 300 000 personnes alors qu'à la même époque il y avait environ 500 000 juifs en France dont la moitié blottie au pied de la tour Eiffel !)

Si l'on se souvient que la représentation nationale du juif par rapport à celui qui ne l'est pas est de 1,1 %, on mesure à sa juste valeur la bouffée de chaleur qui ne peut manquer de monter au front de tout anti des bords de Seine !

Mais que tous et toutes, les braves anti de France, se rassurent : les choses, pour eux, vont bientôt s'arranger. Le très sérieux Institut du judaïsme contemporain de la très reconnue Université hébraïque de Jérusalem a en effet prévu une réduction possible — si ce n'est trop probable ! — de 20 à 30 % de la population juive d'Europe d'ici à l'an 2000 ! Si l'on rapproche cette perspective alarmiste pour les uns mais réjouissante pour les autres, de ce qui suit, on va voir que les antisémites français peuvent déjà se chercher des juifs de substitution ! (Ou mettre en route sans tarder des chaînes de montage de gônes circoncis ! Mieux vaut des robots juifs que plus de juifs du tout !)

Il est apparu effectivement, et récemment, que la nouvelle génération de femmes juives françaises susceptibles de pondre demain des petits juifs exprès pour emmerder les anti d'après-demain avait un taux de fécondité de 1,4 ! Lequel petit taux entraîne ipso facto *un taux de reproduction net de la race de 0,7 % ! Lequel — quel flop ! — est inférieur de 30 % au minimum requis pour conserver une stabilité numérique* ad hoc *! (*Cf. *Doris et Sergio.)*

En d'autres termes, si vous ajoutez ce triste chiffre à celui de la progression des mariages mixtes, au nombre de ceux qui se font baptiser et à celui des homosexuels... vous arrivez... à plus grand-chose !

Je vous le disais, ce sont les anti qui tiennent le bon bout. Encore que... lorsqu'il n'y aura plus de Sémites, ils auront bonne mine, les anti sans mites !

— On vous laisse où, monsieur ?

Il n'avait pas vu le temps passer. Ils étaient arrivés.

Ils étaient à l'Étoile. Le temps normand les avait suivis jusqu'à Paris. Docilement. Claude remercia avec chaleur et descendit. Dans son van, le cheval poussa un étrange hennissement.

⁂

Il retrouva la rue, la pluie, les bourrasques et la chaussée glissante avec la joie goulue d'un malade dont on vient de faire cesser la diète par un bouillon de poule.

Il releva donc le col de son manteau, enfouit sa main droite dans sa poche et se mit à marcher d'un pas vif. Il n'était pas loin de minuit et les rues étaient désertes. Les rares voitures qui passaient projetaient à hauteur de son pantalon gris perle des gerbes d'eau gris sale. Ça l'amusait plutôt. Au bout d'une demi-heure, totalement trempé, il était calmé. Et dans le quartier de la Madeleine. Il avançait le nez baissé pour éviter d'avoir la pluie dans les yeux : aussi il ne la vit qu'en arrivant à sa hauteur.

Elle était blonde et en fourrure. Grande et en cheveux. Encoignée dans une porte et souriante. Plutôt jolie. Comme elle fumait une cigarette, elle lui souffla au visage un mélange de fumée et de paroles confuses au milieu desquelles il distingua quand même distinctement la phrase clé : « Tu viens, chéri ? »

Son cœur battit plus fort, son ventre se noua mais, emporté par son élan, il ne s'arrêta pas tout de suite. Varal n'était guère un habitué des prostituées. Non qu'il eût quelque chose contre la chose. Ou qu'il trouvât ça mal. Sale. Ou malsain. Tout bêtement, il était devant elles comme devant les autres femmes : timide. Et peut-être plus encore avec celles-là puisque avec celles-là l'issue était acquise.

Perturbé dans sa tête et secoué dans son corps, il prit la première rue à droite, puis la première encore, jusqu'à se retrouver dans l'axe de la porte fatale. Arrivé à proximité, il eut un choc. Le paillasson était vide. La créature s'était évaporée. Alors que trente secondes auparavant il hésitait encore, il en éprouva un regret terrible. Cette fille était sûrement la femme de sa nuit. Il refit une seconde fois le tour du pâté de maisons. Puis une troisième. De plus en plus mouillé. De plus en plus déçu. Après la journée qu'il venait de passer et toutes les emmerdes dans lesquelles il nageait, ces minutes de bonheur et de luxure étaient — il le savait — la meilleure des médications. Il regarda autour de lui sans comprendre où elle avait bien pu s'évanouir. Montée avec un autre client ? Il repoussa l'idée avec un pincement au cœur. Ça serait trop con, vraiment ! Et le fait de « prendre la suite » le faisait flipper. Rentrée chez elle ? Il consulta sa montre et se dit que le socialisme étant passé, elle n'avait pas de raisons de se limiter à trente-neuf heures.

Il en était là de ses réflexions amères lorsqu'il la vit. La porte d'un bar minuscule, à peine éclairé, et qu'il n'avait pas remarqué, s'entrouvrit pour la laisser passer. Elle retrouva la rue, la pluie... et Varal. Planté comme un poteau pas même télégraphique..., donc saugrenu. Dégoulinant de la tête vers les pieds..., donc repoussant. Et incapable, de surcroît, devant le bonheur retrouvé, de dire quoi que ce soit. Ou de faire quoi que ce soit. Heureusement que ces femmes, dites incongrûment « de mauvaise vie » sont également des femmes de bon caractère. Monique — elle s'appelait Monique — vint à sa rencontre. Elle lui sourit — et il nota qu'elle avait de jolies dents derrière de jolies lèvres. Elle l'entraîna en lui disant :

— Allez, viens ! Même si tu n'es pas en sucre, tu vas finir par fondre.

Il grimpa dans son sillage deux étages d'un escalier tortueux. Déboursa, sur le palier du premier, deux billets de cent francs. Pénétra dans une chambre tendue de toile de Jouy. Posa quatre autres billets sur la cheminée, « pour en finir tout de suite avec les aspects mesquins ». Et attendit.

Monique fit glisser les billets dans son sac. Puis son manteau de fourrure le long de ses épaules. Puis les bretelles de sa robe noire le long de ses bras. Et se retrouva en petite tenue. Son soutien-gorge était noir, son porte-jarretelles blanc et ses bas anthracite. La touffe de sa toison, elle, était châtain. Elle ne portait pas de culotte.

— Alors Minou, tu ne te déshabilles pas ? C'est quoi ton nom d'ailleurs ?

— Claude, dit Claude, commençant à se défaire.

— Quel temps, hein ! Tiens, sèche-toi un peu. On dirait un chat qui aurait glissé dans une piscine !

Elle lui jeta une des serviettes de toilette vieux rose qui jouxtaient un lavabo vieux blanc, et s'assit, tranquille, à califourchon sur le bidet.

Dehors, on entendait la pluie qui tombait avec un bruit de métronome. Et dedans, plus rien. Varal, en slip, avait l'air d'attendre la toise au conseil de révision. Il était excité dans sa tête et anxieux dans son caleçon. Attitude classique chez les mâles émotifs.

— Tu viens que je te fasse ta petite toilette ? lui dit

la fille en se relevant et en s'essuyant l'entrejambe avec énergie.

Décidément, pensa le petit Claude, les années passent mais le rite demeure. Et le dialogue ! Il s'approcha du saint des saints — en l'occurrence le lavabo plus les deux mains de Monique — et, parvenu à quelques centimètres, fit tomber l'ultime pan de son rempart vestimentaire. Comme il se doit il avait gardé ses chaussettes. Il était ridicule. Et mal à l'aise. Avec le savoir-faire d'un mécano qui vous lave votre auto sur un banc automatique, elle le prit, l'étira, le lava, le sécha et, malencontreusement ouvrit la bouche pour dire :

— T'es juif, toi ! C'est fou ce que je peux en faire en ce moment. A croire qu'il n'y a plus que vous autres comme clients !

Varal, que les attouchements de la fille avaient finalement sorti de son abattement, sentit sa contenance, son désir et son érection disparaître. Et la fille, fine mouche, le comprit aussitôt.

— Te frappe pas, mon minet, lui dit-elle en l'attirant vers le lit dont le couvre-pieds était assorti aux rideaux. J'ai dit ça comme ça. J' suis pas raciste, faut pas croire. Et puis moi, tu sais, des juifs, des Arabes, des bons Français ou des gros Noirs, c'est pas vraiment mon problème !

Le problème, hélas, c'est que, depuis quelque temps, c'était furieusement celui de Claude. Il l'avait d'abord rencontré au bureau, puis tout autour de lui. Et voilà que ça le poursuivait jusque dans les scènes de la vie érotique.

C'était une fois de trop. Brusquement il eut envie de fuir. De sortir de cette pièce. Partir de cet hôtel. S'évanouir dans la nuit et sous l'averse.

Mais un homme est un homme : même juif ! Aussi, lorsque Monique se campa devant lui, le pubis agressif et le buste superbe, lorsqu'elle dégrafa son soutien-gorge et que ses seins jaillirent de leurs coquetiers comme deux œufs de Pâques à pointes roses et aux rondeurs parfaites, il vacilla.

La fille avait un parfum capiteux et une peau très douce. Elle lui fit mille caresses dont une. Et mille agaceries dont deux. Il chancela. Trébucha. S'allongea. Et se retrouva en train de lui faire l'amour avec la sauvagerie d'un missionnaire qui aurait brutalement décidé d'envoyer ses principes par-dessus les églises.

Cria-t-elle de plaisir ? Hurla-t-il pour deux ? Avait-elle fait semblant ou s'était-il surpassé ? Il ne le saurait jamais. Mais ils restèrent plusieurs minutes enlacés. Repus. Comblés. Et très loin du minutage des amours tarifiées. Au bout de quelque temps toutefois, elle remua une jambe. Puis l'autre. Se mit sur les genoux. Puis debout.

— En tous les cas, vous êtes des bons, vous autres, dit-elle en retrouvant sa posture de tout à l'heure, à croupetons sur le bidet.

Claude se redressa comme si on lui avait enfoncé une épingle dans les fesses. Sans savoir pourquoi — alors que rien n'obligeait la fille à lui faire cette sorte de compliment —, il se précipita sur elle et la gifla violemment. La marque de ses doigts faisait des petites stries suspectes sur la joue de Monique. Et celle-ci, une fois revenue de sa surprise et de la douleur, se mit à hurler au voleur, au fou, à l'agression.

— Pardon, dit-il, je ne voulais pas faire ça, mais...

— Fous le camp, dit la fille. Tu es malade. Et complètement dingue !

Varal sauta dans ses affaires comme s'il y avait le feu et se rhabilla en quelques secondes. Devant la glace, Monique se tamponnait la joue avec un morceau de serviette qu'elle avait plongé dans l'eau froide.

— Excuse-moi, dit-il encore. Je ne sais pas ce qui m'a pris.

— J'en ai rien à foutre de ce qui t'a pris, mon pauvre vieux. Si tu fais des complexes ou si tu as des problèmes d'identité, ce n'est pas baiser qu'il te faut. Mais une camisole de force. Le temps de voir venir.

Elle était acide et froide comme un bâton de glace. Il ne l'avait pas volé. Il ramassa le reste de ses affaires et se dirigea vers la porte.

— Pardon, pardon, pardon, murmura-t-il en manœuvrant la poignée. Je t'aime. Je t'aime tellement !

— Pauvre con !...

Il n'entendit pas la suite et cela valait mieux pour lui. Énervé et abattu comme il l'était, il aurait pu la battre. Ou sangloter sur ses genoux. Ou la demander en mariage. Il dévala l'escalier quatre à quatre. Il était deux heures du matin. Il chercha un taxi.

***

Chez lui tout était calme, noir et endormi. Claire était rentrée et reposait en travers de leur lit comme si elle s'était effondrée dessus. Claude Varal se déshabilla, prit une douche et revint se glisser dans les draps.

Était-ce le souvenir de sa récente étreinte avec Monique ? Ou la vue de la croupe de sa femme qu'il avait découverte en tirant trop fort le couvre-lit ? Toujours est-il qu'il fut pris d'un brusque désir de la pénétrer brutalement. De se plonger en elle avec une joie bestiale.

Et de mettre ainsi un terme à leur brouille. Et à son excitation. Que des bonnes raisons !

Il l'attira contre lui, se frottant à elle, lui caressant la nuque, lui palpant les reins, mine de rien... et faillit se retrouver par terre tant le coup de reins, justement, qu'elle lui décocha fut violent. Et hostile.

— Fous-moi la paix, tu veux ! dit-elle d'une voix rauque.

Puis s'éloignant au maximum de lui, elle ajouta :

— Tiens, tu es revenu ? Dommage !

Quand la déconfiture morale s'ajoute à la déconfiture sexuelle et qu'on se retrouve avec ses pulsions sous le bras, ça blesse. Et ça énerve.

Varal se releva comme un dard, sortit du lit telle une flèche et partit s'administrer un calmant. Une demi-heure plus tard, il dormait comme un sourd sur le canapé de leur salon.

⁂

Sa femme enfilait son manteau lorsqu'il se réveilla. Elle lui fit un signe plutôt gentil, lui demanda s'il avait bien dormi, indiqua que le café était servi, et s'en alla.

Claude s'attendait à tout, sauf à ça. Décidément, il était nul en psychologie. Nul pour les rapports humains. Et même, il commençait à se l'avouer, nul tout court. Il se prépara pour aller voir la tante Sarah. Pivot apparemment central de toute l'affaire, puisqu'elle connaissait le soi-disant expert, avait eu le Livre entre les mains et pourrait sûrement lui dire ce qui était arrivé.

⁂

Elle vivait seule avec son chien, la tante Sarah, depuis la mort de l'oncle André.

Encore une que je n'avais pas vue depuis des lustres mais dont j'entendais régulièrement parler. (Il y a quelques années, ses frasques et ses extravagances diverses défrayaient régulièrement la chronique familiale !) Elle m'accueillit avec un mélange de surprise et d'inquiétude dont je ne saurais dire lequel des deux ingrédients pesa le plus lourd sur la poignée de porte. En tout cas, elle l'ouvrit très lentement.

Elle était petite et rabougrie, celle dont la légende disait qu'elle avait été très belle et très courtisée. Elle vivait dans un deux pièces exigu, celle dont on moquait la richesse et la cupidité. Elle paraissait brusquement désarmée, celle, enfin, dont on citait les coups d'éclat, les coups de gueule et les phrases à l'acide sulfurique.

Comme je tombais de haut — ne m'attendant pas à « ça » — et que le pouf sur lequel elle m'invita à prendre place était fort bas, je demeurai coit et tassé sur moi-même pendant plusieurs secondes. La tante et moi, on se dévisageait avec une curiosité avide. Elle portait un grand châle mauve sur les épaules et des pantoufles aux pieds. Elle avait les cheveux jaune d'or de chez l'Oréal et la bouche rouge sang de chez Chen-Yu. Et des yeux verts, tout petits mais au regard intense.

C'est elle qui rompit le fer et le silence la première.

— Qu'est-ce qui me vôôôt le plaisirrr de te voirrr

aprrrès si longtemps ? dit-elle de sa voix inimitable où je reconnus l'accent roumain garanti d'origine qu'elle avait apporté avec elle de son Bucarest natal.

Incapable de mentir sur les buts précis de ma visite, et mal élevé au point de ne pas même chercher un préambule gracieux portant sur sa santé (ou celle de son chien), je rentrai hardiment dans le vif du sujet. Et dans le lard de la tante.

Délire de ma part ou indice véritable ?... toujours est-il qu'il m'apparut nettement qu'elle avait pâli sous sa peinture.

Son chien, un bâtard sans forme ni âge, couché à côté de nous, geignait sans discontinuer.

— Il est malade ? demandai-je pour faire diversion et laisser à Sarah le temps de se remettre.

— Non, il a simplement envie de sortirrr. C'est son heurrre. Mais, dis-moi, qu'est-ce que c'est que ce rôôôman ? fit-elle après avoir flanqué un coup de pied à l'animal, histoire de lui montrer qu'elle ne l'avait pas oublié. (Et de me démontrer, en même temps, qu'elle était loin d'avoir hissé le drapeau blanc !)

Pour faire bonne mesure et bonne figure en un seul geste, je tapotai le ventre du clebs. Lequel, logique, se mit à geindre encore plus.

— Tais-toi, Zagorsk ! dit la tante qui avait toujours eu un faible pour l'exotisme russe.

Puis, me faisant face à nouveau, elle reprit :

— En quoi tout ceci peut bien me regarrrder, tou peux me le dirrre ? Oui, M. Prisot, l'antiquairrrrrrre (ce n'était pas un mot pour elle !) était oun ami, c'est sourrr ! Dont je réponds comme de moi-même, c'est sourrr aussi. Et tes incinérations *(sic)* sont dénudées (re-*sic*) de tout fondement. Tou peux me croirrre, Claude.

Plus elle parlait et moins je la croyais, justement. Et ses explications me paraissaient singulièrement oiseuses.

— Tou veux boirrre quelque chose, me demanda-t-elle en se levant. Un Cinzano ? Tou sais, je vis seule et je n'ai pas grand-chose.

— Un Cinzano fera l'affaire, dis-je.

Et je la remerciai pour tant de prévenances.

Au moment où elle allait me servir, on sonna à la porte et le chien se précipita vers l'entrée en hurlant à la mort. Elle le suivit en grommelant et en tâchant de le retenir. Sans succès. A peine eut-elle ouvert l'huis sur la trogne bouffie de dame concierge — qui apportait le courrier — que la bestiole était au milieu de l'escalier. La tante aussi. La sifflant à tue-tête. Mais obligée de descendre. J'en profitai pour faire quelques pas dans la pièce et, allez savoir pourquoi, m'approcher d'un secrétaire en noyer aux abattants de marqueterie et aux tiroirs multiples. Machinalement, j'en ouvris un. Puis un deuxième. Un troisième. Dans le quatrième, je vis « la chose » ! Et avant même de tendre la main, je sentis une grande bouffée de chaleur me monter à la tête en même temps que les os de mes jambes se transformaient en purée. Sous une faveur rose, il y avait un parchemin beige. Et une enveloppe. Le parchemin était un tableau original du grand-père. Zadoc Kahn soi-même ! Grand rabbin de France. Ramené à quarante-deux mille lettres.

J'étais tellement pétrifié par ma découverte et, surtout, par tout ce qu'elle induisait, que je n'eus pas le temps d'ouvrir le pli cacheté et que je ne vis pas la tante revenir. Mais je sentis nettement le museau de son chien me renifler le bas du pantalon.

— Tou, tou... mais qu'est-ce que tou fais à fouiller dans mes affairrres ? Qui t'a permis ? Rends-moi ce dessin : il est à moi ! (Elle n'avait pas aperçu le reste.)

Non seulement je n'avais aucune intention de le lui donner mais je reculai d'un bon mètre, m'attendant à tout de la part de cette folle à roulement à « r ».

— Tu veux rire ou quoi, tante Sarah, dis-je en manœuvrant pour me rapprocher de la porte. Ce dessin faisait partie du Livre. Il y était collé. Cela veut donc dire que non seulement tu as eu l'ouvrage entre les mains mais encore que tu n'as pas hésité à en arracher des documents. Que tu as dérobé ce portrait. Et peut-être d'autres !

Il y a encore dix ou quinze ans, elle m'aurait volé dans les plumes et aurait sûrement récupéré son bien. Hélas, elle était âgée, seule, surprise par ma détermination et donc elle s'effondra, en larmes.

Son français, qui n'était déjà pas facile à saisir quand il était au sec, devenait carrément incompréhensible une fois imprégné de flotte. Et, à la différence du Nescafé, cela ne donnait rien de bon. Ni de buvable. Je la calmai comme je pus, allant lui chercher de l'eau, la débarrassant de son châle qui l'étouffait, sans toutefois me dessaisir du parchemin (l'enveloppe, je l'avais glissée dans ma poche). Charitable mais méfiant. Entre deux sanglots et trois hoquets, je parvins à comprendre sa version des faits.

Elle avait eu le livre, c'est vrai, parce que son ami Prisot, qui savait qu'elle était de la famille et cousine germaine de ma mère, l'avait prévenue que Samuel, le petit cousin, le lui avait confié.

Cela ne paraissait pas limpide mais je savais que c'était exact.

En cachette de l'antiquaire, qui l'avait aussitôt repris après le lui avoir seulement montré, elle avait dérobé ce portrait parce que le rabbin en question lui rappelait le père de son premier amour !

C'était *Autant en emporte le vent.* Moins la Louisiane. Et plus l'accent.

Là-dessus, l'ami Prisot, qui avait des ennuis d'argent, disparut sans même l'avertir. Tout ce qu'elle pouvait me confier était son adresse. Une vague tour dans le 13e. C'est-à-dire là où précisément elle me conseillait d'aller : au diable !

Voyant qu'elle était en passe de retrouver ses esprits et ne voulant pas courir de risque, je la plantai là. Le chien, gentil, me raccompagna jusqu'à l'entrée.

***

Pour la première fois depuis de nombreuses semaines, Claude Varal se sentait guilleret. A pied, tranquille, il s'éloignait de l'immeuble de la tante Sarah et trouvait que les passants avaient une bonne tête. Que les boutiques étaient bien décorées. Les rues bien propres. Les voitures bien respectueuses des feux de signalisation. Bref : il était — une fois n'est pas coutume — euphorique. Et euphorique, il entra dans un café pour arroser ça.

Une fois installé, avec vue sur la chaussée et une plante verte dans le dos, il sortit ses « trésors » : le parchemin de l'aïeul et la pochette en kraft.

Le portrait du rabbin Kahn était extraordinaire. Non seulement il y avait le visage, le buste et ses décorations, le regard pénétrant derrière les lunettes, les

Le Portrait écrit de M. Zadoc Kahn

Grand Rabbin de France

CONTENANT 42.000 LETTRES

Honoré du bon accueil de M. CARNOT, Président de la République Française, au Palais de Fontainebleau, le 10 Août 1891.

LE PORTRAIT ÉCRIT DE M. CARNOT

PRÉSIDENT DE LA RÉPUBLIQUE FRANÇAISE

NÉ A LIMOGES LE 11 AOUT 1837 — MORT A LYON LE 25 JUIN 1894

CONTENANT 62.000 LETTRES

mains « éclairées » en une posture biblique, mais aussi les feuillages de chaque côté, la signature et même le sceau du consistoire, le tout en lettres, dont une partie en hébreu et l'autre en français. Quant à l'enveloppe, elle contenait un saisissant dessin du président Carnot, deux lettres émanant de la présidence de la République française et tout un tas de coupures de presse de l'époque. Près d'un siècle passé venait de lui sauter au visage. Il étala les deux tableaux sur la table. Mais même en y regardant de près, même en y collant le nez dessus, Claude n'arrivait pas à déchiffrer quoi que ce soit. Repérant alors une papeterie à dix mètres du café, il s'y précipita pour acheter une loupe. Et revint, haletant, à son cognac et à ses rébus.

Il savait, par sa mère, que le grand Sofer commençait toujours ses micrographies par la base de l'oreille ! Mais laquelle ? Il chercha, vainement, le début de l'histoire. Scruta les dessins sous tous les angles, déchiffrant un mot ici, une phrase là, émerveillé du travail, mais incapable de lire, même avec son instrument optique. Stoïque, il rangea les documents et régla son verre. Il est certain, se dit-il, que chacune de ces miniatures invraisemblables vaut une fortune. Si donc tous ceux qui ont eu le Livre en leur possession se décident à en barboter une ou plusieurs, dans quel état vais-je le retrouver ? Si je le retrouve un jour !

Cette pensée pessimiste assombrit quelques secondes son enthousiasme récent. Puis il se dit que la chance ne pouvait être qu'avec lui puisqu'il faisait, quelque part, acte de foi ! Et d'amour filial.

Ce qui l'amena à penser qu'il était midi, qu'il avait un peu faim et qu'il n'était pas loin de chez sa mère. Il décida donc d'y passer.

⁂

La brave femme était à sa cuisine, occupée à se faire griller une côtelette d'agneau grosse comme une cerise, et revenir trois haricots sans fils dans une coquillette de beurre.

Aussitôt qu'elle le vit, elle s'affola. Pensez : elle avait si peu à lui offrir à manger ! Elle le gourmanda de ne pas l'avoir prévenue, retourna trois fois dans la poêle la côtelette qui demeurait obstinément minuscule, et se mit à courir en tous sens, comme une guêpe sur un buisson de groseilliers, pour débusquer dans ses placards et son réfrigérateur de quoi nourrir dignement son fils adoré. Tant et si bien que Claude s'en voulait d'être passé à l'improviste et de dérégler une machinerie habituellement calme et sobrement huilée. Les petits vieux ont leurs manies, leurs habitudes, leur rythme de vie, et tout incident non prémédité longuement les plonge dans la panique.

— Tu auras assez, mon pauvre chéri ? demanda Maude Varal en poussant devant son petit garçon, qu'elle avait fait asseoir à sa place, l'intégralité des haricots et la virgule de viande quc la cuisson avait encore réduite.

— Mais oui, maman, c'est très bien. Je t'ai dit que je n'avais pas faim et que je suis passé pour t'embrasser, pas pour faire un gueuleton.

— Oui, oui, bien sûr ! Mais à ton âge, il faut que tu manges !

Il n'y avait rien à faire et il renonça. Non sans engloutir égoïstement la totalité du repas de

Mme Varal mère. La moitié du litre de vin. Deux des oranges sur trois. Et une tasse de café. Quand les mamans sont trop bonnes, leurs petits en profitent ! C'est comme ça !

— Alors, le Livre, tu as des nouvelles ? Tu t'en es occupé, au moins ?

Claude s'essuya la bouche, alluma une cigarette — Tu fumes trop, mon fils ! Ce n'est pas bon pour ta santé, tu sais ! — Oui, mère, je sais !... se leva et alla chercher le portrait roulé en tuyau dans la poche de son imperméable.

— Bien sûr que je m'en suis occupé, dit-il en tendant l'un des parchemins à la vieille dame. Tiens, regarde. Je crois que nous tenons enfin une piste sérieuse.

Il n'avait pas jugé utile de lui révéler la totalité de sa « prise ». Pour ne pas l'effrayer. Et l'amener aux mêmes conclusions que lui !

Sa mère saisit le document, chercha un peu partout les lunettes qu'elle avait sur le front et s'assit sur le canapé pour regarder la pièce à conviction que son Hercule Poirot de fils avait trouvée.

— Oh, mon Dieu ! dit-elle, mais où était-il ? Il faisait partie du Livre, n'est-ce pas ?

Claude acquiesça et lui raconta sa visite chez la tante Sarah. Sans insister toutefois sur l'aspect « effraction ». Et en lui laissant plutôt penser que sa parente avait délibérément coopéré.

Mme Varal n'en croyait pas ses oreilles. Jamais elle n'aurait pu imaginer une telle histoire rocambolesque à propos d'un objet de famille dont le destin profond était de ne pas sortir de la famille.

— Et ce Prisot, tu crois que tu vas le trouver ? Imagine qu'il l'ait déjà vendu ? Ou décortiqué, comme ça, page par page ! J'en mourrais !

— Arrête, tu veux, fit son fils qui était aussi superstitieux qu'il était peu croyant. (Et qui ne pouvait entendre le mot « mort » sans en avoir mal dans tout le corps.) Arrête ! Je te dis que j'ai une piste et qu'avant peu je te le rapporterai, ton truc. Alors, calme-toi. Et fais-moi confiance. Au lieu de me jouer le grand air du III ! Redonne-moi un peu de café plutôt.

— Quel trois ? Et tu bois trop de café. Ce n'est pas bon.

— Tant pis, je survivrai ! Je t'aime. Un seul sucre, merci.

Il but sa tasse en soufflant dessus. Puis arpenta la pièce pour se dégourdir les jambes.

Chaque meuble, chaque bibelot, chaque tableau lui rappelait son enfance. Et l'appartement dans lequel il avait grandi avant la mort de son père. Il était attaché à la patine des chaises, au râpé bruni des canapés, aux sous-verres mouchetés d'humidité et de vieillesse. C'était à la fois sa maison et sa niche, son seul passé et ses uniques racines. Enfant, dans des pièces infiniment plus grandes que celles-ci, il jouait à l'Indien sous la table d'acajou. Au cow-boy derrière le cabinet espagnol. Et au pirate sur le tapis de Boccara pastel et élimé. La lampe à l'abat-jour parcheminé, ocre et beige, sur son pied de bois doré, portait encore les traces des coups de Pneumatir qu'il lui décochait à bout portant quand il n'y avait d'autres solutions que de tirer « dans le tas » ! Ou de mourir. Et la statuette d'ivoire, à l'abri dans sa vitrine, avait encore au cou la marque de la cassure qu'il lui avait infligée un soir où le galion avait sombré. Et où il avait sauté par-dessus bord avec un peu trop de précipitation... Oui, vraiment, il le retrouverait ce putain de sacré Livre. Car c'était aussi un morceau de sa vie. Et l'on n'aime pas, de son vivant, se voir découper en rondelles. Puis vendu au plus offrant.

Il embrassa sa mère en la remerciant pour le formidable repas gastronomique qu'elle lui avait mitonné avec « presque rien », ramassa ses affaires, rembobina le portrait du grand-père, et s'en alla.

« J'aime les fââãmmes », chantonnait-il dans son wagon de métro. « J'aime les femmes de ma famille... j'aime les femmes... »

⁂

Les femmes sont souvent des êtres d'exception. Et les femmes juives n'y font pas exception. Certaines sont sans histoire. D'autres, qu'histoires. Et d'autres enfin, genre tante Sarah, folkloriques! Mais qu'elles soient exotiques ou pas (j'y reviendrai), il faut savoir, si d'aventure on a le désir d'en sauter une (ou plusieurs!) qu'il y a moins de juifs femelles que de juifs mâles entre zéro et quarante-quatre ans. Après, ça s'inverse. Mais cela devient une question de goût, plus que de statistiques!

Par ailleurs, et toujours dans la même perspective, il n'est pas sans intérêt d'observer que la gent féminine juive est plus souvent à la maison que la moyenne nationale des petites femmes de chez nous (39,9 % seulement ont une activité professionnelle, contre 49,6 % chez les goyes en jupons). Ce phénomène particulier explique sans doute que les plus avertis quant aux spécificités amoureuses de la race soient les plombiers. Ou les télégraphistes.

A noter aussi qu'il y a davantage de célibataires chez les femmes que chez les hommes (juifs). Et moins de veuves. Enfin — mais il n'est pas forcément nécessaire d'aller jusque-là —, le taux de fécondité des filles d'Israël est de 10 à 25 % (selon les origines desdites !) inférieur à celui de votre petite amie ordinaire ! Mieux vaut le savoir pour les allocations maternité.

Les femmes juives donc, à part ces travers bénins, ont énormément de qualités. Sont excessivement variées. Et souvent pittoresques.

L'Exotique, *par exemple, est d'origine russe, roumaine ou serbo-croate. Cela s'entend à son parler chantant, se voit à ses traits réguliers et se précise en quelques secondes puisqu'elle ne peut pas prononcer trois phrases sans que l'une — au moins ! — y fasse allusion.*

Elle est exubérante, prolixe, brouillonne. Elle a sûrement été belle, parce que importée très tôt, mais à l'âge où elle a toute sa saveur — il n'y a en général plus personne pour en témoigner. Par un comportement excentrique et à nul autre pareil, elle a l'art de fabriquer des ondes négatives comme un synthétiseur déréglé. Ou comme les boucheries Bernard vous font du steak haché avec n'importe quel morceau de viande. Elle est, de même, capable d'indisposer tout auditoire numériquement supérieur à deux, à force de vouloir jouer les divas. D'occuper l'avant-scène. De ne parler que face au public. Le tout avec gestes amples, roucoulades stridentes et galimatias issu d'une langue le plus souvent inconnue. Marée sans cesse montante et ne connaissant pas le reflux, elle est tentaculaire, poisseuse et sublimement emmerdante. D'une voix onctueuse, mais qui peut aussi être sirupeuse, elle donne généreusement son avis sur tout.

« Forte personnalité », disent alors ceux qui la suppor-

tent ou qu'elle a coincés dans une pièce sans issue. « Guimauve liquide ou variété de mashmallow », pensent les autres qui ont réussi leur sortie.

L'Exo-Folklo-Collante *est une variété subtile de la précédente, un peu moins typée quant à la langue ou à ses origines, mais tout aussi envahissante. Gentille est sa qualité première. Bonne est sa qualité seconde. Bonnement gentille forme son tout. Pour un oui ou un non — car elle est croyante — elle fait allusion au bon Dieu. (Elle l'appelle Adonaï!) Sa piété fait pitié et est son plus redoutable hameçon. Car, si l'on peut encore se débarrasser de l'Exotique en prenant le risque d'être grossier, on a beaucoup plus de mal à écarter une envoyée de Dieu! (Et s'il regardait?) Elle est donc imbattable dans l'art de vous alpaguer. Et championne toutes catégories pour la pêche aux confidences. Sa technique tient d'ailleurs du sport de haute mer et de l'art séculaire des pilleurs de troncs. Avec son petit bâton qui lui sert de langue, elle s'introduit dans votre boîte à confidences et en ressort toujours avec quelque chose. Après, on ne sait plus comment s'en défaire. Mais gentille, vous dis-je. Très gentille.*

La Folklo-Craintive *est sa sœur de lait mais des bords de la Méditerranée. Une sorte de double en creux. Identique en tout point, sauf que ce n'est pas vous qui l'intéressez, mais elle. Exclusivement. Plus geignarde qu'agressive et surtout maladivement peureuse, elle ne parle pas, elle psalmodie.*

Vous la prenez en voiture et la voici qui a la trouille de la vitesse, la phobie des croisements, la peur des poids lourds et la hantise des cyclistes!

Vous la nourrissez et elle doute de la fraîcheur des plats, redoute le malaise gastrique, pressent l'indisposition. Elle veut donc connaître la provenance des mets, vérifier les dates de péremption et avale, quoi qu'il arrive, moult cachets après le repas. Dont elle se moque qu'il soit casher ou pas.

Vous la présentez à des amis et la voilà qui les entreprend sur leur santé, leur tire les lignes de la main ou les cartes, et finit par leur plomber le moral comme un jour de retour des grandes vacances.

Vous la recevez chez vous, enfin, et elle critique le mobilier, s'étonne de la disposition des pièces, observe qu'il fait trop chaud ou trop froid. Quant aux chiens, elle les a en horreur. Mais elle adore les enfants.

Confer ce que je disais au début : voici une espèce à éviter comme belle-mère !

La Jewish-Princesse *est une denrée* a priori *typiquement américaine mais que l'on trouve, grâce à Dieu et à la libre circulation des biens et des personnes, dans d'autres pays.*

Et notamment en France.

Elle est le plus souvent brune, le plus souvent joliment faite et toujours très typée. La poitrine en avant, le port de tête sérénissime, qu'elle soit grande ou boulotte, mince ou bien en chair, elle est, de toute façon, très fière de ce qu'elle est. Et infiniment plus encore si, dans le même temps, son papa ou son mari, voire son grand-père ou son grand-oncle, est riche et célèbre.

Comme son physique ne lui pose pas de problèmes, que son esprit est plutôt aiguisé, qu'elle est honnêtement cultivée, et qu'elle a les moyens de se payer ses caprices, elle a un comportement de « petite princesse ». D'où son nom ! Auprès des hommes, elle a « la cote » dans la mesure où la cambrure de ses reins fait passer le nombrilisme de ses propos. Et où ce qu'ils lisent — ou croient lire — dans ses prunelles attise leur désir en bouchant subitement leurs conduits auditifs.

Aguicheuse autant que fine mouche, intuitive en même temps que sensuelle, elle peut être aussi provocante. Et totalement sans-gêne.

Côté femmes, et pour les mêmes raisons, elle passe moins bien.

D'abord, on redoute cette concurrence exacerbée qui raréfie l'air ambiant dès qu'elle pénètre quelque part. En outre, elle n'a peur de rien. Et peut, à tout instant, s'asseoir aussi bien sur le siège qu'on lui tend que sur les principes de l'assistance. Ou la morale (bourgeoise de préférence).

Son humour peut être cinglant et elle est du genre à sacrifier n'importe qui sur l'autel d'un bon mot. Elle a d'ailleurs la mise en boîte à bords contondants. La réplique acide. Et plus le moindre sens de la plaisanterie lorsqu'elle se retrouve en première ligne. La Jewish-Princesse est une nature. Que, heureusement, la nature ne fabrique qu'avec parcimonie.

La Mère-Juive, *enfin, est un personnage légendaire. Une figure de proue.*

En réalité, elle n'est ni plus ni moins qu'une « bonne mère » comme il y en a plein, peut-être plus sensible qu'une autre aux dangers redoutables des courants d'air — mais couvre-toi, voyons, ou tu vas prendre froid ! — ou aux méfaits mauvais d'une sous-alimentation perverse — reprends-en un peu, rien que pour me faire plaisir ! Ah, faire plaisir à une mère juive ! Quel programme !

Il suffit, en fait, de peu de chose.

Manger à sa faim (et, si possible, un peu plus !).

Se couvrir quel que soit le temps (il peut toujours changer !).

Faire attention ! A soi, aux autres, au prévisible et à l'imprévisible.

Moins dur que d'avoir le bac.

Sa caractéristique la plus marquante, pour qui a touché le gros lot et l'a donc pour mère, est qu'on reste toute sa vie pas seulement son enfant mais UN enfant !

En conséquence, que l'on ait dix, vingt, quarante ou soixante ans, on est son petit. Tout peut toujours vous arriver. Et elle a toujours les mêmes excès d'affection, les mêmes torrents d'inquiétude, les mêmes kyrielles d'attentions touchantes, sublimes et exaspérantes à la fois.

C'est la mamma italienne, moins les pâtes. La mère orientale, moins le tchador. Le pélican éternel.

A tout prendre, ce n'est pas un fardeau : c'est un don du Ciel.

⁂

Le lendemain, en fin d'après-midi, Claude Varal avait rendez-vous avec son fils à la terrasse d'un café. Il était arrivé en avance et regardait les gens marcher dans la rue. Pressés. Nerveux. La tête baissée et l'œil mauvais.

A contrario, il se sentait plutôt bien, lui. Tuant le temps à petite dose. Moins stressé qu'auparavant. Disponible et léger. Bien sûr, un boulot — et surtout un bulletin de paie — n'aurait pas été superflu ! Mais il avait repris confiance en son étoile. La quête du Livre le mènerait fatalement quelque part. Suffisait d'attendre.

Plongé dans ses pensées, il ne vit pas son fils entrer.

— B'jour, p'pa !

Ils s'embrassèrent chichement sur les joues et s'assirent face à face.

Le fait que son rejeton ait souhaité le voir cachait sûrement quelque chose. Car ils ne se croisaient plus guère depuis « l'incident » ! Peut-être un géniteur chômeur était-il moins facile à supporter un géniteur normal ? Ou que certains propos de Claire avaient limé un peu plus encore l'amour que le fils portait à son père ? En toute sérénité relative, Varal se posait la question.

Jean-Luc, dix-neuf ans passés, était grand, mince, avec le visage de sa mère, les cheveux châtains de Claude et les yeux moitié verts, moitié noisette. Il était timide mais plaisait aux filles. Avec le look classique des adolescents des années 80. Cette indolence faussement affranchie. Cet air d'être revenu de tout avant même d'être parti. Et vêtu d'un bout de l'année à l'autre de ces éternels baskets, jeans et polos Lacoste. L'uniforme de l'époque.

68 était une vieille histoire qu'ils n'allaient bientôt plus apprendre que dans les livres. Les hippies et les babas cool étaient carrément entrés dans l'histoire. Et le socialisme-à-la-française avait bercé leurs dernières années de collégiens attardés. Aujourd'hui, ils (et lui) étaient comme tout le monde : à l'affût des choses de la vie. En commençant par celles qui font plaisir.

— Alors, comment vas-tu depuis tout ce temps ? demanda le père à son fils en prenant l'air détaché du papa-à-la-coule.

— Je fais aller, répondit le fils-à-la-page, que ne rebutaient pas les formules byzantines.

Ils marquèrent une pause longuette, après ce premier échange hautement affectueux et qui semblait avoir épuisé l'intégralité de leurs réserves respectives de tendresse.

— Tu veux boire quelque chose ? reprit Claude Varal que ce silence tendu embarrassait.

— Un demi !

Ils commandèrent la bière et un café. Attendirent que le garçon revienne avec les consommations. Puis abordèrent enfin, une fois la tasse vide et le demi aux trois quarts terminé, le sujet confus de leur rencontre.

Jean-Luc, qui vivait seul dans un studio dont papa payait toujours les traites, voulait l'aménager, le décorer, le rendre... un peu moins tarte, tu vois ! Un peu moins foutoir, quoi : question d'ameublement et de décoration, en d'autres termes !

Varal ne pouvait s'empêcher de penser que sans ce « schmock » de Giscard, plus socialisant que tous les socialistes réunis à Matignon pendant cinq ans, les nubiles modernes vivraient encore avec leur famille jusqu'à des âges décents ! Et, surtout, jusqu'à ce qu'ils aient les moyens d'assurer leur existence. Au lieu de se considérer, dès leur dix-huitième année, comme des adultes à part entière. Mais émargeant toujours et le plus lucrativement possible à l'autre ANPE, l' « Association nécessaire des parents économes ».

Au lieu de ça, les mignons bambins prenaient le large en en prenant à leurs aises, sûrs que leurs « vieux » montaient la garde question loyer, quittances diverses, bouffe occasionnelle et argent de poche indispensable ! Ce qui était le cas. Et ce qui, dans le cas présent, commençait à poser problème au père de famille Varal. Claude s'enquit donc du job que son fils était censé faire en parallèle de ses études d'architecture. Et il ne fut que très modestement surpris d'apprendre que l'autre venait de laisser tomber.

— Tu comprends, expliqua Jean-Luc, bosser tous les soirs de dix-huit à vingt-trois heures pour deux mille cinq cent cinquante balles par mois, c'est pas le pied. Et il y a de quoi s'angoisser !

Papa comprenait. Peut-être pas toutes les subtilités de la situation ! Peut-être pas non plus tous les aspects pratiques ! Mais l'essentiel, oui. Il fallait quelque cinq mille francs tout de suite pour l'appart de son fiston. Et quelque autres cinq mille sous huitaine pour rembourser ce qu'il avait de toute façon emprunté pour commencer les travaux.

— Ça pouvait plus attendre, tu sais !

Sans être grand clerc, ni un père particulièrement à niveau du niveau de l'adolescent moyen, modèle 87, il réalisait assez distinctement que cela allait le mettre dans la merde un peu plus. Mais à quoi bon en parler ? Et son garçon pouvait-il seulement le comprendre ?

Pour changer de sujet et éviter de répondre dans l'instant, Claude aborda l'histoire du Livre. Hélas pour lui, son fils était au courant. Compatissant même. Et très triste, vraiment !

Dans ces conditions, Varal ne voyait pas ce qu'il pouvait ajouter de plus. Ni demander. Son fils, en revanche, savait.

Ils revinrent donc sur le motif de leur entrevue. Et ce qui devait arriver arriva. Claude éclata. Sobrement, d'abord, à cause de l'environnement. Puis de plus en plus fort, à cause de l'auto-énervement que lui causait l'effet de s'entendre décrire sa propre situation.

Sa voix devint aiguë. Et lui-même, pathétique.

Aussi, lorsque son fils le prit par l'épaule et lui dit : « Arrête, papa, tu te fais mal inutilement ! » retomba-t-il comme un soufflé que la cuiller vengeresse vient de trouer à mort.

Il alluma une cigarette, étreignit son fils par-dessus la table, paya, et lui proposa de changer d'air. Et de cadre.

Ils sortirent.

L'air frais lui fit du bien. Ils marchèrent quelques minutes sans dire un mot et c'est Jean-Luc qui, le forçant à le regarder, lui dit :

— Tu sais, p'pa, si cela te pose un problème, pour l'argent, je peux attendre. Oui, je peux attendre.

Claude reçut la subite mansuétude de son fils comme un nouveau crochet au foie. Il le remercia du bout des lèvres avec, au-dedans de lui, une furieuse envie de hurler.

Il n'est déjà pas facile de s'assumer comme « étant rien ou pas grand-chose ». Mais cette même sensation face à sa propre progéniture devient intolérable et confine à la torture nazie.

Ils se quittèrent à l'arrêt d'autobus. Tristes tous deux. Et sans avoir rien décidé.

***

Le soir même, alors que le brouet familial se terminait en même temps que le journal télévisé et que Varal touillait son yaourt pendant que dame-météo annonçait pour le lendemain les perturbations les plus âpres, l'anticyclone qui campait au salon se déplaça brutalement. Laissant place à l'orage.

Cela faisait plusieurs jours que Claude le sentait venir. Et que le drame couvait aux quatre coins de l'appartement.

S'il était passé à travers les gouttes jusqu'à ce soir c'est uniquement parce qu'ils mangeaient froid. Sur le pouce. Et le plus souvent chacun pour soi. C'est aussi parce que, en dehors de ces quelques minutes passées face à face — ou en tous les cas — dans la même pièce, le reste du temps, ils ne se voyaient pas. Quant à la nuit et à la couche commune, la formule était simple : l'un des deux s'arrangeait pour gagner le lit conjugal en premier et prendre aussitôt la pose du dormeur massif avant que l'autre ne se glisse, à son tour, dans les draps. Question de *timing* et de coup à prendre.

Avec cette mécanique un peu lâche mais bien rodée, Claude pouvait espérer tenir des semaines. Manque de chance : ce soir-là, les événements prirent une tournure différente. Claire, soudainement, se planta devant lui, les mains sur les hanches, comme les matrones italiennes dans les films de De Sica. Sans préambule ni fioritures, passant du silence guindé à l'agression verbale, elle lui annonça qu'elle allait faire ses valises, si ! Qu'elle allait le planter là, ah, mais ! Qu'elle en avait sa claque ! Elle y avait longuement réfléchi. C'était décidé. A lui de voir. Le pauvre Claude ne voyait rien.

Ni de près ni de loin.

Ni pour aujourd'hui ni pour demain.

Il le lui dit calmement, de sa voix la plus douce. Et, bien évidemment, cela fit le même effet que s'il avait ouvert le gaz. Ou renversé la bouteille de Lesieur pour éteindre le four surchauffé. Claire éclata littéralement. En mille cris, invectives, souffrances, injures.

C'était Hiroshima, mais pas mon amour ! Un feu d'artifice sans couleurs. Et sans bouquet.

— Tu es une loque, mon pauvre ami. Une chiffe. Une épave. Un déchet ! Non seulement tu ne fais rien pour t'en sortir mais tu te complais dans cet état. Tu attends. Comme un chien. Ou tu montes dans ta soupente pour y faire la même chose. Mais de plus haut. Qu'est-ce que tu crois, à la fin ? Qu'est-ce que tu imagines ? Que je vais supporter ça encore longtemps ? Que je vais me résigner à cette vie imbécile ! Mariée à un cloporte ! hémiplégique de la tête, paralysé des bras et des jambes, larvaire ! Non mais, tu m'as bien regardée ?...

Dans les disputes entre couples, même les plus vives, il y a des formules que les protagonistes devraient éviter. Et pas forcément les plus provocantes. Écoutant sa femme, Claude se mit, effectivement, à la regarder. Avec sa robe à fleurs roses et rouges qui datait de dix ans. Avec son gilet blanc qui laissait voir les coudes. Sa poitrine épanouie de brunasse bretonne qui palpitait sous le coup de son emportement. Ses cheveux artificiellement bouclés qui rappelaient les grandes heures de la publicité pour les laines mérinos. Et les traits de son visage que la colère tirait encore un peu plus vers le parquet. Oui, il la regardait. Et ne pouvait même plus en détacher son regard.

Du coup, Claire se sentit mal à l'aise devant cette immobilité scrutative. Elle changea de registre. Et de posture.

— C'est vrai, non ? Quand je pense à tes qualifications, à ton expérience ! Tu ne crois pas que tu pourrais trouver quelque chose à faire ? N'importe quoi ! A condition que tu le veuilles vraiment, bien sûr. Et que tu te bouges le derrière au lieu de rester là comme une statue !

— Je ne suis pas une statue, finit par lâcher Varal, qui sentait les embruns se dissiper et se demandait, tout compte fait, s'il ne préférait pas les hallebardes au crachin ? Je ne suis pas une statue puisque je cherche le Livre.

— Un mystique, voilà ce que tu es devenu ! Un mystique.

— Pas du tout. Ce Livre est important pour ma mère, important pour ma famille et important pour moi. Tu ne peux pas comprendre. Quant aux jobs, tu as vu ce que cela a donné ?

— Tu te moques de moi, Claude ! Tu m'as raconté toi-même ce qui s'était passé : tu ne t'en souviens pas ? Tu me l'as raconté parce que tu avais le sentiment d'avoir joué les héros. Ce qui est un comble !

— Peut-être que c'était héroïque. Qu'est-ce que tu en sais ?

— Un dingue ! Je suis mariée avec un pauvre type qui, en plus, s'achemine inexorablement vers l'état de doux dingue ! Mais qu'est-ce que j'ai fait au bon Dieu, tu peux me le dire ? Toi qui n'as jamais été croyant de ta vie, qui ne t'es jamais senti plus juif qu'autre chose, te voilà qui ne penses plus qu'à ça ! Mais il faut te faire soigner, mon pauvre chéri ! C'est les de Grandvallet qui avaient raison. Et d'urgence encore ! Avant que tu ne deviennes dangereux.

— Vas-y, vas-y ! Encore un peu et tu vas me tenir des propos antisémites. Allez, va, qu'on rigole enfin pour de bon !

— Pauvre mec ! Tu le mériterais, d'ailleurs. Avec un comportement pareil, ce ne serait que justice !

Elle haussa les épaules. Se tamponna les yeux du rebord de sa jupe. Et partit vers la cuisine en emportant les assiettes du dîner.

Histoire de montrer sa bonne volonté et de faire ce qu'il pouvait pour arrêter cette scène qui devenait tragi-comique, Claude se saisit de la bouteille de vin, de la corbeille de fruits, de la corbeille de pain, et porta le tout. Qu'est-ce qu'il lâcha en premier à peine arrivé ? mystère.

Toujours est-il que les fruits roulèrent un peu partout, que le pain glissa sous l'évier et que la bouteille éclata en un bruit sourd et terrifiant. Avec maintes éclaboussures rougeâtres sur la jupe à fleurs de sa femme.

— Pauvre type, pauvre type, pauvre type, se mit-elle à éructer, folle de colère et persuadée qu'il l'avait fait exprès. Mais tu ne peux donc rien faire comme il faut ? Allez, tire-toi. J'en ai assez de t'avoir dans mes pattes. Tire-toi, je te dis, fous-moi la paix. Et va-t'en au diable !

Étrange !... Cela faisait la deuxième fois en quelques jours qu'on l'envoyait vers cette destination.

Il ramassa quelques pommes qu'il posa sur la table et sortit à reculons.

Revenu dans le salon, il ralluma la télé.

Il y avait une émission de variétés avec Serge Gainsbourg. Plus sale, avachi et génial que jamais. Il aimait Gainsbourg. Aussi se versa-t-il un large verre de cognac et se cala-t-il devant son poste. Histoire de récupérer. Et de penser à autre chose.

Au bout de quarante-cinq minutes, il avait siroté trois verres de Courvoisier, fumé cinq cigarettes et oublié en partie la scène de tout à l'heure.

Sa femme n'avait pas reparu. Il partit à sa recherche et la trouva dans la salle de bains.

Occupée à se faire une sorte de teinture, une sorte de masque et un genre d'épilage. Elle était donc blanche sur la figure et les membres inférieurs. Poisseuse et enturbannée sur le dessus du crâne. Une vraie réclame *live* pour la promotion de la pédérastie ! Elle l'aperçut dans la glace et repoussa la porte d'un coup de pied rageur. Son turban en tomba. Claude battit en retraite. Revint dans le salon attraper la bouteille et son verre. Et grimpa dans son havre.

⁂

Il a l'œil globuleux, l'artiste.

Il a le nez éhontément proéminent, le chanteur.

Il a la lippe tombante, le cheveu sale, un cou de héron, la vedette.

Le poil apparent, la frusque avachie, la clope au bec et, à la bouche, exhalée dans un souffle de fumée âcre, la phrase à double sens, presque inaudible, un pied dans le vulgaire énorme. L'autre dans le scato fumant. Ou la braguette... Le Gainsbourg. Le Gainsborough. Serge pour les intimes.

Il chante comme il cause.

Il cause comme il est.

Il dit tout ce qui lui passe par la tête.

Y compris ce que l'on n'entend pas tant il parle bas. Comme à lui-même. Il invective à jet continu. Il ricane, rigole, rit tout court en des gloussements sataniques. Se fout de tout. Ne respecte rien ni personne.

Et en plus, il est juif!

Monumental mec. Gigantesque imposteur. Fou!

Juif comme une caricature du XIXe.

Juif comme n'oserait plus le peindre — ni même le décrire — le portraitiste le plus ignominieusement antisémite de l'époque.

Plus vrai que nature. Plus repoussant que le plus repoussant. Et plus dérangeant qu'un boisseau de gratte-cul habité de puces et de morpions féroces que l'on aurait glissé entre peau et chemise de ceux que l'on appelle « les gens de bonne volonté ».

Un monstre à gueule de Priape, ce Gainsbourg. Un géant glaireux. Un génie.

Sa provocation tient du délire. Permanent et masochiste. Son comportement pourrait être celui d'un humanoïde pour expériences dégénérées, conçu et manufacturé par les entreprises artisanales de M. Le Pen.

Aussi, chaque fois qu'il se produit sur notre petit écran ou sur une scène, chaque fois qu'il baise en direct avec les caméras ou les micros, chaque fois qu'il paraît au beau milieu du cercle de famille bleu-blanc-rouge amateur de coq au vin et de Marseillaise, *on peut se demander de combien de points le racisme infernal remonte à l'argus des anti ? De combien de milliers de bonnes âmes le groupe des nostalgiques de Vichy et de Laval s'enrichit. Et s'il n'est pas payé, en fait, par quelque Ve Colonne célinienne pour garder, toujours vivaces et prêtes, toujours chaudes et acérées, l'injure et la haine des « autres » à portée de voix. Et de main. Mijotant sur le feu. Clapotant dans leur jus. Et attendant leur heure.*

En outre, ce juif, il a du talent.

Des femmes belles.

Du pognon.

Et l'estime des grands (du moins par-devant !).

En plus, ce juif, il se montre sans arrêt. Enchaîne disque sur film. Et télé sur gala. Chaque fois plus arrogant et bourré. Plus démoniaque et inquiétant. Superbe.

Enfin, il a son sexe à la main comme vous auriez votre panier pour les courses. Un sexe immense, c'est sûr. Un sexe terrible, c'est la rumeur. Un sexe en état de marche et de rut et de baise permanent. Et, comme si cela ne suffisait pas, il ne peut pas prononcer deux mots sans commettre une agression à verge armée. De préférence aux heures de grande écoute. En direct. Quand les chiards se frottent les yeux. Mettent leurs doigts dans le nez. Et trouvent « qu'il est marrant », le monsieur!

Sans arrêt, il le dit, il tire, il pine, il saute, il fuck. Et bien évidemment les femmes des autres. Pauvres cons, les autres.

Ce type est un pieu.

Qui vit pieusement une existence de débauche aux vu et su de tous. Il en rajoute chaque fois qu'il le peut. Et il en jouit. En de longs spasmes stridents. Et il se marre. En des rictus effroyables. Et communicatifs.

Gainsbourg, je vais vous dire ce que c'est : une bombe à neutrons. Une apocalypse à pattes lâchée en permanence en pleine poire de tous les ringards gaulois. De tous les revanchards hexagonaux. De tous les anciens combattants bouffis de regrets, de goutte et de décorations.

C'est un essaim de guêpes dans la culotte de tous les antisémites de la planète. Plus rédempteur que toute l'armée de Tsahal. Et qui ne fait jamais l'objet de la moindre plainte à l'ONU.

Plus iconoclaste que lui, on ne peut pas.

Plus délirant, on ne peut pas.

Plus intolérable, tonitruant, déséquilibrant, itou.

Ce gus, c'est sûr, sera responsable de la réouverture des pogroms. De la remise en vigueur de l'étoile. Et de la réhabilitation du numerus clausus.

C'est le too much *de la race.*

Le Divin de la Caste.

Le chantre de la juiverie endormie et frileuse.

Le gage que jamais, nulle part, on ne pourra dormir en paix. Sans Lui. Sans Eux. Sans Nous.

Dans un autre genre, en « gratte-mineur », il y a Popeck. Batti tout entier sur son identité et les boutons que donne son accent. Pataugeant dans les clichés comme un canard dans ses écuelles. Et faisant rire, aujourd'hui, avec ce qui faisait grincer hier. Chapeau !

Fallait le faire. Plus yiddish que tout le Sentier réuni. Un turbotrain Paris-Deauville à lui tout seul. Sautant à pieds joints dans les stéréotypes les plus tenaces. S'en servant comme tremplin. Et passant, grâce à ça, du cabaret à la télé. Et de la télé au succès populaire.

Bizarre, bizarre, ces deux bonshommes !

Exceptions qui confirment la règle.

A montrer du doigt. A ne pas imiter.

Car certains juifs, moins talentueux sans doute, n'en fabriquent pas moins de l'antisémitisme comme le menuisier des commodes. Ou des bancs.

D'aucuns le font inconsciemment. D'aucuns le savent et en rajoutent. Et, au demeurant, s'en foutent. Mais n'importe qui peut en mesurer le résultat en décryptant le regard des autres. En débusquant leur sourire figé. En observant leur haussement d'épaules. Ou leur manière de tourner les talons.

Ces fabricants d'anti sont légion. Hommes et femmes. Jeunes et vieux. Qui mélangent l'arrogance agressive à la suffisance béate. Les façons de gosse mal élevé à l'absence patente de psychologie. Le m'as-tu-vu au m'as-tu-bien-admiré. De l'étalage de leurs comptes au succès de leurs affaires. Risqué, les gars ! Dangereux ! Certes, il n'y a pas qu'eux. Des inélégants, des sans-tact, des sauteurs, il y en a partout. Et même plutôt plus. Certes, ce n'est pas une raison pour être un saint. Ou jouer à l'être. Mais puisque l'on sait que la vue du sang attire les requins, à quoi bon le faire perler gratuitement ? Histoire de rosir l'eau des mares ?

⁂

Effectivement, le 13e, c'est le diable !

Le dénommé Prisot habitait dans cette portion magique qui jouxte l'avenue d'Italie et qui est devenue, en quelques années, le « Chinatown » de Paris.

Coincé entre des tours de béton grisâtre et des bâtisses de brique rouge, ce condominium pour pauvres entasse dans les étages des norias entières de boat-people. Et, au niveau de la rue, des vendeurs de soja et de pâtés impériaux, des échoppes de souvenirs et des magasins de porcelaine, des bazars folkloriques et des restaurants immenses où se pressent tout plein de petits hommes jaunes qui pépient autour de petites tables blanches garnies de petits plats qu'éclairent, *a giorno,* des dizaines de petites lanternes vermillon. C'est chic et choc et chinois. Aussi, à la soirante, les péquins bcbg de la capitale viennent-ils vivre à l'heure de Pékin dans ce quartier par ailleurs sinistre.

Mon antiquaire habitait au 63 de la rue Touraille, qui donnait dans la rue Delestrac, qui commençait à l'angle de l'impasse du Boisseau, pour aboutir à l'avenue de Choisy. C'était limpide comme les inscriptions hiéroglyphiques qui ornaient les façades. Aussi je me perdis une bonne dizaine de fois et mis plus d'une heure à trouver la bâtisse. Puis la bonne cour. Le bon escalier. Le bon étage. Et l'appartement.

En mettant le doigt sur la sonnette j'avais le cœur qui cognait sec. Et la paume des mains plutôt moite. Inutiles frayeurs ! Il n'y avait personne. Dépité et tendu, je redescendis les sept étages, refis les corridors lugubres en sens inverse, remarquant au passage les graffitis superposés, les éclairages cassés, les boîtes à lettres éventrées mais dont certaines portaient encore l'étiquette de leur attributaire.

Je m'approchai, à tout hasard, et tombai, à la troisième lecture, sur ce que je cherchais : une carte jaunie sur laquelle étaient écrits au crayon-bille les noms de S. Prisot et de Luang Fu Pinh. Telle était donc la raison de cette domiciliation étrange pour un antiquaire du Marché Suisse : le petit Prisot était à la colle avec un natif du pays de la Grande Muraille. Ou voisin. Restait à en déterminer le sexe. Et la présence éventuelle dans le quartier. Le gardien de l'immeuble, originaire d'Oran et qui ne portait apparemment pas ses locataires jaunes dans son très grand bon cœur, se fit un plaisir (me prenant sans doute pour un flic) de me préciser qu'il n'avait pas vu « mon ami » depuis quelque temps mais qu'en revanche, l'amie de mon ami travaillait au restaurant du Dragon d'Or. Sur l'avenue. Je remerciai vivement ce cerbère aimable qui, de toute évidence, ne supportait pas les immigrés. Et encore moins les couples mélangés. A l'heure où je me présentai au Dragon (six heures du soir), il n'y avait personne dans la salle et personne à l'accueil. Je fis donc le tour par-derrière pour finir par débusquer, dans la cuisine, un commis en blouse blanche qui me déballa force sourires mais ne comprit pas un traître mot à ce que je lui demandais. Je battis en retraite, trouvai un café à proximité et décidai d'attendre l'heure du dîner. Une heure et demie plus tard, je passai à nouveau les portes sculptées du restaurant et demandai à l'hôtesse si je pouvais voir Mlle Luang Pinh. J'avais oublié le Fu. Mais on me comprit tout de même. Elle était de service. Occupée. Si je voulais bien m'asseoir. On la préviendrait.

Je pris donc place à une table, commandai le 14, le 23 et le 35 et attendis.

Alors que j'avais terminé mes beignets de crevettes (le 23) et que j'allais attaquer mon poulet aux amandes (le 35), Luang Fu arriva. Elle était petite, mignonne et souriante. Elle me demanda si c'est moi qui l'avait demandée et je lui demandai si cela ne la dérangeait pas que je l'aie effectivement fait mander. Grand style, donc ! Sur fond de pagode et avec des baguettes !

Les consignes de la maison interdisant au personnel de s'asseoir avec les clients, Luang refusa la chaise que je poussais vers elle et m'écouta debout, fine et fragile comme un haricot vêtu de soie bleu pâle, souriante mais, en même temps, perplexe.

Je lui expliquai que je cherchais à joindre Sébastien Prisot et je vis son visage, pourtant lisse comme la peau d'un bigarreau blanc (c'est-à-dire, comme chacun sait, plutôt tirant sur le jaune !), se plisser soudain, puis rosir.

— Pourquoi ? Qu'est-ce qu'il a fait ?

Décidément, dans ce coin de Paris, sitôt qu'on posait une question, on donnait l'impression de sortir tout droit du quai des Orfèvres.

— Il n'a rien fait de particulier, tranquillisez-vous, mademoiselle, dis-je avec un sourire de faux derche de film de série F. Mais je suis en affaire avec lui et il faut absolument que je le joigne au plus vite.

La petite Chinoise — ou Cambodgienne, ou Laotienne, ou Coréenne, ou Vietnamienne... voire tout bonnement Japonaise — allez savoir ! — me fit signe d'attendre car on l'appelait à une table voisine.

Pendant près de vingt minutes elle servit à droite et à gauche, me décochant de temps à autre un coup d'œil furtif, mais évitant ma table comme si elle était plantée au cœur de Tchernobyl.

A la fin, n'y tenant plus, je me levai et la rejoignis sur le seuil de la porte où elle avait raccompagné des clients. Passant outre son air affolé et le petit cri de souris qu'elle poussa, je lui saisis le bras et la tirai dehors.

— Écoutez, lui dis-je, voyant qu'elle allait se mettre à pleurer. Je ne vous veux aucun mal. Je suis un ami. Je sais qu'il a des problèmes avec son magasin. Je travaille dans le même domaine et j'ai un acheteur pour quelque chose qu'il a à vendre. Un livre. Peut-être vous en a-t-il parlé ?

Je devais avoir les accents de sincérité requis car Luang Fu Pinh se décida enfin à se confier. Sébasto, comme elle l'appelait, avait eu des problèmes avec les douanes, les impôts et la police. Elle ne se rappelait ni les détails ni la chronologie mais seulement les cartes d'identité qu'elle avait vues, un certain nombre de fois au petit matin, sur le seuil de leur porte.

Un jour, cela avait été plus grave. Et l'après-midi même, Prisot disparaissait, parce que compromis (alors qu'il n'avait rien fait !) dans une histoire d'objets volés. Elle lui dit qu'elle avait pleuré. Qu'il l'avait consolée. Qu'elle l'avait supplié. Qu'il l'avait repoussée !

Toute cette romance à la noix me faisait une belle jambe !

— Et il ne vous a jamais mentionné une sorte de gros album qu'il aurait eu en sa possession ? dis-je. Avec des gravures et des lettres anciennes ?

L'Asiatique, assaillie dans ses retranchements, fit

sans doute un prodigieux effort de mémoire car je vis nettement ses sourcils noirs en ailes de mouette se rejoindre au-dessus de son nez.

— Oui, murmura-t-elle enfin, je crois bien. Avec des courriers orthographes, n'est-ce pas ?

— Oui, dis-je, n'y croyant plus ! Mais oui : des orthographes, c'est ça ! Et qu'est-ce qu'il en a fait ? Vous vous en souvenez ? Il l'a emporté ? Il l'a laissé après l'avoir caché quelque part ? Il l'a...

— Vendu, dit la jeune femme. Je crois bien qu'il l'a vendu parce qu'il avait besoin d'argent.

Nuit. Brouillard. Rideau. Néant... J'eus envie de pousser un long cri de désespoir comme le coyote, le soir au fond des bois. Ou comme le loup solitaire arpentant la toundra. Ou comme un chien hurlant à la mort. Ou comme un con fait aux pattes, tout simplement ! Je pris Luang Pinh par les deux bras et la secouai comme un prunier chinois.

— Où l'a-t-il vendu ? A qui ? Hein, à qui nom de Dieu ?

La malheureuse se débattit et son chignon bien ordonné commença à faire eau de toutes mèches. Entre deux sanglots elle hoqueta le nom de Furstemberg ou Hedeinberg ou Rozemberg : elle jura qu'elle ne se souvenait pas vraiment ! Une relation de Sébastien. Une sorte de curé dans une sorte d'église...

Je lui lâchai les bras et sortis un mouchoir. On commençait à s'impatienter à l'intérieur du Dragon d'Or et je voyais le moment où l'on allait venir me demander ce que je voulais à la petite et pourquoi elle me fondait ainsi dans les bras ?

Je l'entraînai vers les toilettes afin qu'elle se repomponne le minois. Et je l'embrassai sur la joue pour lui montrer que je n'étais pas un vilain flic ni un sale barbouze. Et je l'attendis même de l'autre côté de la porte pour qu'elle mesure bien la différence qu'il y avait entre moi et le prince Malko (Linge !... SAS !... De Villiers !...). Lequel l'aurait déjà tringlée — et peut-être même sodomisée — sur le rebord du lavabo.

— Luang, lui demandai-je quand elle ressortit enfin, lisse et nette comme une poupée, savez-vous où était cette église dont vous m'avez parlé ?

— Vers Montmartre, dit-elle. Oui, c'est ça. Dans ce quartier en tout cas !

Je lui fis un petit signe amical et reconnaissant. De camarade à camarade. Et quittai le restaurant.

J'avais bien avancé puisque je savais, à présent, que le Livre était (ou était passé !) entre les mains d'un rabbin amateur d'art qui perchait quelque part dans une synagogue de Montmartre. Restait plus qu'à repérer l'une. Puis alpaguer l'autre. Enfantin.

***

Chez lui, Claude Varal trouva un énième mot planté dans le dossier du canapé. Et des plus lapidaires ! Claire ne rentrerait pas dîner. Raisons : pas à t'en fournir ! S'il avait faim, n'avait qu'à aller faire quelques courses. Motifs : elle n'était pas sa bonne ! Et s'il voulait s'en sortir, il pouvait toujours appeler le numéro ci-joint. Explications : une boîte d'intérim pour laquelle son agence travaillait et qui, de ce fait, était prête à faire tout ce qui pouvait être fait pour aider un pauvre être défait comme il l'était !

Il roula le papier en boule, le jeta à l'autre bout de la

pièce puis, pris de remords, le ramassa et le remit dans le fond de sa poche.

Comme il avait sur l'estomac le graillon chinois du 14 + du 23 + la moitié du 35 (avalés à la hâte au Dragon d'Or), il n'avait pas très faim.

Il se contenta donc d'un morceau de fromage qu'il mangea devant la télé. But une demi-bouteille de Dubœuf, vin rouge discutable qui porte bien son nom de non-vin. Et compléta son frugal repas par un généreux verre d'alcool de poire.

A onze heures, un peu las mais très largement saoul, il se glissa dans les draps.

⁂

Je ne les avais pas vus venir. Ni même entendus. Étaient-ils entrés par la porte après l'avoir fracturée ? Ou par la fenêtre en descendant en rappel depuis le balcon du dessus ? Mystère ! Mais toujours est-il qu'ils étaient là, massés au pied du lit, silencieux... inquiétants.

Goldenberg avait le même costume de drap fripé qu'il portait la dernière fois que je l'avais vu : c'est-à-dire la veille de mon départ de la CNIU. Je ne savais pas qu'il connaissait Latapinière, et encore moins qu'ils étaient, l'un et l'autre, pédés ! Ce qu'ils étaient, à l'évidence, si j'en croyais la façon dont ils se tenaient par la main. Et les baisers furtifs que Golden donnait à Lapat : tantôt dans le cou et tantôt sur la bouche. A l'aise, les deux mignons !

Les de Grandvallet s'étaient installés sur les deux bergères qui faisaient face au lit et semblaient jouer aux cartes. A moins que ce ne fût une sorte de jeu de Scrabble dont les lettres, au lieu d'être carrées, avaient la forme d'étoiles. Jaunes. Et à six branches. Je trouvais ça étrange mais astucieux.

La tante Sarah était en pleine discussion avec un personnage insolite, très grand dans sa redingote noire, avec un drôle de chapeau rond sur la tête, les mains jointes devant sa poitrine comme s'il bénissait quelque chose ou quelqu'un. Où avais-je déjà vu ce bonhomme ? Je tendis le cou et remarquai l'incroyable vérole qui lui bouffait tout le visage, les mains et même la monture de ses lunettes et les poils de sa barbe. Soudain la lumière fut, précisément parce que la porte venait de s'ouvrir et que le rai lumineux ainsi déclenché avait éclairé le fameux rabbin Zadoc Kahn, le pote de l'amant de la tante. Constater, l'espace d'une fraction de seconde, que sa figure était constellée de lettres ne me surprit pas plus que ça. Au fond, je l'avais pressenti dès le premier instant.

Celui qui venait d'entrer était encore plus imposant. Et je le reconnus d'emblée : Jules Isaac Sofer.

Il portait sous le bras un gros paquet rectangulaire. Et arborait, entre ses deux favoris, un sourire très doux. Il s'approcha de mon lit et, aussitôt, les autres cessèrent de parler. Et se mirent debout. Tout ceci était extrêmement formel et plein dc dignité.

J'identifiai, tandis qu'ils se déplaçaient, les quelques silhouettes restées dans l'ombre jusque-là. Le cousin Samuel, l'oncle Charles et deux femmes au visage dissimulé par de grands Kleenex frappés d'un chandelier juif. Tiens : c'était la première fois que je voyais des mouchoirs à la fois jetables et casher ! Sous ces curieux tchadors, c'était Claire. Et ma sainte femme de mère.

Immédiatement, je sentis dans tout mon corps

comme une désagréable impression de liquéfaction. A croire que mon sang se faisait la malle par quelque orifice incongrûment ouvert à mon insu et communiquant directement avec l'extérieur.

Sofer prit la parole. En anglais. Avec une pointe d'accent yiddish qui m'empêchait de tout comprendre mais ne me masquait pas l'essentiel. Aussi, le peu d'hémoglobine qui me restait ne fit qu'un tour lorsque je réalisai qu'il parlait de moi au passé. Qu'il avait même utilisé le mot *dead* plusieurs fois. Et que, comble de l'invraisemblance, il se signait à intervalles réguliers en faisant le signe de croix.

A ses côtés, Mr et Mme de Grandvallet chantaient un hymne hébreu. Entrecoupé de mots italiens et espagnols. Ce qui fit que je devinai également ce qu'ils étaient en train de dire... Vous le croirez ou pas : tout ce beau monde était ni plus ni moins occupé à louer ma mémoire, à vanter mes mérites et à rappeler les reliefs de ma plate vie. Bref : à me pleurer comme on le fait au chevet d'un mort !

Abasourdi, ému et surtout inquiet, je décidai de me lever. Et de sortir de ce lit, de cette chambre et de cette atmosphère de veillée funèbre qui ne me concernait pas. Lentement, je ramenai ma jambe droite sous ma jambe gauche, afin de me mettre sur le ventre, puis de me laisser couler vers le bord du lit, mine de rien.

Je menai mon plan à son terme sans que personne le remarquât. Et je tombai, avec un bruit sourd, sur la descente de lit. Tandis que je cherchais mes pantoufles, je notai que l'assistance, pas démontée pour deux ronds, allumait des cierges. Ma foi, si cette mascarade morbide les amusait, et s'ils voulaient la continuer sans moi, pourquoi pas !

Parvenu sur le seuil de la chambre, je me retournai pour surveiller si personne ne s'apprêtait à me sauter sur le poil quand je découvris, immobile et tout nu, raidi et crayeux, un corps allongé sur le lit que je venais de quitter.

Du coup je retins ma respiration et revins sur mes pas pour savoir qui était ce mystérieux macchabée que ma famille, mes ancêtres et mes amis veillaient de si bon cœur. Moi ! Dans le plus simple appareil. Moi : Claude Varal. Les yeux clos, les membres inertes, le sexe recroquevillé et les mains croisées sur la poitrine. Un accès de sueur froide m'envahit de la tête aux pieds. Je devenais fou ou quoi ? Je commençais à douter de ma saine perception des choses et des personnes présentes lorsque le grand rabbin Kahn et le grand-père Sofer s'approchèrent du corps qui gisait sur le lit et là, comme on ouvre le zip de son Lee Cooper, m'ouvrirent l'abdomen de haut en bas et très exactement à équidistance des deux bords. C'était passablement dégueulasse, encore que, Dieu merci, cela ne saignât point. Et, comme si ça n'était pas assez ahurissant, les voilà qui plongent leurs mains dans mes entrailles et en ressortent... quoi... je vous le donne en mille ?... les pages du Livre. Une à une.

Pour une cachette habile et introuvable, c'était une cachette introuvable et particulièrement branque !

J'en demeurai interdit de bouger, interdit de sortir et interdit tout court, sur le pas de la porte. Au fur et à mesure que l'aïeul m'extrayait des boyaux les précieux documents, il les rangeait dans la boîte en carton qu'il avait sous le bras.

Soudain, quelqu'un, que je n'avais pas vu et qui avait dû profiter de ma surprise pour se glisser derrière moi, me donna un violent coup de poing dans le bas du dos.

Salaud ! Puis un deuxième. Un troisième. Et plusieurs autres encore. Au huitième, les reins en marmelade et les nerfs prêts à craquer, j'ouvris les yeux.

— Tu n'as pas bientôt fini de parler en dormant et de pousser des soupirs à fendre l'âme ? me fit Claire en se redressant sur un coude et en allumant la lampe de chevet.

Je me massai les lombaires, recouvrant mon calme en même temps que la sereine perception des lieux. J'étais dans notre chambre ; dans notre lit matrimonial ; aux côtés de mon épouse ; et je rêvais.

Je me levai sans mot dire et filai dans la salle de bains. Si les rêves ont une quelconque signification et reflètent l'état psychique de ceux qui les font, nul doute : je devenais psychopate.

J'avalai deux Tranxène. Puis un troisième. Pour le cas où les comparses de tout à l'heure y auraient une certaine accoutumance.

Les tranquillisants et ma famille ne devaient pas faire bon ménage car ils ne reparurent pas. Je sombrai rapidement dans un sommeil cotonneux. Exténué par cette tragédie grand-guignolesque. Vidé.

***

Vidé, et même lunaire, Claude Varal l'était encore plus le lendemain matin. Il était onze heures passées lorsqu'il émergea, et sa femme était partie depuis longtemps. Il se leva péniblement et s'en fut jusqu'à la cuisine pour se préparer un triple café fortissimo. Ayant bu sa tasse et s'étant traîné jusqu'à la salle de bains, il se trouva une gueule à faire peur, mi-Gainsbourg, mi-rabbin machin, avec des Lancel sous les yeux (il n'avait pas les moyens de se payer des Vuitton !) et une barbe naisssante du plus débectant effet. Écœuré, il retourna dans sa chambre et se remit au lit. Le soir, il y était toujours et Claire appela le médecin. Varal se portait comme un charme, avait un cœur de jeune homme, mais avec une tension un peu basse, une langue chargée, des réflexes plutôt lents et 36,2 à vingt et une heures. Pour deux cents francs il sut donc qu'il n'avait pas grand-chose mais qu'il devait se reposer. Et qu'il lui faudrait tout de même prendre une bonne demi-douzaine de médicaments variés dont l'achat, néanmoins, pouvait attendre à demain.

Une fois le docteur parti et sa femme plantée devant la télévision, il se sentit envahi par une marée d'angoisse épouvantable. Comme s'il allait se noyer et mourir. Comme si le fil auquel tenait sa vie était en train de lâcher. Électrisé par tant de mauvais présages, il reprit un cachet de son pousse-au-rêve favori et sombra dans un nouveau sommeil comateux.

***

Cela dura trois jours. Et cela matura tout ce temps dans sa cervelle amoindrie. Entre les tasses de bouillon préparées par sa femme et les cachets multicolores prescrits par le toubib.

Sa mère vint le voir et le trouva pâlichon. Son fils téléphona mais n'osa pas demander s'il avait réfléchi au sujet du prêt. Claire, elle, s'arrangeait pour repasser par la maison une à deux fois par jour, histoire de vérifier s'il n'avait pas commis quelques excentricités dangereuses pour sa santé. Ou leur appartement.

⁂

Le matin du troisième jour, il se leva d'un bond, se lava rapidement mais ne se rasa pas, s'aspergea d'eau de toilette mais ne se peigna pas, et choisit dans toute sa garde-robe le costume le plus vieux et le plus sombre qu'il possédait. Ainsi paré et dépenaillé, il fila rue des Rosiers faire quelques achats.

Le soir, lorsque Claire rentra de son travail, elle crut qu'ellc s'était trompée d'adresse. Ou d'étage.

Claude l'attendait dans l'entrée, les épaules recouvertes d'un *taleth,* le haut de la tête surmonté d'une *kipa* (ou *capéloutch*) et, sur le front, tenu par des rubans gris-beige, le *tefillin* ou phylactère (sorte d'amulette ayant la forme d'une petite boîte noire et renfermant des versets de la Bible). Encore n'avait-elle pas vu qu'il en avait également sur les bras (comme le veut le rite des juifs orthodoxes !).

Dans le living, il avait ôté les tableaux et les reproductions de Léonor Fini et de Buffet pour punaiser les affiches du Consistoire israélite de Paris, celles de l'Appel unifié juif de France, ainsi qu'une ou deux autres du FSJU (Fonds social juif unifié) et du CJM (Congrès juif mondial !).

Sur le buffet, à la place du service à thé en argent, trônait un *ménorah* (chandelier à sept branches) et, dans chaque embrasure de porte il avait cloué des petits *mézuzah* (autres extraits de la Torah enfermés dans un cylindre métallique et que les juifs doivent apposer à l'entrée de leur demeure).

Enfin, dans la cuisine, il avait carrément jeté à la

poubelle la moitié du service de table et une bonne partie des aliments pour remplacer ces objets et ces mets hérétiques par les ustensiles indispensables à toute bonne cuisine casher.

Tel un guide au musée de Versailles, il lui faisait faire le nouveau tour du propriétaire, donnant, à chaque fois qu'il en était besoin, les explications nécessaires.

Sa femme était à ce point sous le choc qu'elle n'était plus capable de réagir. Le typhon Maeva aurait fait irruption dans leur petit appartement bourgeois du 17e arrondissement qu'elle n'en aurait pas été plus ahurie. Ni consternée.

Avant de se mettre à table — il avait préparé le dîner —, il lut, mot à mot, et en hébreu francisé, la prière rituelle. Le livre idoine était également tout neuf.

Ils mangèrent peu et parlèrent encore moins.

Entre la pomme et la camomille, Claude demanda à sa femme, à brûle-pourpoint, tandis que celle-ci le regardait pour la centième fois en guettant ses gestes et en épiant ses réactions, si elle pensait qu'il était devenu fou.

— Oui, totalement, si tu veux le savoir ! Et dire que tu m'inquiètes serait un doux euphémisme.

— Eh bien, peut-être que je le suis, admit Claude après quelques secondes de réflexion. Ou que je suis en train de le devenir ! Mais, rassure-toi, d'une part j'ai ma conscience pour moi... et d'autre part je ne suis pas dangereux. Enfin... pas encore !...

Là-dessus il rit doucement. Et desservit la table.

Claire, qui lui avait emboîté le pas, l'arrêta à l'entrée de la cuisine.

— Tu peux me dire à quoi rime cette mise en scène absurde ? Et cet accoutrement ? Tu as fait vœu de religion, soudain ? Ou, une fois de plus, tu t'amuses ?

Claude se redressa, vexé.

— Je m'assume, tout simplement. Je suis ce que je suis, et je l'assume. Simple, non ? D'ailleurs — ajouta-t-il en regagnant la porte et en allant décrocher son manteau —, je vais aller faire prendre l'air à mon nouvel air ! A tout à l'heure.

***

Paris n'est pas New York. Si l'on peut s'y promener comme bon vous semble — à l'exception de la tenue d'Adam ! — on ne peut prétendre, en revanche, échapper aux regards appuyés des passants médusés. Non plus qu'à leurs réflexions ironiques ou bébêtes, à leurs volte-face bruyantes et intentionnelles, ou à leurs rires gras qui s'écoulent sur la chaussée à la façon des rigoles de pipi de chien.

Question tolérance, ici, c'est zéro, se dit Varal en ramenant sur lui les pans de son manteau noirâtre. Et en s'enfonçant bien fort un feutre mou qu'il avait superposé au *capéloutch* qu'il n'avait pas ôté. De loin, il faisait plus Mitterrand que rabbin.

Il avançait lentement, prenant soin, à chaque personne croisée, de regarder si on le regardait. Et comme c'était le cas deux fois sur trois, il soulevait son chapeau d'un geste vif en virevoltant sur lui-même comme une toupie.

Inutile de dire qu'en dépit de l'heure tardive, son accoutrement, ajouté à son comportement, attirait sur lui des œillades critiques. Des lazzis faubouriens. Et pas mal de ricanements. Mais au lieu de le calmer, cela l'émoustillait. Il en remettait, zigzaguant entre les passants, marmonnant à voix basse une sorte de mélopée rauque qui pouvait laisser croire qu'il priait, se signant parfois en même temps qu'il s'écriait : « *Chalom !* »

C'était tout à la fois puéril et grotesque. Dérisoire et insolite. Mais Varal n'en avait cure. Il jouait avec application ce qu'il pensait être un nouvel acte de sa vie. L'air était doux. Les passants le laissaient passer sans impatience. Il était heureux.

Il sillonna pratiquement tout Paris, ce soir-là. Du 17ᵉ au 8ᵉ. Du 8ᵉ au 1ᵉʳ. Traversant la Seine pour aller au quartier Latin. Revenant par le Marais puis les Grands Boulevards. Et constatant que sa mine indisposait plus dans les quartiers bourgeois que populaires. Et moins auprès des étudiants que des loubards en goguette sur le boulevard des Italiens.

Il regrettait d'ailleurs qu'il fasse nuit et que l'heure avancée (il était vingt-trois heures trente passées) entraîne un biaisage dommageable à son échantillon.

Il se promit de refaire le périple au grand jour. Pour voir non seulement la gueule des piétons, mais aussi celle des commerçants. Et des automobilistes. Lesquels, pour l'instant et vu la circulation fluide, ne prêtaient attention à lui que lorsqu'ils voyaient traverser devant eux un évadé « michougué » d'un film des Marx Brothers. Ils en pilaient sur place, les pauvres. Puis le klaxonnaient rageusement.

Il revint par Barbès et Pigalle. Et s'aperçut que les putes et les macs se foutaient éperdument de la tronche des pigeons qu'ils pouvaient tirer, à condition que lesdits volatiles aient assez d'oseille pour venir prendre un verre au bar de leurs zinzins. Ou monter faire une passe avec leurs mademoiselles.

Il y avait déjà tellement de tout, aussi, dans ces quartiers, que Varal comprit que même un Indien cheyenne, tout rouge et en plumes, ne parviendrait pas à faire sensation.

Il s'en retourna donc par Clichy et le boulevard Pereire. On le regardait toujours mais il n'était plus sûr qu'on lui colle bien sur le visage les qualificatifs qu'il souhaitait. De toute évidence, on le prenait davantage pour un clodo un peu dérangé que pour un brave et nouveau juif faisant prendre l'air à son look ! Lorsqu'il arriva chez lui, il était plus de deux heures du matin. Claire avait déserté le lit conjugal et dormait, recroquevillée sous une couverture, sur le canapé du salon. Claude n'avait pas sommeil. Il referma la porte et, une fois de plus, monta dans son sixième.

⁂

De nos jours, être antisémite n'est plus vraiment une sinécure. Et qu'un pauvre bougre puisse se balader dans les rues de Paris vêtu comme un hassidim *sans déclencher une émeute prouve bien que les temps ont changé!*

Outre que ça fait ringard et même rétro, outre que les institutions sérieuses et sévères veillent au grain, outre enfin que la vox populi *ne mange plus (en public du moins) de ce pain-là, c'est un vice que l'on ne peut plus afficher qu'avec parcimonie.*

Bien sûr, M. Le Pen est en train d'arranger les choses. Et la proportionnelle a bien arrangé les choses de M. Le Pen. Mais il n'empêche! Le bon, le vrai, le costaud, le massif, bref : l'antisémitisme d'antan, n'est plus ce qu'il était. Question de mode et d'air du temps.

Si donc, un honnête quidam franchouillard sent malgré tout poindre en lui l'hydre sournoise et tentatrice, voici quelques « trucs » incolores, quelques « leurres » de bon aloi, qui lui permettront d'agiter sa luette, d'assouvir ses funestes perversions tout en sauvant les apparences. Et sans avoir, dans l'instant, les foudres de M. Pierre-Bloch aux fesses !

Il s'agit de sujets symboles, de thèmes parapluies, derrière lesquels il est loisible de faire passer sa hargne. Et de gratter là où ça démange.

C'est facile, pratique et peut défouler gros.

En premier, il y a Israël. *Providence des anti tristes. Merveilleuse poire pour toutes les discordes. Réceptacle superbe pour tous les coups de pied de l'âne. Et autres crocs-en-jambe racistes.*

Après avoir été un État mythique, puis un État tampon, puis un pays martyr, puis un pays sublime, capable de se battre à un contre cent et de gagner haut la main, voici que nous avons un État belliqueux, une nation impérialiste, une république fascisante et, qui plus est, sûre d'elle et foutrement dominatrice !

Pouvait-on rêver de cible plus parfaite ?

Étant donné que ces imbéciles sont tombés dans tous les pièges, y compris ceux de l'occupation de sols qui ne leur appartenaient pas, de ratonnades stupides qui ne s'imposaient pas, et de violations de paix tous azimuts, on peut fort bien leur tailler des croupières à leurs mesures. Et, par chez nous, rassasier du même coup ses méchants penchants.

A noter que, repeint aux couleurs du jour, cela ne s'appelle plus « antisémitisme » mais « antisionisme » ! Ce qui est beaucoup plus subtil. Beaucoup plus politique. Et quasi imparable.

Or donc, les Israéliens sont de sacrés salauds. Pas les juifs, non. Les Israéliens. Ça n'est pas la même chose. Leurs camps de réfugiés palestiniens ont des noms arabes mais gagneraient en clarté s'ils portaient nommément des appellations allemandes. Leurs militaires sont sans foi ni loi et devraient, sérieusement, se mettre au pas de l'oie. Leurs services secrets sont capables de tout. Y compris du pire. Ce qui, pour des services secrets, fait plutôt mauvais genre.

Être contre Israël est avantageux. Permet de ratisser large. Et ne manque pas de vastes déclinaisons.

Par exemple, la crise pétrolière. Toujours sur le point de se rallumer. Née du conflit israélo-arabe. Et donc totalement imputable aux j... je veux dire aux Israéliens ! La prochaine et troisième guerre mondiale. Même comptine. Mêmes conséquences. Et mêmes fauteurs de troubles. Le terrorisme international. Qui n'est jamais qu'un succédané des deux précédents. Une sorte d'avant-goût. Ou de mise en bouche. Là encore, les amalgames peuvent aller plus vite que la vitesse du son. Et faire de beaux feux de joie.

Les ministres de feu l'ancien gouvernement... *Ah, la jolie brochette et les jolis hochets que nos gentils antis ont eus pendant cinq ans !*

Rappelez-vous ! Comme si cela ne leur suffisait pas d'être de « gauche », notre gouvernement mitterrandal d'avant le 16 mars 1986 a été pain bénit pour les aigris racistes en mal de têtes de Turcs. Jamais, en effet, un aréopage gouvernemental aussi décrié, aussi discuté et autant critiqué n'a eu, en son sein, un tel nombre de ministres à la fois circoncis et voyants !

Et à des postes clés. Comme pour mieux narguer les émules de Maurras. Ou les disciples de Faurrisson.

L'occasion était donc très belle pour tirer avec son esco-

pette favorite en ayant l'air antisocialiste alors que l'on était aussi (ce qui n'est pas antinomique) antisémite.

Robert Badinter, par exemple, occupa une place de choix dans ce joyeux jeu de quilles. Et dut, de ce fait, en contenter plus d'un. Pensez : il avait la Loi dans ses poches, la Sécurité sur les épaules, la Justice aux commissures des lèvres et l'abolition de la peine de mort en guise d'auréole. Tout ça pour un juif ! Un rêve. Dans les dîners en ville, histoire de se mettre en appétit, c'était un carton facile à faire. Et Dieu sait si l'on ne s'en est pas privé. Même chose avec M. et Mme Fabius, qui n'en ratèrent pourtant pas une pour avoir l'air comme vous et moi (je veux dire : surtout comme vous !). Et Jack Lang ? Qui sautillait dans tout l'hexagone comme une bille dans un flipper. Et qui continue. Et Jacques Attali, le confident du Président, l'homme de confiance, l'éminence grise. Gris, un juif, non mais de qui se moque-t-on ?

Heureuse époque malheureusement révolue.

Que voulez-vous qu'un anti fasse aujourd'hui, même s'il est coriace, ou inventif, d'un Chalandon, d'un Balladur ou d'un Léotard ?

Marcel Bleustein-Blanchet, *quand il était plus présent sur le devant de la scène, était également une bonne « piste ». Un appeau intéressant. Facile d'emploi. Et significatif. Que de fois n'ai-je entendu, parlant de lui, des gens très-comme-il-faut prononcer son nom Bleuchtâgne !... Ce qui voulait dire très vite et très exactement ce que bien entendu vous avez compris.*

Hélas encore pour ces individus à cheval sur la prononciation des noms, le haut du pavé est à présent tenu par des Séguéla, des Boulet ou des Brochand. Et même avec l'accent, on arrive pas au même résultat. Dieu merci, la relève de Publicis s'appelle comme elle se prononce : Lévy.

Deauville, *capitale de la côte normande, perle de la Côte Fleurie, est aussi la deuxième ville d'Israël, disent les plaisantins qui aiment à voir leurs interlocuteurs rire jaune sur fond d'étoile. Je n'invente rien et c'est même un « classique ».*

Aussi, critiquer sa foule, sa faune et sa flore, ou mettre en doute la qualité de la piétaille qui arpente ses planches dès les premiers beaux jours est une autre façon subversive, mais commode, de faire de l'anti-machin sans qu'il y paraisse trop implicitement.

Et quand on sait, en plus, que cette bonne et jolie ville abrite, en septembre, le Festival du cinéma américain, lequel — allez savoir pourquoi? — est davantage aux mains des rejetons d'Abraham que dans celles des mormons, on a un nouveau cliché en do-it-yourself *pour tous les bricoleurs que la « chose » titille.*

Nos Germains de cousins *sont, eux aussi, intéressants sur ce sujet. Être germanophile est devenu à la mode, en France. Et pro-Allemand, une sorte de « must ». Mais tout en étant conscient que le temps efface tout (ou à peu près!) et que les citoyens d'aujourd'hui ne sont pas ceux d'hier, je me demande parfois si ceux qui pataugent avec délectation dans l'apologie de nos voisins chéris le font uniquement par admiration pour le cour du Deutchmark? Ou pour les performances des BMW? Vanter l'intelligence allemande, le patriotisme allemand, leur sens du devoir et de la discipline est une bonne façon de prendre la tangente. D'amorcer une conversation qui pourra utilement dévier sur le « sujet ». Et de voir ce qui en sortira.*

Le Pen, *ah, Le Pen! Voici venir à nous les délices de Capoue. Les sucettes à la menthe. Le Zan de notre petite enfance d'anti mal sevrés. Grâce à lui l'espoir revient. Les poules auront des dents. Les lapins la myxo-*

matose. Et, chacun pour soi, le troupeau sera bien gardé!

Faire l'éloge de cette image d'Épinal en quadrichromie : bleu-blanc-rouge et gris pour les cheveux, qui aurait davantage sa place dans la pub de la collective des tripiers du Lot qu'à l'Assemblée nationale, revient à donner un passe-droit ad libitum *à la xénophobie française la plus galopante. Expliquer que ce qu'il dit ne reflète que le bon sens populaire ou, encore, n'est que l'expression de ce que bon nombre pensent tout bas, est donner de l'air, du souffle et de la vie à un Pinocchio hystérique et revanchard. Bien qu'en bois. De tous les bouffeurs de juifs et d'étrangers en mal de pitance fraîche, ce Du Pen la Joie est sûrement le meilleur chevillard qui soit.*

Cette petite liste, bien sûr, est loin d'être exhaustive. Et chacun peut l'allonger à son goût. Ou à son rythme. Ce n'est qu'une question d'idée. D'invention. Ou d'à-propos.

Le jour commençait à se lever. Aussi Claude décida-t-il de descendre se coucher.

Claire ayant abandonné le canapé, il prit sa place.

⁂

Cette fois-ci ce fut elle qui le réveilla. A sept heures trente du matin. Autant dire que sa nuit avait été plutôt courte.

— Je t'ai pris un rendez-vous avec une société, lui dit-elle en lui posant sur les genoux une tasse de café. Et je te conseille vivement d'y aller! Ils t'attendent pour dix heures. Ça s'appelle Tempo, c'est une boîte d'informatique, ils font ça pour moi et il peut s'agir d'un remplacement de plusieurs semaines! Tu m'écoutes quand je te parle? Et tu comprends?

Claude opina du bonnet en buvant son café. Il remercia son épouse pour tant de délicates attentions (le breuvage et le boulot !) et attendit qu'elle soit partie pour se lever.

Quand on a passé une nuit quasi blanche à compter des moutons qui ont des gueules de vaches antisémites et qui vous font des bras d'honneur chaque fois que l'on parvient à en coincer un, cela ne prédispose pas au dynamisme forcené. Non plus qu'à un très large rayon d'action si matin. Varal se sentait donc aussi en forme pour aller voir cette société que pour s'inscrire au cross du *Figaro.*

Alors qu'il enfilait sa tenue de guérillero hébraïque, il repensa à la piste que lui avait donnée la petite Indochinoise et partit à la recherche des ouvrages qu'il avait achetés la veille, rue des Rosiers.

En annexe d'un de ses livres de prières, il trouva ce qu'il cherchait : la liste des temples de la capitale. Ainsi que celle de messieurs les officiants allant avec. Dans le 18e, il y avait le Temple Montmartre. Ça ne pouvait être que ça ! Il inscrivit l'adresse sur un bout de papier. Au rayon des rabbins, par contre, le problème semblait plus complexe. Il tenta, tout d'abord, de se souvenir des noms que Luang Pinh lui avait indiqués. Dur ! Il laissa tomber Gutemberg : peu probable. Il repoussa Iceberg : un peu limite ! Il se rappela de Furstemberg, qu'il élimina également. Et de quelque chose comme Edelweiss qui faisait un rien suisse à son goût. Soudain il le vit. Là, sur la liste, en haut de page. Et tout concordant. Rollemberg. Prénom Jacob. Officier du culte rue Sainte-Isaure. Dans le quartier de Montmartre justement.

Ému et mal rompu encore aux rites qui allaient de

pair avec sa nouvelle parure, Claude se signa. Se croisa les doigts sur la poitrine. Et même s'embrassa les pouces comme il l'avait vu faire au cinéma par des types très pieux. Et en turban. Après tout, se dit-il, il n'y a que l'intention qui compte. Le reste relève des tics ! Comme il était prêt et qu'il n'était que huit heures et dix minutes, il décida de faire un saut à la mairie la plus proche de l'endroit où perchait Tempo. Affaire personnelle et urgente vous concernant... à laquelle il avait pensé durant la nuit... entre deux bovidés... et qu'il lui tardait de mettre à exécution.

Il enfila son manteau, mit son chapeau, prit sa serviette et son parapluie et se précipita dehors.

Le spectacle, au grand jour, valait le coup d'œil : aussi ne s'en privait-on pas ! A commencer par sa concierge qui crut avoir rêvé. A suivre par les commerçants de sa rue qui ne le reconnurent pas et durent se mettre à plusieurs pour vérifier leurs indices et parvenir à une conclusion tranchée. A finir par les usagers du métropolitain qui sont pourtant blindés.

Il changea à Saint-Lazare : un monde fou ! Descendit à Trinité : également. Comme on s'écartait sur son passage, il se prenait de plus en plus pour Moïse ! Enfin il avait ce qu'il voulait et sa virée de la veille au soir se trouvait miraculeusement complétée.

⁂

J'aime les bâtiments administratifs de mon pays. A quelques exceptions près, comme le salpêtre cavale plus vite que le modernisme, ils sont le lien le plus cher avec notre cher passé. Intangibles ! Zola a disparu de bien des mémoires, mais pas d'ici. Et cela sent toujours un curieux mélange de remugles façon caserne ou commissariat, de Javel façon préau d'école ou dispensaire. Et de moisi. C'est, en général, une symphonie inachevée de caca d'oie ou de kaki mat, de beige pisseux ou de blanc cassé, de gris souris ou de gris poussière : selon les angles, les murs, les pièces et les bâtiments.

La mairie dans laquelle je venais d'entrer — et qui venait d'ouvrir ses portes — n'échappait pas à ces règles.

Comme le jour était pluvieux, la lumière était poisseuse. Et comme il était encore tôt, les préposés aux guichets avaient mauvaise mine. Moins, toutefois, que les « administrés » qui se pressaient déjà en rangs serrés avec des têtes de circonstance. Et qui avaient — curieux mimétisme ! — des faciès en rapport avec le mobilier (marron cireux !), des attitudes en rapport avec l'établissement (garde-à-vous respectueux !) et cet air de marginal ou d'exilé qui vous tombe dessus dès que l'on marine plus d'une demi-heure dans ces lieux.

Ma demi-heure à moi était déjà dépassée. Mon numéro d'ordre à la main, faisant le pied de grue devant le guichet d'état civil 14, je frémissais d'impatience. Et d'énervement rentré. 27 ! Numéro 27 !

Le 27, c'était ma pomme. Je m'approchai enfin du Saint-Sépulcre, protégé par son hygiaphone défraîchi : invention superbe et qu'il faut saluer au passage puisqu'elle montre, tous les jours que Dieu fait, qu'il y a en permanence deux mondes qui cohabitent mais ne se mélangent pas. D'un côté, les « isolés » que la peur de la contamination tient à l'abri de leur passoire verticale. De l'autre, les contagieux, les va-de-la-gueule, dégueulasses par essence, postillonneurs par définition, et porteurs de tous les sida de la terre bien avant qu'on ait même trouvé le nom de celui-ci. Mon vis-à-vis était féminin (de ce que je pouvais en apercevoir à travers le plastique !) et plutôt mignonne.

— Mademoiselle, dis-je, en la gratifiant de mon plus beau sourire du matin, je viens pour un changement de nom.

— Pardon ? dit la demoiselle derrière son écran.

— Pour changer de nom. On m'a dit, en bas, que c'était ici. Je me prénomme Claude. Je voudrais le coopter en Moïché, Saül, Isaac, David, si quatre ne vous font pas trop ! Mais si c'est le cas, je veux bien me limiter à David. Vous savez, David ? Et pour mon nom, je veux dire : mon grand nom, l'officiel, celui des papiers, c'est Varal que je souhaiterais changer en Varalovitch ! Ou Varalskimamsberg. Comme ça se prononce. J'hésite encore un peu.

La mignonne préposée, derrière son transparent, me sembla avoir une sorte de hoquet. Et même un furtif mouvement d'épaules. Elle se rapprocha du sas et me dit :

— Mais ce n'est pas possible, monsieur. Je regrette !

Je me doutais bien que ma requête à l'envers risquait de poser quelques difficultés mais je ne m'attendais pas à tomber sur un bec aussi vite. Et à travers une vitre, en plus.

— Mademoiselle, dis-je à nouveau, en me rapprochant et en prenant mon ton le plus patelin, mon cas est grave. Très grave ! Et il est primordial que vous m'aidiez. Il faut que je change de nom, vous m'entendez, il le faut ! C'est une question d'identité.

— Ça je m'en doute, fit la fille qui commençait à se

demander si c'était du lard ou du cochon ? Mais, je vous le répète, c'est impossible. D'abord on ne peut changer de nom que dans des cas très précis. Le vôtre, à première vue, ne me paraît pas en faire partie ! Et, d'autre part, il faut suivre une procédure très particulière.

Je commençais à sentir la colère me suinter dans le dos et me gagner la face.

— Écoutez, fis-je, chère mademoiselle. Ou plutôt, regardez-moi ! Comme vous le voyez à mon air mais pas à mon nom — à moins que vous ne soyez sacrément perspicace ! — je suis juif. Juif, vous savez ? C'est ça, juif ! Donc ma requête est simple : je veux un nom en rapport avec mon état. Je veux un vrai nom juif qui déménage ! Un de ceux qui ne jouent pas l'à-peu-près. Qui ne prêtent pas à confusion. Qui effacent les moindres doutes. Et fassent gagner du temps ! C'est pourquoi Moïché, Saül, Isaac, David Varalovitch ou équivalent m'irait comme un gant. Vous me comprenez mieux à présent ?

Encore un peu, et pour peu qu'elle ait une sonnette, elle allait donner l'alarme ! Pour l'instant, elle se grattait la tête et regardait de tous côtés. A la recherche d'un collègue. Ou de son chef. Ne voyant rien venir et m'ayant toujours dans son viseur percé, elle revint vers moi.

— Monsieur, dit-elle, si vous voulez changer de nom, tout ce que je peux faire pour vous est de vous dire comment vous y prendre pour les formalités. Mais je ne peux rien moi-même. Et le résultat est loin d'être garanti !

— J'écoute, dis-je.

— En premier, vous allez faire passer une publicité

dans le *JO,* le *Journal officiel.* Puis une annonce dans un journal d'annonces légales du lieu de votre résidence ainsi que dans celui du lieu de votre naissance. Vous êtes né à Paris ?

— Hélas !

Elle fit comme si elle n'avait pas entendu. Et continua.

— Après ça, vous enverrez votre demande écrite, en deux exemplaires, sur papier libre, à l'attention du Garde des Sceaux. C'est le ministre de la Justice, vous savez ! Mais attention : il faudra joindre à cette demande la copie intégrale de votre acte de naissance, une fiche d'état civil, un certificat...

Je lui fis signe d'arrêter.

Au début, j'avais tenté de prendre des notes sur un morceau de papier que j'avais dans la poche. Celui qui portait l'adresse de la synagogue du 18ᵉ. Trop petit, mon ami ! A présent je n'arrivais même plus à suivre. C'était débile et au-dessus de mes forces. La môme avait raison quand elle parlait de « procédure » ! Varal j'étais, Varal j'allais rester. Tant pis.

— Merci, dis-je, merci bien. Effectivement, ça n'a pas l'air simple. Je vais peut-être, tout bonnement, changer de race ! Allez, pardon pour le dérangement !

Je sortis de la mairie, soufflé de voir à quel point les « vrais juifs » étaient bien protégés !

***

Tempo était une société de gestion informatique, cotée sur le marché, connue dans son milieu et perchée au sixième étage d'un immeuble haussmannien.

— Je viens pour la place, dit Varal en s'approchant de la réception. J'ai rendez-vous.

— Qui dois-je annoncer ? demanda l'hôtesse-réceptionniste-standardiste dévouée, laquelle ne s'attendait pas à pareil visiteur.

— Intérim, fit Varal. Moïché, Saül, Isaac, David Intérim. Mais vous pouvez m'appeler Claude.

— Un instant : je vais voir, fit la fille qui hésitait entre l'envie de pouffer et celle d'appeler au secours.

Elle disparut quelques instants au fond d'un couloir. Et s'en revint accompagnée d'un jeune homme propret : genre HEC sorti dans les derniers. Ou École des Cadres, major de sa promotion.

— Monsieur Varal, je présume, dit donc le promu entre deux eaux en faisant des efforts extrêmes pour ne pas avoir l'air de remarquer quoi que ce soit d'anormal dans la tenue ou l'allure de son interlocuteur.

— Vous présumez correctement, répondit Claude Varal Intérim en lui emboîtant le pas. (Et en observant, au passage, que sa femme avait dû leur mitonner un sacré briefing pour que personne, apparemment, ne tique plus que ça !)

Il gloussa dans sa barbe naissante. Et se gratta le crâne entre l'extrémité de son calot et le bord supérieur de son oreille gauche. Il avait ôté son chapeau. Dans le bureau où on l'installa, ses collègues, deux hommes et trois femmes, lui demandèrent « s'il ne voulait pas se mettre à l'aise ? ». En d'autres termes, s'il ne serait pas mieux pour travailler sur son Apple II sans son ridicule couvre-chef et son écharpe étrange au blanc douteux ? Poliment, mais fermement, il fit mine de ne rien comprendre. Il s'assit donc face à cinq individus légèrement mal à l'aise. Et qui le regardaient comme un chat le poisson rouge qui tourne dans son bocal. Il était un peu plus de dix heures du matin.

Il travailla sans relâche jusqu'au soir, refusant de descendre à l'heure du déjeuner ; repoussant le thé de quinze heures et le biscuit de seize.

A dix-sept heures, alors qu'il remettait son pardessus et son chapeau, le jeune homme qui l'avait accueilli le matin le fit appeler.

L'entretien fut courtois mais bref.

On lui demanda s'il était vital et nécessaire qu'il vienne travailler vêtu comme un figurant d'*Un violon sur le toit* ? Il répondit qu'il ne portait pas un déguisement et, de surcroît, demanda s'il viendrait à l'esprit du « cher monsieur » de prier un militaire d'ôter son uniforme ou un curé de se promener sans soutane ? Comme il savait que la réponse pouvait se discuter, il préféra enfoncer le clou en précisant que s'il enlevait ses oripeaux, il risquait de mettre du sang et des humeurs partout ! Sans parler que tout ceci lui paraissait aussi inconvenant que d'aller prier un Noir de se laver au Monsieur Propre afin d'être tout blanc pour aller travailler.

« Cher monsieur » n'insista pas. Et Intérim prit congé.

⁂

C'est de nouveau à pied qu'il fit le chemin qui séparait la Trinité de la base septentrionale de la butte Montmartre.

Dans ces quartiers où le n'importe-quoi-à-pattes est monnaie courante, on le regardait assez peu. Et, pour tout dire, presque pas. Il avait beau ralentir chaque fois qu'il passait à côté d'un « bronzé », arabe ou noir, seul ou en groupe, aucun ne se retournait. Et lui, qui guettait de toute l'attention de ses deux ouïes dressées la petite phrase perfide qui l'aurait enfin assailli, passait comme un zombie, dans une indifférence totale. Où étaient-ils les avaleurs de juifs au long cou et les anti au long bec, se demandait Claude Varal, empêtré dans son manteau trop long. Et le nez sans cesse giflé par son *taleth* qui ne voulait pas rester vertical ? Je rêve ou quoi ! Ou bien n'ai-je toujours pas l'air de ce que je suis ? Merde alors, répéta-t-il à plusieurs reprises, dont la quatrième au pied d'un agent de la force publique. Celui-ci, surpris, le toisa des pieds à la tête. Et Varal sentit la petite boule d'angoisse tant attendue lui remonter enfin dans la gorge. Et en quatrième vitesse, encore !

— Vous dites ? lui dit le représentant de la loi, sans pour autant lui faire signe de s'arrêter. Ni sortir son colt d'ordonnance. Ni le viser entre les deux omoplates pour faire sa BA du jour (Bavure Autorisée).

Claude effectua une volte-face légère, bredouilla quelque chose de pâteux, souleva sa rondelle talmudique en signe d'apaisement et continua sa route sans que l'autre l'en empêche.

Il arriva au Temple à l'heure de l'office du soir. Des gosses jouaient au ballon dans la cour. Des femmes discutaient avec animation. Et, de temps à autre, quelques hommes pénétraient à l'intérieur. Plutôt vieux. Et d'autres en sortaient. Très vieux.

Il entra à son tour dans la synagogue et se glissa entre deux bancs.

Il n'y avait presque personne, ce qui ne le surprit pas

vraiment, vu qu'à cette heure-là les commerçants font leurs comptes, les tailleurs leurs retouches, les retraités leur cuisine. Et que les autres râlent dans leurs automobiles au milieu des encombrements. C'est pour tout le monde pareil : y compris pour les juifs. Il ressortit et gagna la loge de la gardienne. Laquelle n'était pas là non plus car elle faisait ses courses. Mais son fils, qui s'amusait dans la rue voisine, vint voir ce qu'il désirait.

Claude demanda après M. Rollemberg. Le rabbin Rollemberg. Hélas ! le petit, qui avait d'ailleurs une gueule d'enfant de chœur, ne connaissait rien de ce qui se passait de l'autre côté des larges portes de chêne. Et ne connaissait personne de ce nom-là.

Déçu, Varal remercia et repartit vers le Temple. Par la petite porte latérale, cette fois. Il se laissa tomber sur un banc, à droite de l'entrée, à proximité des casiers-boîtes aux lettres dont il avait oublié à quoi ils pouvaient bien servir.

L'office se terminait. Et, en dehors des officiants, il n'y avait plus personne. Sur l'estrade-autel on rangeait les Livres saints dans leurs niches sacrées et l'on discutait du dernier discours de Chirac. A moins que ce ne soit celui de Jacques Toubon ?

Quand tout le monde fut parti et que l'on commença à éteindre les lumières, Claude se remit péniblement debout et se dirigea vers la sortie.

La nuit était tombée. Mais de moins haut que lui. Il roula son *taleth* dans sa poche, ôta son chapeau, fit une boule de son *capéloutch,* et chercha un taxi.

⁂

Les synagogues sont des endroits curieux!

De tous les lieux de culte que je connais, ce sont les plus frustes, les plus revêches et les moins accueillants. A croire qu'il faut déjà être un saint pour s'y rendre; un double saint pour y faire acte de prière; et un triple saint pour y trouver les chemins qui mènent à Dieu! A moins que tous les autres ne soient que d'habiles Luna-Parks populaires, des Disneyworlds de la foi, conçus pour appâter le chaland, attiser sa croyance avec lumières, chants et décors idoines, et que la seule trace de pureté dans tout ce bric-à-brac clinquant soit précisément le fait des temples juifs! A la synagogue, j'y fus. Dans le passé. Et j'y vais encore. De temps à autre. De loin en loin. Pour faire plaisir à ma mère. Nullement par tradition. Ou résurgence soudaine de convictions dévoyées. (Semblable en tout point, moi qui me croyais original! à la grande masse des juifs de France puisque la moitié n'y va qu'occasionnellement, un quart régulièrement et un quart pas du tout.)

En fait, dans la plupart des familles du Clan c'est ainsi que cela se passe. Davantage de piété familiale que divine. L'envie de faire plaisir à des parents vivants. Ou d'en honorer d'autres, disparus. Seulement, force est de constater qu'en dépit de l'allongement de la durée de vie, cette double mécanique ne suffit plus. Au fil des décennies, ces lieux se dépeuplent. On y va une fois l'an, tout au plus. Et l'on finira par y faire des parkings à voitures. Ou des magasins de détail. (Déjà qu'il n'y en a pas lerche : cent en tout. Pour toute la France!)

Les chiffres, du reste, sont significatifs. 30,2 % des

juifs ne fréquentent jamais aucun office. 29,3 % y font plutôt du « pointillisme » que de la présence effective. 31,9 % n'y mettent les pieds que pour le Grand Pardon. Et 8,6 %, enfin, sont de toutes les fêtes et de tous les shabbat.

La fois où la foi fait recette, justement, tient donc des trois jours de la Samar et de la fête de l'Huma. Un prétexte annuel qui sert de repère et permet de ne pas perdre complètement le fil. Pas de quoi fouetter un promoteur immobilier, même juif, pour en fabriquer d'autres !

On fait donc avec ce qu'on a. De minables endroits pour de minables ébats qui ne font plus naître d'émoi chez personne.

Ah, parlez-moi des églises (39370 dont la moitié en état de marche !), des chapelles, des cathédrales, des abbayes ! Avec leurs candélabres majestueux et leurs statues. Avec leurs piliers romans et leurs vitraux. Avec leurs odeurs entêtantes et leur silence sonore. Et ce clair-obscur qui fait que si l'on n'y voit pas grand-chose, on a tout de même une bonne chance d'y apercevoir Dieu.

Chez nous, dans ces boîtes à chaussures pour déracinés, dans ces hangars éclairés a giorno, *où les femmes sont séparées des hommes mais les élus de l'Éternel quasiment mélangés à la foule, il faudrait être doté d'une solide capacité d'abstraction et de recueillement pour dénicher, tout au fond de soi, la voie royale qui mène au Seigneur. Et diantrement agile des tympans pour y entendre sa voix. A l'occasion de la grande kermesse youm-kippouresque (qui fait le plein, toutes catégories de spectacles confondues ! avec 64,8 % de présence parmi ceux qui pratiquent encore un peu), on dirait le métro à six heures. Les grands magasins à la veille de Noël. Ou une cour de récré plus une soirée à la Mutualité, le tout mis en scène par un Planchon de patronage !*

Des fidèles anonymes aux servants officiels, des habitués aux occasionnels, des juifs en grande tenue à ceux qui sont venus comme ils étaient (et qui ont « emprunté » leur capéloutch *à la dame-pipi), on dirait que tous improvisent. Qu'ils se réunissent là pour la première fois. Et que la joie de se retrouver ensemble et si nombreux le dispute à la nécessité de prier ! C'est un happening bon enfant et turbulent, où chacun y va de ses histoires personnelles ; s'enquiert de la santé des uns, fait le point sur les affaires des autres et où, à intervalles réguliers, le censeur de service qu'on appelle rabbin est obligé de meugler, tantôt en hébreu, tantôt en français, pour rappeler ses ouailles à l'ordre ! Bordel béni, peut-être ! Mais sacré bordel, assurément !*

Comment croire, dans ces conditions, que Dieu, que je pressens aimer le bon ordonnancement des choses et le parfait silence des âmes, puisse venir visiter un endroit pareil ?

Comment espérer qu'il puisse y reconnaître les siens parmi toutes ces faces également simiesques et souvent hilares ?

A la réflexion, le judaïsme me paraît être l'une des religions les plus ardues qui soit. Ne sacrifiant ni à la pompe munificente, ni aux colifichets pompiers. N'incorporant à ses fastes liturgiques aucun des accessoires du marketing populaire et trivial. Tout entier enfermé dans ses Livres saints, eux-mêmes enfermés dans des placards étranges. Le tout protégé par des cordons de velours râpés. Quand ce n'est pas avec des cadenas.

J'envie les Japonais, les Chinois, les Malais, les Thaïs, les Hindous et les autres. Avec leurs pagodes, leurs dragons, leurs bouddhas. Avec leur or et leur bronze, leur jade et leur obsidienne, leur ivoire et leur granit. Et tout ce rituel magique et imposant. J'envie les cultes noirs, vaudous, antillais, sud-américains. Avec musiques et défilés. Costumes fous et excès en tout genre. Et cette impression perpétuelle de grand carnaval céleste.

J'envie la religion catholique, avec ses statuaires et ses ogives, ses monuments somptueux et ses trésors cachés.

Nous autres, pauvres hères, on croupit dans le dénuement. Dans l'abstrait. Dans le vide. Toute image est bannie. Toute enluminure sacrilège. Toute fioriture superflue. C'est peut-être beau sur le plan du concept (pour parler moderne !), mais c'est foutrement pénible sur celui du spectacle ! Et sans le spectacle, où est le salut ?

Même les Arabes font mieux que nous. (Dans 431 mosquées. Ou assimilées.) Restent les protestants ! (2 500 lieux de prière, environ). Maigre consolation.

Je ne comprends d'ailleurs pas ce que ce peuple (mon peuple ?), qui a par ailleurs le génie de la mise en scène et n'a pas son pareil pour faire son cinéma, soit aussi timoré et rétrograde en ce qui concerne les choses de sa liturgie. Il est nul pour les hameçons à pêcheurs. Ou la palengrote de masse. Hors jeu pour la réclame de ses raouts divins. Et ses grandes messes annuelles. Déficient quant à la promotion de ses antres sacrés. Et complètement ringard en matière de débroussaillage des rites d'antan. Ou de la modernisation de ce qui devrait être ceux d'aujourd'hui. Quand on a constaté que pas un office ne commence ou ne se termine (comme ailleurs, d'ailleurs !) par une quête aux plus offrants : et cent francs pour le Temple... bo-roure-atho-adonaï... *et deux cents francs pour le Temple...* é-vénéha-ma é yé-chébaza... *et trois cents francs... (les bonnes semaines !)..., on aurait tout intérêt à confier les intérêts de la communauté à un quelconque Lederman pour rameuter enfin les populations dispersées et utiliser cette manne précieuse à fidéliser les brebis baladeuses. Las ! Les* choules *sont de plus en plus délaissées, et les bons juifs (comme les mauvais !) en ont perdu le goût.*

Comme quoi nul n'est prophète en son pays et les cordonniers, y compris les juifs, sont toujours les plus mal chaussés.

⁂

Varal ne fut pas vraiment étonné quand, le lendemain vers 8 heures 30, alors qu'il allait partir « à son travail », ledit « travail » téléphona ! Et tomba sur Claire. Il ne fut pas vraiment surpris quand celle-ci raccrocha d'un geste sec, après avoir dit : « Je comprends... mais oui... je. vois, en effet... mais non... ne vous excusez pas... merci encore ! » Enfin il ne broncha pas non plus en apprenant de la bouche de sa femme que « c'était Tempo ». Qu'ils s'étaient organisés autrement ! Et qu'il pouvait retourner se coucher. A moins que ce ne soit l'heure de sa prière !...

— Pauvre type ! lui dit-elle sur le pas de la porte.

Pauvre type, vraiment !

⁂

Lorsque je franchis une nouvelle fois les portes de la synagogue de la rue Sainte-Isaure, les mômes devaient être à l'école et les fidèles dans leurs magasins. Il n'y avait pas un chat (coupé ou pas). La gardienne était absente (encore ses courses ?) et les abords du Temple, déserts. Je tournais en rond depuis dix minutes déjà lorsqu'une sorte d'apprenti rabbin, plus vrai qu'un vrai question tenue mais infiniment plus léger question âge et assurance, surgit à l'horizon.

Je me précipitai sur ses talons et lui demandai s'il ne connaîtrait pas un dénommé Jacob Rollemberg ? *Voye!* Il connaissait. Mais *nichte,* il n'était pas là. Et, à sa connaissance, pas près de venir !

Si les jurons sont des blasphèmes et que les blasphèmes sont des péchés, mon compte était bon. Je suffoquai tellement que l'apprenti saint homme qui m'avait renseigné eut pitié de ma détresse et me demanda s'il pouvait m'aider ? Tout en me faisant remarquer que jurer n'avait jamais rien arrangé.

Dans l'état de surexcitation où j'étais, ce brusque accès de commisération me fit craquer net. Je lui racontai le Livre et ma mère et ma femme et mon chômage et Lapatinière et Tempo et le reste. A la profusion de mes détails, l'autre comprit la profondeur de mon désarroi. Il me fit signe de le suivre à l'intérieur et nous grimpâmes au premier étage.

— Attendez-moi ici, dit-il. Je ne connais pas son adresse mais je vais chercher la clé de son casier. Peut-être est-elle dedans !

Nous étions dans une grande pièce sombre, garnie de placards métalliques et de rayonnages encombrés de livres de prière. Aux murs, sur des patères dorées, des *taleth,* des *kipa,* des vestes noires. Et même des pulls de laine. Je m'assis sur un banc. Dans une pièce voisine le rabbinet s'agitait fébrilement. Je l'entendis soudain pousser un « ah » de victoire et le vis revenir, la clé à la main. Dans le casier, il y avait de tout mais pas d'adresse. Je commençais à désespérer quand il me tendit une enveloppe sur laquelle était inscrit : « Jacob

Rollemberg, 12, impasse des Cerisiers, Montrouge. » Je serrai le morceau de papier kraft sur mon cœur lorsqu'un téléphone sonna quelque part au rez-de-chaussée. Le moinillon passa la porte en cavalant. Et j'en profitai — tant pis pour ce nouveau péché ! — pour jeter un coup d'œil dans le capharnaüm du casier grand ouvert.

Je ne m'attendais pas à y trouver le Livre, bien sûr. Ni même quoi que ce soit de précis. Mais, intuition ou sixième sens, cet amas de papiers qui sentait le « moisi religieux » (odeur très particulière !) m'attirait.

Sous un calendrier hébraïque (nous étions en l'an 5747 !) et entre deux formulaires d'inscription pour les prochaines fêtes de Roch Hachana (avec Chaharit, Ovinou Malkenou, Sortie de la Loi, lecture de la Loi, sermon de M. le Rabbin Rollemberg, dites donc ! cérémonie du Choffar, Moussaf... et j'en passe) se trouvait une chemise de carton bleu pâle qui, aussitôt, me tira l'œil. Entendant mon guide revenir, j'enfouis le document sous mon manteau et retournai m'effondrer sur le banc.

— Excusez-moi, dit-il, je vous ai fait attendre.

— Ce n'est rien, dis-je. Et vous avez été si gentil.

Nous continuâmes sur ce ton urbain jusqu'à la porte d'entrée et après un dernier salut je m'éloignai du temple à grands pas.

A cinquante mètres, n'y tenant plus, je m'arrêtai. Et regardai ce qu'il y avait dans l'enveloppe. Tilt ! Une fois de plus le Livre avait perdu des plumes. Et j'en avais une — ou plutôt trois ! — entre les mains. Une carte et une lettre manuscrites d'Émile Zola en date du 3 novembre 1888 ! Ainsi qu'un portrait du baron Edmond de Rothschild.

Je recommande bien vivement M. J. Sofer, qui est un artiste en miniature microcalligraphique fort adroit et des plus intéressants.

Emile Zola

Médan par Villennes (Seine & Oise)

Paris, 3 nov. 88

Monsieur,

Je suis très touché du cadeau que vous m'avez envoyé en hommage, et je vous remercie mille fois de ce petit ouvrage, d'une adresse si délicate, qui est exécuté d'une façon parfaite.

Veuillez me croire, monsieur, votre bien reconnaissant et bien cordial.

Emile Zola

La complicité du sieur Rollemberg ne faisait plus de doute ! Non plus que, chacun se servant au passage, le jour où je retrouverais l'ouvrage du grand-père il risquait de ne plus y avoir quoi que ce soit dedans ! Je me sentais des envies de meurtre, de vol, de rapt. Et de lynchage. Je souhaitais me venger dans le crime et le sang. Et faire payer au centuple à tous ces dégénérés le sacrilège qu'ils avaient commis.

L'œil allumé, le souffle court et les poings serrés au fond de mes deux poches, je me remis en marche.

*
**

Bien évidemment, le drame n'était pas loin. Remonté comme une horloge et électrisé comme une chaise pour peine capitale, Claude Varal marchait à grandes enjambées, en faisant voler les pans de sa chasuble et son bonnet sacré de travers. Il avait oublié son feutre sur le banc des vestiaires de la synagogue et n'avait pas eu le culot d'y retourner.

Ainsi vêtu et agité, balançant les bras et agitant la tête, il ressemblait enfin à ce qu'il souhaitait tant : une variété d'épouvantail rabbinique, parodique et antipathique.

Il était un peu plus de midi et les rues étaient noires de monde. Employés s'en allant déjeuner ; ménagères terminant leur marché ; écoliers rentrant de l'école ; rentiers prenant le frais sur le pas de leur porte.

Le petit vieux replet, assis sur son transat en bordure de son immeuble, l'avait vu de loin. Et le regardait approcher, ses yeux tout plissés pour mieux voir, ses mains nouées autour de sa canne, une jambe repliée sous lui, l'autre roidement allongée en travers du trottoir. Claude lui déboula dessus comme une fusée, se prit les pieds dans la guibolle raide, fit un vol plané par-dessus la canne et le pliant, et se retrouva étalé sur le sol, comme une crotte.

— Espèce de connard racorni, tu l'as fait exprès, n'est-ce pas ? se mit-il à hurler tandis qu'il se relevait et cherchait son *capéloutch* qui avait roulé sous le siège du bonhomme.

— Je t'emmerde, dit l'autre, ainsi qu'il convient à ce genre de conversation improvisée.

— Pardon, bégaya Varal, pas certain d'avoir bien entendu.

— Je t'emmerde, toi et ton putain d'accoutrement de juif ! répéta l'homme de nouveau assis, profitant de la perche tendue pour préciser sa pensée.

Du coup, Claude Varal se sentit les jambes flageolantes. Avec une boule froide au creux du plexus. Et une autre très chaude, au milieu du front. Il fit un pas en arrière, se planta devant le goye assassin et lui cracha au visage. Un énorme et sirupeux et grisâtre et salé morceau de salive et d'humeurs mêlées. L'autre cria au meurtre, saisit sa canne et, tentant de se mettre debout, commença à faire tournoyer l'engin pour assommer l'infâme qui se raclait la gorge à la recherche de munitions de secours.

— Salaud, ordure, pédale, sale youpin ! éructait-il en zébrant l'air de grands coups de son bâton de bois torsadé qui devait dater de la guerre de 14. Attends que je t'attrape et je vais te l'éclater ta gueule !

— Essaie un peu pour voir, vieux con, aboya Claude qui retrouvait l'ardeur belliqueuse de ses dix ans et la douce musique des propos échangés rue du Vert-Bois.

— Essaie un peu et je t'aplatis !

— Vous n'avez pas honte, monsieur, susurra alors une voix aigrelette provenant de ses arrières et émanant d'une vieille dame à cabas et à cheveux violets. Taper sur un invalide. Et l'insulter en plus !

— Et quand vous voyez qui se permet ça, ajouta une troisième personne qui venait de se joindre au groupe. (De sexe masculin, genre cadre inférieur, avec ses tickets-restaurant à la main.)

Claude se retourna vers le nouvel arrivant et éclata d'un rire nerveux. Il en pleurait, perdait son souffle, et ne vit pas le bâton-gourdin que le retraité-ancien combattant de la Marne était en train de lui lancer en pleine tête. Le pommeau de métal l'atteignit à la tempe et aussitôt il se mit à pisser le sang. La tension tomba brutalement. Et à voir tant de rouge, chacun en devint tout blanc. Et plutôt piteux.

— Pauvre type, marmonna Varal en s'épongeant le haut de la joue de son *taleth* mité. Vieux débris. Tu dois être fier de toi, hein ? Tu veux pas aussi me finir à la bougie ? A moins que tu n'aies un four assez grand dans ton taudis et que tes petits amis ici présents te donnent un coup de main pour me mettre dedans ?

— Vous n'avez eu que ce que vous méritiez, dit alors le cadre-très-inférieur en rajustant sa cravate. Et je suis prêt à témoigner pour môssieur, ajouta-t-il en prenant l'homme au pliant par le bras et en l'aidant à se mettre debout.

Peu à peu le trottoir s'était peuplé, les voitures s'arrêtaient pour mieux voir et les badauds des étages ouvraient leurs fenêtres.

Hésitant entre le repli stratégique, un dernier juron dont il n'avait pas encore la formulation exacte et un coup de pied au derrière qui n'aurait pas manqué son but vu que le gâteux lui tournait le dos, Varal choisit finalement le bras d'honneur. Et, dans la foulée, en adressa une demi-douzaine. D'abord aux protagonistes du premier rang. Puis aux spectateurs du second. Et enfin à l'assemblée tout entière.

Depuis que le cinéma a fait de ce geste imbécile le symbole absolu et universel de l'atteinte mortelle à la dignité d'autrui, et depuis que, pour le quart du geste, les rois du box-office vous rétament la moitié d'un régiment et la totalité d'une escouade, l'utiliser à la sauvette équivaut à balancer une allumette dans une cuve de kérosène. Le résultat ne se fit pas attendre. Trois gros bras descendirent de leur auto pour venir « corriger » ce clown fantasque. Cinq piétons — dont deux de type femelle — se ruèrent sur lui pour le rouer de coups de poing et de pied. Et le reste de l'auditoire commença à tanguer dangereusement, vociférant tout un tas d'injures. Dont un bon nombre, à juste titre, mettait en scène du « sale juif », du « sale polack », du « mais-pour-qui-y-s'prend-celui-là »...

Indiscutablement, Varal avait tiré le gros lot.

Et il aurait eu toutes les chances de finir lynché, ou en tous les cas très amoché, si les flics du 18e, en mal de petites vieilles à protéger, n'étaient pas passés dans le secteur.

Comme il était le seul à saigner, le seul habillé bizarre et le seul désigné par l'ensemble de la vindicte populaire, il fut le seul à se trouver embarqué dans le panier à salade.

*
**

Le commissariat du quartier sentait les pieds, la Gauloise froide et le saucisson à l'ail: il était l'heure du casse-croûte.

Claude avait eu beau raconter sa version de l'histoire, la seule qui avait retenu l'attention de ses gardiens était celle du vieillard. Dont ils avaient soigneusement noté la déposition sur le trottoir. Mais que personne n'avait convié jusqu'ici pour confrontation. Discussion. Reconstitution. Et justice !

Aussi, lorsque Varal commença à parler de racisme, d'antisémitisme caractérisé et d'atteinte aux libertés fondamentales de la personne humaine, celui qui dressait le procès-verbal changea de position, mal à l'aise.

C'était un flic type, trapu et rougeaud, genre ripou de banlieue et amateur de camping. Il avait le cheveu ras et roux. L'œil bleu et rond. Les ongles rongés et sales... Varal comprit très vite qu'il était mal parti... Il ne s'était pas trompé. D'abord inculpé pour coups et blessures à l'encontre d'un paisible citoyen, médaillé militaire, dites donc ! invalide à 50 %, dites voir : — vous le saviez pas qu'il était GIC ? —, il le fut ensuite pour troubles sur la voie publique, rapport aux rapports qui venaient d'être faits spontanément par des individus anonymes mais témoins de l'agression.

En attendant que les prisons passent au privé, les cellules des postes de police de la capitale ne sont pas à piquer des hannetons, se dit l'inculpé une fois qu'on l'eut poussé au fond d'un cagibi à lapins, grand comme un mouchoir de dame et parfaitement débilitant. Il se sentait épuisé. Et, paradoxalement, détendu.

Peut-être parce qu'il était dans un de ces quartiers « sensibles » et qu'il n'y a pas si longtemps le député du coin s'appelait Bloch, on ne releva pas ses déclarations à l'emporte-pièce sur sa « négritude judaïque ». Non plus que ses mines de martyr à étoile qui n'aurait pas su que la guerre était finie. On lui interdit, toutefois, de téléphoner chez lui. Mais on lui assura que le commissaire, absent pour le moment, le ferait sûrement s'il l'estimait nécessaire.

A partir de là, les choses étaient simples : il n'avait plus qu'à attendre. Qu'on le torture. Qu'on le fusille. Ou qu'on le relâche.

Recroquevillé sur l'unique banc de bois, et remerciant le ciel qu'il n'y ait pas eu d'autres malfrats croupissant à portée, il s'endormit.

⁂

La nuit était tombée quand on vint le chercher. Il avait les yeux gonflés, du sang séché sur le visage, les vêtements poussiéreux et chiffonnés et l'estomac dans les talons.

On le ramena dans le bureau où on l'avait interrogé et on lui rendit son portefeuille ainsi que les affaires qui lui avaient été réglementairement confisquées.

Claire l'attendait dans le couloir. Elle n'avait pas bonne mine non plus. A croire qu'elle avait pleuré. Ou passé également près de huit heures dans une geôle voisine !

Elle le regarda à peine, murmura un « ça va » comme si elle l'avait quitté cinq minutes plus tôt à la porte d'une boulangerie, et lui prit le bras. Davantage pour qu'ils sortent plus vite de cet endroit sinistre que pour l'aider. Ce n'était pas non plus un signe d'amour.

Durant tout le trajet, ils n'ouvrirent pas la bouche. Elle se concentrait sur la circulation, conduisant nerveusement et plus vite que d'habitude. Lui tripotait son *taleth*. Et fixait les feux de position des voitures qui les précédaient.

La première chose qu'il aperçut lorsqu'il entra dans leur salon, ce fut les valises. Trois, marron et ventrues. Plus deux sacs. Claire était partie dans la cuisine et il l'entendait préparer à dîner. Un instant, il se dit que sa belle-mère était peut-être de passage. Ou bien que Jean-Luc était revenu à la maison. Mais la petite douleur pointue qu'il avait à l'endroit du cœur, là où les pensées tristes font mal, lui disait clairement, s'il en était besoin, qu'ils étaient arrivés au bout de la route. Il courut dans leur chambre et ouvrit « sa » commode : elle était vide. Et vides les tiroirs, l'armoire et la moitié de la salle de bains.

La petite douleur pointue était devenue grande. Façon souffle au cœur. Ou lame de sabre. Depuis des jours il savait qu'il jouait avec le feu. Mais cette fois il en percevait les flammes. Et la chaleur cruelle. Et ce froid glacial qui, curieusement, accompagne toujours au-dedans de soi cette sorte d'incendie.

Il retourna dans la salle de bains, se lava le visage et les mains, ôta ses vêtements et enfila un peignoir. Dans la cuisine, il entendait quelque chose grésiller dans une poêle et cela lui donna la nausée. Il but de l'eau du robinet et s'en alla rejoindre sa femme.

Claire avait gardé son manteau et faisait cuire quelque chose. Posté dans l'embrasure de la porte, se dandinant d'un pied sur l'autre, tendu comme une corde de piano, il la regardait.

Elle le sentit et se retourna.

— Claire, balbutia-t-il, tu ne vas pas me faire ça ! Tu ne peux pas.

Elle éteignit le gaz, prit une assiette sur l'étagère et renversa dedans le contenu de la poêle. Puis, posant le tout sur la table, elle lui fit signe de s'asseoir :

— Mange, dit-elle, tu dois avoir faim.

— Je crève, oui ! mais pas de faim. Tu m'as entendu ou quoi ? Claire !

— Ne crie pas, tu veux ! Surtout ne crie pas, en plus.

Claude s'assit et repoussa l'assiette.

— Excuse-moi. Pardonne-moi. Je ne voulais pas crier. Je ne voulais rien. Je voulais juste te dire... s'il te plaît, reste.

Il avait les larmes aux yeux, la voix pâteuse, le souffle saccadé. Dans son peignoir gris, il avait l'air vert.

Claire ramena le plat vers lui et dit :

— Mange, ou cela va être froid. Mange, je te dis, tu en as besoin.

Elle ôta son manteau qu'elle jeta en travers d'une chaise et Claude comprit que le pire était écarté. Puis elle se versa un verre de vin. Et il pensa qu'elle ne partirait plus ce soir.

Il se leva et se jeta dans ses bras. Avec sa barbe hirsute, ses cheveux en bataille et son *capéloutch* qu'il avait oublié.

Lentement, elle lui caressa la tête, le berçant à demi, lui demandant à l'oreille qu'il se calme, lui murmurant qu'elle restait, qu'ils avaient l'un et l'autre besoin de repos, qu'on verrait demain...

Ils se couchèrent l'un contre l'autre. Ne firent pas l'amour ni même la haine. Mais simplement chagrin commun.

*
**

Une fois de plus lorsqu'il se réveilla, Claire était déjà debout, habillée, son manteau sur le bras, prête à sortir. Il se redressa pour l'embrasser quand il aperçut la valise. En une seconde il retrouva la boule visqueuse de son angoisse.

— Alors tu pars quand même, bredouilla-t-il. Tu remets ça ! Tu...

— Je ne remets rien, dit-elle. Et je ne pars pas. Simplement un déplacement pour mon travail. D'ailleurs tu vois bien que je n'ai qu'un bagage !

Ce détail pratique qu'il n'avait pas remarqué le rasséréna.

— Et tu vas où, dit-il ? Tu rentres quand ? Et t'y vas seule ?

— Arrêtez votre cirque, voulez-vous, monsieur le rabbin ! Je vais à Milan, avec Monique, mon adjointe, voir Tricostar, notre client. Et je rentre dans trois jours. Ça te va comme fiche de route ?

Il acquiesça avec un petit sourire forcé. Et l'accompagna jusqu'à l'ascenseur.

— A propos, dit-elle alors que la cabine arrivait et qu'il y installait sa valise, la société d'intérim va t'appeler. Pour un autre job. Tâche de te conduire normalement cette fois. Je peux compter sur toi ?

— Oui, fit Varal en refermant la porte. Tu peux.

Il rentra dans leur appartement, tourna en rond quelques minutes, puis monta au sixième chercher son cahier.

⁂

« Sale juif ! » Cette fois j'y ai eu droit. Pour moi tout seul. En pleine poire. Projeté à la face façon glaviot. Tartiné façon excrément. Depuis le temps que je courais après, je l'avais enfin débusqué, l'Ennemi ! Bravo, Varal. Mais cela valait-il tant d'efforts ? Qui sont, du reste, ces « sales types » que le bon peuple immole pour un oui ou un non ? À la fête chaque fois que les « autres » ont un coup dans l'aile. Qu'ils reçoivent un coup. Ou qu'ils en donnent.

En réalité, le juif-à-qualificatif-explosif n'existe qu'à l'instant où il est dans la ligne de mire d'un anti. C'est, comme qui dirait, une fabrication artisanale ; une sorte de parthénogénèse spontanée qui naît souvent dans la bouche avant même d'irriguer le cerveau. Et qui ne trouve qu'ensuite, entre le lobe pariétal et la scissure de Sylvius, les racines cartésiennes nécessaires à ses alibis (les « sales » apparences. Ou les défauts rédhibitoires).

Étrange, tout de même, que des années après que les dessinateurs spécialisés (à deux ou trois pauvres Klonk près !) ont disparu, maintenant que les écrivains à plume assassine sont aujourd'hui interdits d'étalage et passibles de poursuites, étrange, donc, que tous ces mots clichés ressortent aussi facilement. Pour n'importe quel prétexte. Frais comme neufs. Affûtés comme au premier jour. (Mais de quand date le premier jour ?) Et toujours aussi virulents ! Cependant, God merci, il y a d'autres adjectifs que ce limité qualificatif privé d'Omo.

Il y a, par exemple, le Vrai-Juif. *Ah, l'exquise formule ! Comme s'il y en avait de faux ! Comme si des catholiques pur jus allaient jouer les juifs pure souche, histoire de se prendre quelques coups de pied au cul ! En fait, le Vrai-Juif n'est ni plus ni moins que le portrait robot de la race en question. Il a tout ce qui manque aux uns, tout ce qui choque les autres, plus tout ce qui déplaît, tout ce qui dérange et tout ce qui fait qu'à son corps défendant, force est de reconnaître qu'on peut pas les piffer. C'est pas vraiment orthodoxe (ni grammatical !). Mais c'est simple, clair et écrit dessus.*

Dites : c'est un vrrrai juif (en appuyant sur vrai *!) et tirez l'échelle. Tout est dit. Qu'il se démerde ! Il n'avait qu'à naître autrement. Avec un autre blase, un autre nom, voire un blason. Pas ma faute, pas votre faute, la faute à personne donc, si ce triste juif est authentique et garanti sur facture.*

Le Youpin, *par contre, est une essence beaucoup plus scélérate. Et assez indissociable de la belle époque des années 40. Le mot étant, en lui-même, particulièrement abject, ne le prononcent, en général, que des individus en rapport. Genre beauf à favoris et moustaches. Genre campeur à tricot de corps et pétanques en plastique. Genre retraité à varices et à carte d'invalidité. Genre prolo abêti et odorant des aisselles. Genre aviné du Belvédère, enfin. Ce qui, en France, fait tout de même pas mal de monde. A tous les coups l'impétrant prend son élan et lâche son injure comme il le ferait d'un pet. Cela claque d'ailleurs de la même manière. Et sent aussi mauvais.*

Il y a, dans ce mot, des kilos de haine à fleur de peau. Des dizaines de kilos de jalousie, mesquinerie, étroitesse d'esprit. Et des tonnes de connerie pure et simple.

Youpin : on vous le dit comme on le crache. Avec la bouche qui se fend en deux. Avec les yeux qui se plissent. Avec la commissure des lèvres qui s'abaisse. Avec les pectoraux qui se gonflent. Et les biceps, s'il y en a.

C'est l'injure suprême et qui sent le gaz. Face à ça, le pauvre type qui la reçoit n'a plus qu'à se ratatiner. Comme un rat, justement. Ou comme un juif.

Le Youtre *est réservé aux initiés. A ceux qui ont des lettres. C'est un mot du ressort des Roques et Faurrisson. Ou qui ne déplairait pas aux émules de Drieu La Rochelle. Dans « youtre » il y a « foutre », et comme un glapissement sénile. C'est l'embrochage, le broyage, le lynchage, la mise à nu puis à mort par un quarteron de purs et durs. Pour le dire, faut savoir. Et pour savoir, faut vraiment en « consommer » à toute heure de la journée (rare, heureusement !).*

Le Hidlack, *enfin (diminutif : « hide ») est, tenez-vous bien, une injure interne. Une banderille sournoise et empoisonnée que décoche un juif à un autre juif.*

Pour en arriver là il faut faire un œdème d'anti. Être plus qu'assimilé. Avoir son magasin dans le Sentier face à des concurrents prêts à tout. Ou être un habitué de Deauville (voir supra *!). Enfin, pour les fines gueules, pour les délicats, pour ceux qui ne veulent pas avoir l'air d'y toucher (mais qui aimeraient bien y goûter !), il y a* l'Israélite. *C'est mignon. Rétro. Un brin désuet. Mais honnêtement significatif.*

En conséquence, quand un clampin bien comme il faut vous sort, la bouche en cul-de-poule, parlant de tel ou tel : « c'est un Israélite », vous pouvez miser sur son anti latent. Et induire que vous avez affaire à un joli jésuite ! La vérité, c'est qu'il a la trouille, le Jésus. La trouille de hisser le foc ou de sortir le spi. Qu'il est au courant que certains veillent, que ses intérêts y sont peut-être mêlés, que tout se sait. Et peut être répété. Alors... allons pour « Israélite » ! D'autant qu'il y en a de bien (ce qui n'est pas vrai dans les autres catégories sus-mentionnées).

Veinards de juifs, va !

Assis sur un trésor d'épithètes, de sobriquets, de patronymes et de quolibets que bien des races leur envieraient ! De quoi m'avait-il traité, l'autre con ?

Analphabète, en plus !

***

Claude n'avait pas vu l'heure passer. Sa femme était partie et sans doute arrivée. Lui était toujours là, vautré sur son lit, le cahier sur ses genoux.

Il téléphona à sa mère pour lui dire qu'il progressait à grands pas. La vieille dame, émue par tant d'acharnement filial, remercia son grand fils comme s'il était parti pour les croisades, revenu victorieux avec la lampe d'Aladin dans ses fontes, et de nouveau sur le pied de guerre pour retourner au combat. Ils s'embrassèrent longuement par P et T interposés.

Il était près de quinze heures. Varal se lava, s'habilla, remettant ses frusques hassidiques que Claire avait pendues dans l'armoire au lieu de les jeter. Ce dont il lui sut gré. Puis, songeant à elle et à son abnégation, se disant qu'elle l'aimait et qu'elle ne méritait pas ça, il appela lui-même la société d'intérim et se déclara prêt à commencer le lendemain dans la nouvelle place qu'ils lui avaient, paraît-il, trouvée.

A l'autre bout du fil, on le remercia pour son sérieux. Et on lui communiqua les coordonnées de son employeur en précisant qu'*a priori* il ne devrait rencontrer aucun problème. Ce n'est que lorsqu'il eut noté et l'adresse et le nom de la firme qu'il comprit. La boîte s'appelait « Lévy frères ». Et exerçait rue d'Aboukir. Il pouvait à coup sûr s'empiler sur le crâne trois *capéloutch* différents, ce n'est pas Lévy ni ses frères qui lui en feraient le reproche !

Il prit l'adresse du rabbin Rollemberg qu'il glissa dans sa poche, se demanda un instant comment il allait aller à Montrouge, et se souvint que sa femme lui avait laissé la voiture.

Heureux de tous ces bons présages et réconforté par les bonnes résolutions qu'il venait de prendre, il allait sortir lorsque le téléphone sonna.

C'était son fils. Qui aurait souhaité le voir. Voire même dîner avec lui. Mais qui ne savait pas si, lui...

— Mais si, mon fils, au contraire ! Dînons ensemble !...

A l'autre bout du fil le garçon semblait hésiter.

— C'est que... enfin... je ne serai peut-être pas seul...

— Tant mieux ! fit Varal. Amène-la.

— Comment, tu sais ? demanda le môme, la voix blanche.

— Je sais, c'est tout. Mes chromosomes de père ! Elle est jolie au moins ?

— Tu verras, fit Jean-Luc en remerciant et en notant l'adresse du restaurant.

Claude vérifia qu'il avait bien les clés de l'auto. Et sortit.

⁂

A la différence des curés, les rabbins peuvent convoler. Et avoir une famille. Celle du vénéré Rollemberg était nombreuse. Et tout entière à la maison (on était mercredi après-midi !).

C'est madame qui vint ouvrir et crut qu'elle avait affaire à quelque disciple de son mari. Ou à un petit rabbin, pas très au fait des rites vestimentaires. Mais cherchant à bien faire.

Ce n'est qu'après l'avoir longuement interpellé en hébreu et observé que l'inconnu n'y comprenait rien qu'elle se décida à lui parler en français. Et à lui demander ce qu'elle pouvait faire pour lui.

— Je voudrais voir votre mari, dit Varal qui avait ôté la capsule qu'il avait sur la tête et la tournicotait entre ses doigts comme le paysan timide, sa casquette. Est-il là ?

— Non. Il est en voyage. C'est pour quoi ?

Varal n'avait pas prévu ça. Il sortit alors la lettre trouvée dans le casier et la glissa sous le nez de Mme Rollemberg en lui demandant si elle voyait ce qu'il voulait dire tout en ne disant rien ?

— Je vois, fit-elle. C'est une lettre. De vous ?

— Je ne m'appelle pas Zola, madame Rollemberg.

— Ah bon, dit alors l'épouse du rabbin.

— C'est un document ancien, figurez-vous. Extrait d'un livre qui m'appartient et que détient — ou détenait — monsieur votre mari. Ça vous évoque quelque chose ?

Lorsque Dieu permet à ses servants de prendre femme, il ne garantit pas pour autant la qualité de ces dernières. Il était patent que Rollemberg s'était fait refiler une cruche. Et, dans ces conditions, il y avait peu de chances pour qu'il l'ait mise au parfum. Surtout si celui-ci avait des fragrances de fruit dérobé.

Dépité, Claude remit sa lettre dans sa poche et sa *kipa* sur la tête. Il allait prendre congé lorsqu'il songea à demander à la femme Rollemberg si, par hasard, elle ne connaîtrait pas un certain Sébastien Prisot ?

A l'éclair enfin lumineux qu'il perçut sur les traits de la dame, il comprit qu'il avait fait mouche.

— C'est une relation de mon mari, dit-elle en souriant. Un brave garçon. Il était là il n'y a pas huit jours, tenez ! Mais j'ignore pourquoi.

Claude Varal, lui, savait.

Enfin le puzzle s'emboîtait. Aussi, d'une voix aussi anodine que possible demanda-t-il à la maîtresse de maison où était son seigneur et maître ?

— A Jérusalem. Ville merveilleuse. Vous connaissez ?

Bien que Montrouge ne fût pas Los Angeles et que la faille San Isidore ne passât point sous la maison de M. et Mme Rollemberg, Claude sentit nettement la terre trembler. Vit nettement les meubles bouger. Et se retrouva nettement par terre. Syncope.

Ce furent des effluves de salade qui le ramenèrent à la vie. Ainsi qu'une avalanche de petites claques que quelqu'un d'énergique lui administrait sur la figure.

Revenu à lui et puant le vinaigre dont on l'avait copieusement arrosé, il se redressa et parvint, grâce à l'aide des quatre enfants qui étaient accourus pour la circonstance, à gagner le canapé-lit. Il se sentait toujours mal mais la terre avait cessé ses va-et-vient.

Huit petits yeux marron le regardaient avec curiosité. Et une grande paire de bleus avec bienveillance.

Il attendit un peu que son pouls se calme. Puis se leva avec lenteur mais dignité.

L'air de la rue lui fit du bien. Il marcha jusqu'à sa voiture et se laissa choir sur le siège, encore choqué. Cette fois-ci il avait décroché le jack-pot ! Le Livre était envolé. L'antiquaire en fuite. Le rabbin en Israël. Et lui à des lieues de son domicile. Il n'avait plus qu'à rentrer. Et à courir après autre chose.

Il mit plus d'une heure pour regagner son appartement. Et s'il n'eut pas d'accident, c'est que Dieu, en dépit des apparences, était de garde ce jour-là. Et à l'aplomb de ses pare-chocs.

⁂

S'il se trouve à Paris, ce putain de bouquin, je le retrouverai !
S'il se trouve en France, je le retrouverai !
S'il est en Mandchourie, à Katmandou ou en Anatolie, eh bien j'irai en Mandchourie, à Katmandou ou en Anatolie.
Où qu'il perche, où qu'il soit,
planqué superbement ou en évidence,
en entier ou en morceaux,
JE LE RETROUVERAI !

Écrit ce jour...
par le dénommé Claude Varal,
qui s'entête,
persiste,
signe,
et scelle le tout d'une larme de bonheur-malheur,
tiédasse mais sincère,
que voici.

Là, Varal, il lâcha sa goutte.

En plein milieu de son beau cahier. Laquelle goutte fit un gros pâté sur la page d'écriture en forme de SOS qu'il venait de commettre. Dérogeant, pour la première fois, à l'usage normal de son grimoire. A douze ans, on se lie avec ces sortes de promesses un peu scouts et largement mystiques. A quarante-six, on frôle le gâtisme. Ou la maison de santé.

Il n'empêche. C'est *in extenso* ce qu'il fit.

Ou, plutôt, ce qu'il commença à faire.

Car, subitement, comme touché par l'index de Dieu qui se serait mis au rayon laser comme tout le monde, le voici qui change de page, change de plume, et se met à réécrire son petit morceau de bravoure en plus petit. En tirant la langue, en se défonçant la vue, et en posant à peine la pointe de son Waterman sur le papier.

Résultat : le même texte n'occupe plus que la moitié des lignes et le tiers de l'espace. Ravi, il se recule et mire son exploit. Puis, sans doute retouché par Dieu qui cette fois y met au moins deux doigts, le voici qui enfile sa veste, se rue dans la rue qui est à deux pas et où il sait trouver une librairie. Elle va fermer. Mais elle est encore ouverte. Il prend ce signe de Zeus pour ce qu'il est : un encouragement. Et il achète toutes les plumes d'écolier en acier que le pauvre type a dans son stock depuis des siècles. Tous les porte-plumes qui vont avec. Plus une énorme loupe (il a perdu la première). Pardon, pépé, mais les temps changent. Et les méfaits du tube cathodique sur les globes oculaires ne font pas pour rien la une des journaux !

Puis il remonte chez lui. Et, sur une nouvelle feuille, plume après plume, avec l'aide de la loupe, cent fois sur le cahier il remet son ouvrage.

A minuit il a terminé. Et ne parvient d'ailleurs plus à lire ce qu'il a écrit. Exténué et aveugle, Varal Claude, arrière-petit-fils du grand Sofer, va se coucher.

⁂

Deux coups de fil successifs sortirent Varal du sommeil agité dans lequel il barbotait. Le premier était sa femme. Qui l'appelait de Milan et voulait prendre de ses nouvelles. Le deuxième, de son fils, qui souhaitait savoir si le dîner du soir tenait toujours.

— Oui mon fils, il tient !

Il s'habilla à la hâte et fila à l'adresse de son nouvel employeur.

Chez Lévy frères, au 47, rue d'Aboukir, fabrique de robes et pantalons en tout genre, ce n'est pas la petite dizaine de Yougoslaves ni la petite douzaine de Portugais, non plus que la nombreuse famille Lévy, qui aurait trouvé à redire à l'allure étrange de leur nouveau responsable du service planning, marketing et communication.

On accueillit donc Varal à bras et comptes ouverts. Et on l'installa dans un réduit qui donnait sur une cour. Laquelle cour débouchait sur une arrière-cour. Le tout plus noir et plus sinistre que le vagin d'une araignée. Avec le masochisme naturel qui était devenu le sien, Claude s'installa dans ce cloaque avec un mélange de joie morbide et un total découragement.

Son travail consistait à relire et corriger les futurs tracts publicitaires destinés à être glissés sous les essuie-glaces des automobiles de la périphérie. Ainsi qu'à voir comment les frères-patrons pouvaient fabriquer trois fois plus de marchandises avec le même stock de matière première. Sans payer un iota d'heures supplémentaires, s'entend. Et en respectant les délais de livraison, bien sûr.

Il s'attela sans tarder à ce dur labeur. Heureux d'avoir l'esprit mobilisé par un prétexte autre que la trahison du rabbin Rollemberg.

⁂

J'arrivai le premier au restaurant, niché dans un cul-de-sac en contrebas d'une petite rue bruyante et ingarable de Saint-Germain-des-Prés.

Notre table était au fond de la salle. Je m'assis et commandai un scotch.

C'était un de ces endroits à la mode, comme il y en a des centaines à Paris, faussement sophistiqué mais carrément cher, avec cuisine ampoulée, personnel pédant et clientèle assortie. Composée pour trois quarts de couples roucoulants (et donc illégitimes !) et pour un quart de ménages rassis, dînant à quatre ou six pour diviser par deux ou trois les silences pesants qui leur tombaient sur les épaules.

Mon fils et sa « chose » arrivèrent avec vingt minutes de retard. Sans doute l'excédent de Rimmel et de fard à joues que l'ingénue avait dû se coller sur la figure en dernière seconde pour être sûre de ne pas rater, bêtement, son examen de passage.

Elle était grande, blonde, frisée et potelée, l'amie de mon fils. Avec un air un peu rébarbatif mais une paire de seins épanouis.

Je me levai, très digne, très père-très-digne, tandis que Jean-Luc me balançait un « salut, p'pa » laconique. Plus un morceau de baiser sur la tempe droite.

— Je te présente Linda, dit-il en s'effaçant pour que je puisse saisir la main parfumée que la jeune fille me tendait.

— Bonjour, mademoiselle Linda, dis-je. Bienvenue !

— Bonchour, mossieu, dit Linda. Ache qué jé souis kontente de faire vôtre konnaizance !

Merde ! Manquait plus que ça ! Mon fils était à la colle avec une Allemande ! Une *gretchen* débarquait chez les Varal. Décidément, rien ne me serait épargné !

Comme s'il lisait en moi, ou devinait l'agitation de mes pensées, Jean-Luc, montrant ma barbe, ma tenue sombre et le *capéloutch* qui ne me quittait plus, dit à sa tendre valkyrie :

— Comme tu vois, Linda, papa est dans sa phase théologique ! Il ressemble à un rabbin, il a le look d'un rabbin, son odeur est celle d'un rabbin... Mais ce n'est que du rabbinat-dry !

Ils éclatèrent de rire. Et je m'efforçai d'écarter mes labiales en un mouvement qui aurait dû ressembler à un sourire, qui prenait la place d'un sourire, qui se voulait être un sourire... mais qui ne l'était pas.

Ils s'installèrent : l'un à ma droite, l'autre à ma gauche. Honnêtement, je ne savais que faire ? Rien, évidemment, aurait été le mieux. Mais allais-je en être capable ? On vint prendre la commande et le décryptage de la carte fit diversion. Seulement, chaque fois que la petite ouvrait la bouche, j'avais l'impression de mettre les doigts dans une prise électrique. Et je tressaillais de haut en bas.

Nous commandâmes trois fois plus que nous ne pourrions jamais avaler, avec une bouteille de sancerre blanc pour commencer. Et un bordeaux à deux cent quatre-vingt-cinq francs pour suivre. C'était la fête, bon Dieu, c'était la fête, disait mon fils. Il m'expliqua, après les gratins d'aubergines et avant le lapin à la moutarde, que Linda et lui allaient partager l'appartement et que donc... pour le prêt... il y avait... si l'on peut dire, urgence ! Je m'en serais douté.

Que mon fils se mette à vivre maritalement avec une fille me laissait assez froid. Après tout, c'était dans l'air du temps. Et je trouvais ça plutôt sympathique. Un instant, en vilain vicelard rentré que j'étais, je m'imaginai la Teutonne à poil. Elle devait avoir le pubis blond, la peau rose et les nichons avec des aréoles saturniennes ! A sa bouche ourlée je conclus qu'elle devait être sensuelle. Et à la façon dont elle engloutissait son assiette, plutôt portée sur la chose. Bravo, mon fils, pensai-je. Baise-la. Nique-la comme un fou. Fais-la hurler, la salope, ne serait-ce que pour me donner l'illusion que tu la fais souffrir. Quand je pense que tu es juif, non, vraiment !

— Non, vraiment, c'est quand même dément ! dis-je soudain, en reposant mes couverts et en les dévisageant tous deux comme si leur félonie venait de me sauter au visage.

Jean-Luc, qui me connaissait, reposa également sa fourchette et fit à sa belle un signe d'apaisement — genre : tranquillise-toi, ma mie, il est un peu bringuezingue, mais pas méchant ! Et sa main glissa sur sa cuisse. Sans doute pour lui témoigner de son amour intact !

Moi, mon problème, d'aussi loin que je puisse me souvenir, est que je n'ai jamais su garder au fond de la bouche ce qui me vient aux lèvres. Même si je sais pertinemment qu'il vaudrait mille fois mieux que je m'écrase ! Même si je suis convaincu d'avoir tort. Et même si cela peut me desservir plutôt qu'autre chose. Mais ce n'est pas à quarante-six balais que l'on se refait. Surtout quand on a glissé sur la peau de banane de sa vie et que l'on se retrouve, sur le tard, le derrière en l'air, face au zénith qui n'en peut mais !

Aussi je ne fus pas vraiment surpris de m'entendre dire :

— Alors, mademoiselle *fräulein,* quel effet cela vous fait-il de pénétrer ainsi dans une famille juive ? Vous savez, celles que vous et vos pareils ont zigouillées de si bon cœur pendant des lustres ! Hein ? Vous ne répondez pas ? Vous ne le saviez pas, peut-être ? Mon fils, cachottier, ne vous avait rien dit ?

— Papa, arrête ton cirque, je t'en prie. Tu n'es pas drôle, marmonna Jean-Luc, atterré de voir la tournure que prenait la soirée.

— Je ne cherche pas à être drôle, non plus, qu'est-ce que tu crois ? dis-je en me resservant de ce bon pinard à deux cent quatre-vingt-cinq francs. Je suis comme ça. Tu es comme ça. Nous sommes tous comme ça. Vaudrait mieux qu'elle le sache, non ?

La dénommée Linda, blonde et bouclée, aux grosses mamelles et à la peau laiteuse, était restée la bouche ouverte. Médusée. Les paupières rosies. Au bord des larmes.

— Ache, mossieu, dit-elle d'une petite voix chevrotante, ché ne souis pour rien dans ces histoires. Pourquoi êtes-vous si méchant avec moi ? Pourquoi !

De formuler à voix haute ce qu'elle avait sur le cœur lui amena aussi sec les larmes aux yeux. Puis sur les joues. Et pour finir, en plein dans son ris de veau qu'elle avait planté là.

Aux tables voisines on regardait la scène, les couverts en l'air, les oreilles dressées.

Jean-Luc était devenu livide. Il repoussa son assiette, jeta sa serviette en travers de la table et, écartant sa chaise, prit sa compagne par les épaules pour l'aider à se lever.

— Tu es devenu fou, mon pauvre père, fou à lier, je te le dis. Tu ne sais même plus ce que tu racontes et c'est dommage. Tu n'as pas le droit de lui parler comme ça. Tu n'as aucun droit sur elle, tu m'entends ! Et tes histoires de con et d'une autre époque, tu peux te les coller où je pense !

La gifle que je lui décochai manqua son but et atterrit sur la bouteille de bordeaux. Cent dix-sept francs coulèrent sur la nappe et quarante-trois sur le parquet. Déjà les serveurs étaient autour de nous et épongeaient les dégâts.

Je me sentais miteux, morveux, merdeux. Je n'avais récolté que ce que j'avais sciemment semé : la merde. Mon fils et sa fiancée sortirent du restaurant sans se retourner. Et moi je payai l'addition sans broncher. Il était temps que je me reprenne. Ou que je me supprime. Mais, à l'évidence, je ne pouvais pas continuer inlassablement à infliger à mes proches ce comportement hystérique. C'était fou. J'étais fou. C'était grave. Et, le pire, c'est que je n'y voyais pas d'issue.

⁂

Je rentrai à la maison à pied, abandonnant la voiture près du restaurant, incapable de conduire. Il s'était mis à pleuvoir et les rues étaient désertes. La flotte me ruisselait dans le cou, entre peau et chemise et je frissonnais.

Je m'en voulais terriblement de cette scène absurde. Et, en même temps, je la savais dans l'illogique des choses. Il y a des êtres sains et apparemment normaux que l'on retrouve un beau matin perchés sur le perron de leur villa, à tirer dans la foule ! Il y a des hommes qui pactisent soudain avec le diable alors que leur vie durant ils n'ont pas fait de mal à une mouche ! Il y a des saints qui virent à l'aigre et des honnêtes gens que l'on découvre escrocs ! Il y a de tout, me disais-je en évitant les plus grosses flaques mais pas les gerbes que projetaient les voitures en passant. De tout : fonction des circonstances !

Arrivé au pied de mon immeuble, j'étais trempé comme une soupe et ramolli comme un vieux fruit. Avec, cependant, une certitude à la fois humide et mûrie pendant mon heure de marche : j'avais été un mufle avec cette fille ! Connement. Gratuitement. Consciemment. Les dingues qui se savent dingues, se causent en dingues et se voient avec les apparences criantes des dingues, le sont-ils vraiment ? La question resta posée jusqu'au palier du cinquième. Mon palier. Et même jusque devant la troisième porte à droite : notre porte. Là, elle disparut d'elle-même face à une autre réalité non moins dingue : je n'avais pas mes clés ! J'eus beau me tâter des pieds à la tête, ôter chacun de mes vêtements pour en retourner les poches, rien. Je les avais laissées dans la voiture, tout simplement.

A l'idée de retraverser Paris je fus pris de vertige. Plutôt crever. Ou dormir là. Sur le paillasson. Je commençais à me lover sur le rectangle brun et dru, pestant contre cette manie idiote de ne les fabriquer qu'en « brosse », lorsque j'entendis l'ascenseur s'ébranler. Machinalement, j'écoutai le cliquetis qu'il faisait en franchissant les portes palières, et quand j'en fus au chiffre 4, je tendis le cou.

L'appareil s'immobilisa à mon étage et les portes s'ouvrirent. Jean-Luc !

Dire lequel des deux fut le plus surpris de découvrir l'autre est une question sur laquelle il faudra revenir. Mon fils me contemplait, accroupi dans l'embrasure de ma porte, comme s'il avait découvert un fantôme. Et moi je n'en revenais pas de le voir rappliquer ici après ce qui venait de se passer.

— Papa, qu'est-ce que tu fais là ? Tu es souffrant ? Ça ne va pas ?

Il s'était jeté sur moi et tentait de me mettre debout comme si j'étais tombé de cheval. Ou que j'avais été fauché par une balle perdue.

— Ce n'est rien, dis-je, en me redressant, ce n'est rien. J'ai simplement oublié mes clés dans la voiture. Et comme je suis rentré à pied, tu vois, j'hésitais un peu sur la marche à suivre ! Ce qui est le cas de le dire !

— Vraiment tu n'en rates pas une, fit-il en m'ôtant avec des gestes à la fois tendres et précis les morceaux de tapis-brosse qui s'étaient incrustés dans mes vêtements. Et tu allais faire quoi, assis devant ta porte ? Attendre qu'elle s'ouvre toute seule ?

— Et toi, dis-je un peu pincé, tu n'es pas venu pour vérifier si je dormais dans mon lit ou si je campais sur le palier ?

Il sortit son paquet de cigarettes, m'en tendit une, en prit une autre, nous alluma, et s'adossa à la rampe de l'escalier. Il paraissait tendu et fatigué. Déboussolé et vulnérable. J'avais envie de le prendre dans mes bras et de lui dire : je t'aime, mon petit garçon chéri ! je t'aime !... Et tu n'imagines pas combien te voir là, à cette heure, après notre dispute, me bouleverse !... Et rien ne vaut l'amour que je te porte ! si mal, certes, mais qui est pourtant vrai !...

J'avais envie... Au lieu de ça, je crachouillai les brindilles de tabac que j'avais sur la langue et lui demandai pourquoi diantre il venait me relancer chez moi.

Si cela n'avait été aussi triste et aussi bête, sûr que ça aurait pu faire du grand comique ! Malheureusement, ni lui ni moi n'avions le recul nécessaire.

Il écrasa sa cigarette à même le parquet et me lâcha, tout à trac :

— Je suis venu, si tu veux le savoir, parce que tu m'as fait peur ! Et que cela devient de la panique quand je te vois comme ça. Je suis ton fils, punaise ! Qu'est-ce que c'est que toutes ces histoires ? A quoi joues-tu depuis des semaines ? Des chômeurs il y en a d'autres, non ? Et des juifs aussi ! Tu cherches quoi ? Et pour qui cet accoutrement ridicule, ce déguisement de cureton hébreu, toi que je croyais athée ? Et bouffeur de curés quels qu'ils soient ! Maman m'a dit ce qui se passait pour le Livre de grand-mère. C'est con, c'est sûr. Mais pas au point de te mettre dans des états pareils. Ou de jouer subitement les shadocks !

— Les Sherlock, dis-je. Comme Sherlock Holmes. Si tu lisais davantage !

— Va te faire foutre !

— Retire ça, tu veux ! Retire ça tout de suite ! Si c'est pour m'insulter que tu as traversé Paris, tu peux t'en retourner auprès de ta muse d'outre-Rhin. Qu'est-ce que tu en as fait, au fait ? Elle t'attend en bas ? Ou tu l'as ramenée chez ses parents : à la *Kommandantur* ! Quand on a le cœur « gros comme ça » on devrait se contenter de parler avec les yeux. De pousser des soupirs. D'ouvrir les bras. Mais surtout pas utiliser les mots de tous les jours !

Je ne savais plus ce que je disais et je le disais quand

même. Peut-on être plus stupide ? Ou kamikaze ? Jean-Luc me regardait intensément. Je voyais ses lèvres bouger, ses paupières frémir, le petit muscle en haut des joues aller et venir, sa pomme d'Adam descendre et remonter, et quelque chose de brillant au coin des yeux. Nous étions comme deux rocs, comme deux blocs de granit, face à face, chacun sachant fort bien que l'autre n'était que sable, eau, boue et torrents de tendresse. On s'envoyait à la gueule les pires choses qui se puissent dire entre père et fils et, en même temps, on s'aimait à en mourir.

— Que le moins con des deux arrête ça tout de suite, dis-je, en m'approchant de lui et en l'enfermant dans mes bras. Pardon, mon fils, pardon ! A mon âge je devrais être respectable et fort et exemplaire. Pardonne-moi plutôt trois fois qu'une !

On s'effusionna, calés contre la balustrade, dans une nuit noire et moite, car ni lui ni moi ne voulions rompre ce moment enfin survenu. Pas même pour rallumer la minuterie.

Au bout d'un long instant, ivre de tant de silence et assommé d'obscurité, je fis mouvement vers le bouton. Les larmes avaient laissé sur son visage des petites traînées grises qu'il effaçait du bout des doigts. J'en fis autant. Et nous redescendîmes, bras dessus bras dessous, afin qu'il me ramène à mon auto, que je récupère mes clés, et que je revienne à mon dodo.

Dans sa Fiat 500 poussive et rapiécée, alors que nous approchions du restaurant, il me dit :

— Tout à l'heure, ce que tu as dit à propos des Allemands, tu ne le pensais pas, hein ? Tu voulais juste coller à ton foutu personnage ?

Je fis signe que oui. Je lui tapai sur l'épaule pour

donner plus de force encore à mon hochement de tête. Mais, au fond de moi, en étais-je si sûr ?

⁂

Le lendemain était un vendredi. Ni saint. Ni 13. Ni veille de fête. Rien qu'un petit vendredi ordinaire, ultime boyau obscur avant l'épanchement du week-end : clairière de toutes les félicités hebdomadaires.

De ce jour banal Claude découvrait les prémices dans ses quotidiens du matin. Buvant son café et tournant les pages d'un œil distrait. Plutôt frais, pour une fois, après avoir dormi comme une masse, mis son réveil à 7 heures 30 pour être à neuf dans sa fabrique de pantalons et avoir eu sa femme au téléphone. Laquelle le prévenait qu'elle devait rester quarante-huit heures de plus, because incidents de travail. Ce n'était pas grave. Et il ne s'en offusqua point.

Il allait finir sa seconde tasse et croquer sa troisième biscotte quand un entrefilet en sixième page harponna son regard. « La douane belge vient d'arrêter un antiquaire parisien impliqué dans un trafic d'œuvres d'art ! Son véhicule était bourré à craquer d'objets de valeur dont il n'avait pu expliquer l'origine. Il voyageait en compagnie d'une Cambodgienne... » Nom de Dieu, s'écria Varal, mais c'est Prisot !

L'article, hélas, n'en disait pas plus. Et ne citait pas de nom. Après toutes ses fausses pistes, ses fausses joies et ses déconfitures, savoir que la police tenait peut-être le salopard du Marché Suisse faisait à Claude l'effet d'une piqûre de vitamine C.

Il cavala dans sa chambre pour y chercher le transistor mais le flash d'information venait de se terminer. Il tomba en plein tiercé. Rebondit sur le loto. Et coupa avec l'arrivée de « Shell que j'aime ! ».

Il décida de prendre sa voiture pour se rendre rue d'Aboukir, plutôt que le métropolitain. Tant pis pour les contredanses ! Il pourrait, en tout cas, attraper le prochain bulletin.

Il l'attrapa, en effet, à hauteur de Chaussée-d'Antin. Bloqué dans un embouteillage vendrediesque, c'est-à-dire inextricable. Arc-bouté à son volant. Les oreilles écartelées entre ses haut-parleurs.

Après la cohabitation et ses problèmes du jour, les syndicats et leurs prises de position de la veille, la grève de la semaine, la petite phrase bihebdomadaire de Machin et le scandale de Chose (dans lequel pédalait Truc !), après les dernières nouvelles de Reagan, de Gorbatchev, d'Hassan et de Stéphanie, après la hausse du prix de l'essence et le commentaire des experts, le blocage du cours des artichauts et les observations des spécialistes, mais juste avant le foot, le basket, la énième Transat et la météo, on parla de Prisot. Nommément. Sébastien, trente-neuf ans, antiquaire à Paris, vivant avec une petite Japonaise (faudrait savoir !)... bref : tout. Sauf l'essentiel ! Il avait dérobé pour des millions de camelote, mais quoi au juste ? On avait retrouvé sa voiture bourrée à craquer, mais *quid* du Livre de la famille Varal ? Il avait été déféré au Parquet. Et alors ?... Le commentateur termina en précisant que l'individu était à Fresnes. Et qu'il avait fait appeler son avocat : Me Charles Kaufman.

Alors qu'il venait enfin de démarrer, Varal pila net. Kaufman ! Kaufman ! Il a dit : Kaufman ? Comme un fou, il chercha dans sa mémoire pourquoi ce nom lui disait quelque chose ? Une relation d'affaires du temps où il était dans les affaires ? Un parent ? Le parent d'un parent ? Le petit ami d'une amie qu'il aurait sautée naguère et qui l'aurait ensuite menacé des foudres de son mari ? S'appelant Kaufman !

Quand il se décida à passer la première et à embrayer sèchement pour regagner les secondes perdues, pas de veine : le flot venait à nouveau de coaguler. Il n'eut que le temps de projeter ses deux pieds sur la pédale de frein, de lâcher un « Oh non ! Et merde ! » strident et inutile, et s'enfonça crânement dans l'arrière d'un laitier.

Le camion d'Elle & Virc non seulement n'avait rien mais encore en avait vu tellement d'autres qu'il s'en tamponnait comme de son premier litre de lait.

Du côté de Varal, en revanche, sa Renault d'excadre, déjà salement corrodée par la pollution ambiante et le chômage de son propriétaire, y laissa deux phares, son pare-chocs avant, une demi-aile. Et un bon litre d'huile, d'eau ou d'essence, qui coulait tranquillement depuis le moteur jusqu'au caniveau.

Un flic zélé et philosémite rétablit comme il put la circulation en faisant se garer la ferraille de Claude sur un côté et le camionneur de l'autre.

Constat. Explications. Considérations mécaniques, balistiques et météorologiques (il pleuvait !)...

Lorsque Varal arriva à destination, il était neuf heures et quarante-cinq minutes.

Sa *kipa* de travers, son *taleth* torsadé, il se rua jusqu'à son bureau, referma soigneusement la porte derrière lui et téléphona à sa mère.

— M'man, c'est moi. Kaufman, un avocat, tu connais ?

Il lui aurait parlé en morse, ou en braille, que la vieille femme ne se serait pas plus étranglée.

D'abord, elle ne comprit rien. Ensuite, elle comprit que son fils avait des problèmes puisqu'il lui fallait un avocat. Enfin elle accepta d'écouter posément, de réfléchir jusqu'à deux avant de parler à nouveau, moyennant quoi ils purent avoir un embryon de conversation normale. Effectivement, Kaufman, elle connaissait ! C'était peut-être le neveu des Fridack. Ou le petit-fils des Goldstein. Ou encore le mari de la tante Louise, laquelle avait épousé en secondes noces un fils Grunbaum. Bref, de toute façon c'était, si ce n'est dans la poche, du moins dans celle d'un proche !

Claude raccrocha, perplexe. Était-ce assez pour faire tomber les fameux tabous du secret professionnel ? Pour avoir accès au dossier ? Pour savoir, oui ou merde, si Prisot avait le Livre ?

N'ayant pas de bottin sous la main, il partit comme une flèche en direction du standard. Et, pour la deuxième fois, passa devant l'assemblée de Yougoslaves et de Portugais sans leur dire bonjour. Ça, dans le petit peuple des travailleurs immigrés, on aime pas trop ! Un annuaire sous chaque bras, il retourna dans son bureau et commença à éplucher les Kaufman.

Des ordinaires, il y en avait des masses. Des avocats, cinq. Il élimina les trois premiers pour des motifs divers mais valables. Le quatrième était absent pour plusieurs jours. Quant au numéro cinq, le téléphone sonnait occupé.

Pour être plus à l'aise, Claude avait repoussé aux deux extrémités de sa table de travail les dossiers sur lesquels il était supposé réfléchir. Et il avait enclenché le système de rappel automatique pour saisir au vol le bavard Kaufman à l'instant précis où il raccrocherait. Un pied sur les bottins posés sur le bureau, et l'autre replié sous son fauteuil, une main sur le combiné et l'autre sur la touche miracle, il n'entendit pas la porte s'ouvrir. Et ne vit pas non plus M. Lévy-Frère n° 1 qui venait de débouler dans son antre, excédé qu'il était de ne pouvoir joindre son employé depuis plus de dix minutes.

— Faut surtout pas vous gêner, mon petit vieux, fit Lévy 1 suivi bientôt par Lévy 2 que les mêmes causes avaient poussé aux mêmes réflexes. Suivi enfin par la standardiste qui venait récupérer son gagne-pain.

La porte étant restée ouverte, les Yougos et les Portus s'étaient arrêtés de piquer, de surpiquer, de coudre et de découdre, afin de ne pas perdre une miette du drame qui allait se jouer à deux pas. Ce type l'avait bien cherché, aussi ! Fier comme pas un. Et attifé à la mords-moi-quoi ?... ils ne savaient pas au juste ! Lévy 1 ouvrit le feu le premier, en rappelant à Claude que le téléphone était un instrument de travail et que rien, à ce qu'il sache, et dans le travail qui lui avait été imparti, n'impliquait un tel usage dudit ! Lévy 2 opina de toute sa petite tête joufflue, et ajouta que les communications personnelles étaient strictement et formellement et vigoureusement et définitivement interdites ! En « ment », se dit Varal, il pouvait encore me mettre « résolu... », « absolu... », « impérative... », et quelques autres. Cette pensée le fit sourire. Donc il sourit. Ce qui eut pour résultat immédiat de faire monter la température d'un cran. Et exploser les deux fabricants de pantalons.

— Il se fout de notre gueule, dit l'un.

— Je te crois, dit l'autre.

— Tu veux quoi, imbécile, qu'on te vire, demanda l'un.

— Et sur-le-champ, précisa l'autre.

— Vous devriez fermer la porte si vous ne voulez pas distraire vos troupes, répondit seulement Varal. (D'une voix très basse et particulièrement onctueuse.)

Surpris, le frère aîné — car il y a toujours un aîné dans une société de Frères ! — décocha un violent coup de pied dans la porte du bureau, non sans avoir houspillé ses ouvriers et rappelé qu'ils n'étaient pas au Châtelet mais dans ses ateliers, bordel ! Sur quoi il revint vers Varal et celui-ci vit le moment où il allait cogner. Aussi, est-ce lui qui se mit à hurler. Au scandale ! A l'exploitation ! A l'esclavage ! Et, pour finir, à l'antisémitisme.

Trop c'est trop, quelles que soient les circonstances. Le frère nº 1 s'approcha de son étrange intérimaire à tête de lévite et posa la question de savoir à quoi il jouait ?

— Dis donc, couille molle, lui dit-il en triant ses mots, tu nous cherches ? Ashkénaze de merde, tu veux faire la loi chez nous ? Tu te prends pour qui, au juste ? Si c'est le chôm'du qui te manque, t'as qu'à le dire. Nous, des branques dans ton genre, on en trouve tous les matins dans les poubelles du coin !

— On les chie, oui, tu veux dire ! fit frangin nº 2 qui ne voulait pas être en reste.

Claude, sentant que le temps se gâtait sérieusement, se dit qu'il n'en avait plus rien à faire. D'un geste ample mais appuyé, il envoya promener le téléphone, les dossiers, les gommes et les crayons qui se trouvaient sur son bureau.

— Retiens-moi ou je l'étripe, ce foutral de merde, dit l'un des Lévy à l'autre Lévy, en amorçant un mouvement tournant.

Si la séance continuait sur sa lancée, Varal, qui appelait un avocat pour un renseignement, allait bientôt en avoir besoin d'un à part entière. Et attitré.

Il se dirigea donc lentement vers la porte, l'ouvrit, passa très élégamment devant le personnel qui le regardait d'un œil rond, fila non moins digne en direction de la préposée aux bottins, et se retrouva sur le palier.

Il descendit les premières marches quatre à quatre.

Et les suivantes huit à huit.

⁂

D'un café voisin il obtint enfin la communication avec le cabinet de Me Kaufman. Enfilant les Goldstein dans les Grunbaum et les Grunbaum dans les Fridack, et après avoir précisé qu'il s'agissait d'une question de vie ou de mort, il décrocha un rendez-vous pour l'après-midi.

— Vous avez de la chance, quelqu'un vient de se décommander ! dit la secrétaire, impatiente de se débarrasser de ce client malade.

— Que l'Adonaï vous bénisse ! lui répondit Varal en raccrochant.

Il retrouva sa voiture bardée de petits papillons bleus dont un avec demande d'enlèvement. Il était temps, se dit-il. Et j'ai bien fait de me tirer des pattes de ces sales juifs ! Non mais ! Ces deux-là, ils feraient virer à l'antisémitisme total un rabbin de Jérusalem ! Il ricana. Et ricanait encore en démarrant.

***

A seize heures pile j'étais chez le Maître. A 16 heures 5 j'étais dans son bureau. A 16 heures 15 j'étais à la porte. Et je suppose qu'à vingt il a dû appeler les flics !

***

Me Kaufman était ce qu'on appelle un avocat d'affaires éminent. C'est-à-dire qu'il avait tiré d'affaire nombre d'affairistes véreux dont les affaires n'avaient pas tourné comme prévu. C'est-à-dire, aussi, qu'il avait réussi quelques jolies plaidoiries dûment reprises et commentées par les médias. C'est-à-dire, enfin, qu'il dînait en ville. Était invité aux premières de cinéma et aux générales de théâtre. Se faisait des cover-girls suédoises. Après avoir, une fois pour toutes, couvert sa femme légitime de fourrures et de bijoux. Il me fit à peine attendre, me gratifia d'une poignée de main énergique, m'invita à disparaître corps et biens au fond d'un fauteuil d'époque et demanda dans un interphone *ad hoc* à ce qu'on ne le dérangeât point.

— Je vous écoute, monsieur... monsieur...

— Varal !

— C'est ça, Varal. Vous venez de la part de M. Grunfeld ?

— Grunberg, dis-je. En fait, c'est un ami de ma famille par un certain Fridack, lui-même de la famille des Goldstein...

— Je vois, cher monsieur, je vois. Mais venons-en aux faits.

Les faits, je les lui crachai vite fait. La disparition du Livre sacré ; les embrouilles de mes proches : la merdouille du cousin Samuel et, pour clore le tout, la magouille du sieur Prisot — votre client, maître !... Je précisai, au passage, que j'étais au courant pour le rabbin mais que je ne voyais pas encore clairement ce qu'il venait faire dans cette histoire.

L'éminent avocat d'affaires m'avait tout d'abord écouté d'une oreille qu'il avait très grande, mais distraite. Puis d'une seconde qu'il avait à l'identique, mais un soupçon plus attentive ! Pour finir, par les deux à la fois, quasiment ramenées en avant comme des cornets acoustiques.

D'un geste anodin, mais par trois fois, il avait tapoté un dossier brun posé sur sa droite.

— Monsieur, dit-il (le « cher » s'était bizarrement envolé), il est exact que M. Prisot est mon client et que je suis au courant de cette affaire. Malheureusement pour vous, cela m'interdit de vous en dire quoi que ce soit. Si ce n'est que vous êtes en plein rêve — pour ne pas dire délire ! — et que le livre en question va être prochainement la propriété d'un État qui l'a acquis selon des modalités tout ce qu'il y a de régulier ! Voilà.

— Voilà quoi ? Vous vous moquez de moi ou quoi ?

— Monsieur, dit le bon maître, je ne vous permets pas !

— Et moi, monsieur, je ne vous permets pas non plus de traiter ma démarche avec une telle légèreté. Sans même chercher à m'éclairer. A défaut de m'aider. Pour quelqu'un de la famille...

L'interphone venait de grésiller.

— Maître, dit l'appareil avec une voix d'eunuque, pouvez-vous venir une minute ? Paul Gauthier s'en va et a quelque chose à vous faire signer.

L'avocat se leva en me priant de l'excuser. Je l'excusai. Et à peine eut-il le dos tourné que je me précipitai sur le dossier brun.

La première chose que j'aperçus fut une lettre à en-tête en hébreu et au texte en anglais. Je la fourrai dans ma poche sans même chercher à savoir à quoi elle pouvait bien correspondre. La deuxième était également à en-tête mais au nom de la « Maison de l'Empereur ». A moins que Bokassa ne soit aussi sur ce coup-là, je décidai que cela me concernait. La troisième chose qui m'apparut était une micrographie originale du grand-père. J'embarquai le tout et me coulai vers la porte au moment où Kaufman revenait.

— Excusez-moi encore, monsieur...

— Varal.

— C'est ça, Varal ! Je pense que nous nous sommes tout dit, n'est-ce pas ?

Là-dessus il me raccompagna très civilement jusqu'au salon. Il était 16 h 15.

***

Ce n'est qu'une fois rentré chez lui et claquemuré dans sa tanière du sixième que Claude réalisa le bourbier dans lequel il s'était fourré. Non seulement il avait volé des documents dans un dossier confidentiel mais, en plus, il l'avait fait dans le bureau d'un avocat ! Hormis appeler lui-même la police ou descendre s'acheter sa propre paire de menottes, il ne voyait pas quelle connerie il pouvait faire de plus.

Écœuré tout à la fois par sa bêtise crasse, son entêtement borné et son manque de chance insigne, il sortit

MINISTÈRE
DE LA
MAISON
DE
L'EMPEREUR

le 18/30 Novembre 1888.

No 1111

St Pétersbourg

Le Ministre de la Maison de l'Empereur fait savoir par la présente à Mr Sofer que Sa Majesté l'Empereur Alexandre III, ayant daigné recevoir le grain de blé avec l'inscription microscopique de son ouvrage, a bien voulu ordonner de lui exprimer Ses Augustes remerciments.

Mr J. Sofer
à Vienne, II, Castellezgasse 6.

162 lettres

ГОСУДАРЬ ИМПЕРАТОРЪ

НИКОЛАЙ II

САМОДЕРЖЕЦЪ ВСЕРОССІЙСКІЙ

Портретъ заключаетъ въ себѣ 61,800 буквъ. Текстъ портрета состоитъ изъ Манифеста, объявленнаго 14 го Ноября 1894 го года. Чтеніе сего текста начинается у праваго чела.

На правой сторонѣ лавроваго вѣнка находится Біографія Его Императорскаго Величества на французскомъ языкѣ.

sa bouteille de cognac d'un placard et son cahier d'écolier d'un tiroir.

La dernière page qu'il avait commise, en écriture minuscule, lui parut être soudain étrangement prémonitoire. Il prit les papiers dérobés chez Me Kaufman et les examina.

Ce qu'il lut acheva de l'effondrer. La lettre en anglais indiquait clairement que le « Jewish Museum of Jerusalem » portait le plus grand intérêt à l'ouvrage cité « en référence ». Que le rabbin Rollemberg avait toute sa confiance pour mener à bien les tractations nécessaires. Et que l'exposition prévue ouvrait à la fin du mois !... Il y avait même la photocopie de la couverture du catalogue ! Et, comme « pièces à conviction », une micrographie du tsar Nicolas II et des lettres de la Maison Impériale. Quant à la « référence », elle était simple et tenait en deux mots : « Sofer's book », accolés à une photo du grand-père !

Les salauds, les salauds, les salauds, rugit Varal en se servant à boire et en décapuchonnant son stylo.

⁂

Les salauds ! Et dire qu'il y en a des... qu'il y en a même des milliers qui... évoquent la fameuse solidarité inter-juifs ! Qui y croient dur comme Sacilor. Et, partant, la vouent aux gémonies. Sous prétexte qu'elle est gigantesque. Permanente. Omniprésente. Et forme, au-dessus de chaque juif, comme un vaste parapluie protecteur. Mais qui veut-on abuser en colportant de telles histoires ? Voici des fables élaborées de toutes pièces par des « antis » frustrés. Et solitaires. Prenant leurs fantasmes pour des lan-

ternes. Et s'imaginant éclairer la vérité d'un jour incomparable.

Moi qui viens d'en croquer, j'en atteste!

Viré quand je joue au juif chez les non-juifs. Et surviré quand je renoue avec mes frères de lait. Pas vrai, messieurs Lévy? Moi qui pensais que les amis de mes amis étaient mes amis, ainsi qu'il est dit dans les livres! Et qui trouve en Kaufman, pourtant pote à Goldstein, lui-même copain de Grunbaum et de Fridack, un roc! un pic! un promontoire! monstrueusement inaccessible! et glacialement inamical. Quelle douche! La solidarité entre les juifs, elle existe. Comme les pépites dans les rivières. Quand on tombe dessus, miracoulos! (Comme on dit par chez nous, quand on trouve une place dans le métro, vers dix-huit heures, à Réaumur-Sébastopol!) En dehors de ces cas extrêmes, c'est la vie! Rien que la vie! Alors, la solidarité!...

Il faut savoir, par exemple, qu'un juif d'Afrique du Nord (38 % du total en région parisienne!) se sent autant d'atomes crochus avec un juif de Pologne ou de Hongrie (10 %!) qu'un lézard vert avec un ours brun. Et ce n'est pas seulement une question de couleur! Il ne sont pas de même niveau. (Près de 60 % des « pâles » ont fait des études supérieures contre 35 % chez les « colorés »). Ils ne sont pas du même type. Ils ne progressent pas de la même façon. Et, pour tout dire, n'ont rien en commun si ce n'est leur circoncision (je parle des juifs, pas des lézards. Pour les ours, j'ignore).

Autant l'un est tout de pleins, de bosses, de creux, de lumière crue et de sono à fond, autant l'autre n'est que déliés, ombres fugaces, ratures et contradictions.

Autant la bande à Séphar (les « du Sud ») est extravertie, forte en gueule, riche en gourmettes, machiste, voyante et voyeuse, bonne vivante et satisfaite de ce qu'elle est, autant celle d'Ashké (les « d'Europe ») est timorée, discrète en comparaison, inquiète et toujours sur le qui-vive. A quelques exceptions près, d'accord. A ceci près que tel ou tel n'est pas ainsi, d'accord. Et après? Ce sont deux mondes qui, à la limite, s'ignorent. Souvent se tolèrent. Et, de temps à autre, se balancent à la tête des choses terribles. Dans tous les cas leur judéité héréditaire pèse bien peu de chose. Et n'est pas à proprement parler un « dénominateur commun ». Sauf en cas de persécutions. D'ailleurs, en dehors de ces opportunités d'exception et des cataclysmes nés de la malignité des hommes et non pas des éléments de la nature, l'attitude des juifs à l'égard des autres juifs est très spéciale! Elle ressemble, toutes proportions gardées, à celle d'une jolie femme qui, invitée à une soirée, s'aperçoit que le sont aussi une, deux, n autres jolies femmes. Étrange comparaison, pensez-vous? Nenni! Observez, c'est très mathématiquement extrapolable!

Côté da-dames, ça s'épie, ça se toise, ça se jauge, ça se juge, ça se décortique avec des mines de ne pas y toucher, un bon faux sourire avenant sur les lèvres et un fort gros paquet de noms d'oiseaux derrière les incisives. Côté jui-juifs, c'est pareil. Kif-kif. Et parfois pire. Juif 1 observe juif 2 qui critique juif 3 qui médit de juif 4, lequel s'écrase au sujet de juif 5 car il a besoin de lui, rapport à juif 1 avec lequel il est en affaires et dont c'est le cousin! C'est tout simple et il n'y entre aucune perfidie. Un simple jeu de quilles, tout au plus. Le reste de l'assemblée servant de bande de renvoi. Comme au billard. Ou à passer les relais. Comme dans la course à pied.

Pour que ce phénomène ne se produise pas, il faut que l'auditoire soit homogène et qu'il n'y ait que des fils de

Jacob. Alors, bien sûr, on fait avec ce qu'on a. On réagit en être humain, comme partout. Et on brocarde les goyes. Les Arabes. Ou les absents. Enfantin. Et la Diaspora, direz-vous? Et cette entité bizarre dont on sait peu de chose si ce n'est qu'elle est partout!

Certes, la Diaspora! Commencée au IXe siècle avant l'ère chrétienne, elle s'accentue après la chute de Samarie (en 721 av. J.-C.), s'enfle après l'exil de Babylone (587 av. J.-C.), s'accentue encore avec la chute de Jérusalem (70 av. J.-C.) et explose récemment (les pogroms du XIXe siècle et le nazisme). Mais aujourd'hui, qu'est-ce? Une sorte d'ONU? Un groupuscule majuscule? Ou un de ces « machins » dont plus personne ne sait comment se débarrasser! Car, comme on s'en doute, n'importe quel peuple disséminé aux quatre coins de la planète peut se targuer d'avoir sa Diaspora. N'importe quelle minorité pas trop attardée est capable de lever des fonds auprès de ceux qui sont restés « là-bas ». Voire ailleurs. Selon les genres, les pays ou les religions, cela fait plus ou moins de bruit. Occupe plus ou moins le terrain. Forme ou ne forme pas un « lobby ». Et donne naissance à des commentaires variables.

Le problème, avec les juifs, c'est que quoi qu'ils fassent, il faut qu'ils le fassent savoir. Et parfois même avant de l'avoir fait. Suprême habileté! Ou erreur fatale! Aujourd'hui, ce terme de Diaspora qui pourrait tout aussi bien fonctionner pour les Corses ou les Auvergnats, a, dans certaines bouches, d'étranges relents. Allez donc savoir pourquoi? Un nom commun!

Mais pour en revenir à Kaufman ou aux frères Lévy et à ce que d'aucuns considèrent comme une franc-maçonnerie, bernique! C'est, en vérité, un alibi commode pour ceux que la débine menace, pour les gagne-petit à cervelle réduite et autres impuissants des affaires ou de la politique. Pour eux, c'est sûr, c'est une association. C'est une confrérie. C'est un trust. Une machination. Bref : une Diaspora... Encore un « hit » dans l'imagerie d'Épinal ! Mais au fait, Épinal, avec ces foutues images qui montent la garde au pied de la morale, de la justice et de l'intégrité, pour qui roule-t-il ?

⁂

La nuit était tombée depuis longtemps et Varal écrivait toujours. Énervé par son après-midi chaotique. Échauffé par l'alcool. Étonné de ce que la gendarmerie n'ait pas encore donné l'assaut.

A minuit il s'arrêta. Et redescendit dans son appartement. Pas de scellés sur la porte. Pas de voiture pie sous ses fenêtres. Pas de micro sur sa table de nuit (il regarda). Il se coucha en chien de fusil (posture normale pour quelqu'un qui se prépare à son exécution !).

⁂

Ça l'avait pris « comme ça » ! Au réveil. Un réflexe de môme qui a fait une bêtise. Ou de gamin qui a peur. Maman !... Elle vint lui ouvrir la porte. Et se recula, un peu éberluée de le voir sur son paillasson, à cette heure-là. Et dans sa tenue de rabbin sacrément poussiéreuse.

— Mais qu'est-ce que tu fais ici ? Remarque, tu ne pouvais pas mieux tomber. Allez, entre !...

Madame Varal mère embrassa tendrement Varal fils,

son petit garçon chéri. Lequel se demandait ce qu'elle avait voulu dire avec son « tombé bien » ! Mais appréciait qu'elle n'ait pas commenté son habillement.

— J'avais affaire dans le coin et je voulais te faire une petite bise, dit-il en ôtant son manteau. Et puis surtout je voulais te dire... (Il s'arrêta net. Une forme inconnue était installée dans le salon.) Oh, excuse-moi ! Je n'avais pas vu que tu avais du monde. Je repasserai plus tard, ça ne fait rien.

Il renfila prestement son manteau et se dirigea vers la porte.

— Mais tu es fou ! Il est fou, s'écria Maude Varal en se crochant à son bras et en l'entraînant avec elle. Vous rendez-vous compte, mademoiselle Elleinstein, son propre fils qui croit déranger sa pauvre mère ! On croit rêver, non ?

La demoiselle gloussa quelque chose d'inintelligible et se mit debout pour l'accueillir.

— Ah, monsieur Varal, quelle coïncidence ! Je demandais justement à votre mère comment faire pour vous rencontrer ?

Claude pressentit le pire. Poussé par Mme Varal, il buta sur une jeune femme noiraude et boulotte, crépue et souriante, qui lui tendait une main plutôt jolie, ornée de bagues ordinaires.

— Cécile Elleinstein, fit elle. Je suis journaliste.

— Qu'est-ce que c'est que cette histoire, dit-il en sautant en l'air comme s'il avait marché sur une mine, et en attrapant le bras de sa mère ? Tu peux me dire ?

— Mais bien sûr que je vais te dire, fit la vieille dame aux cheveux blancs, en lui ôtant son pardessus et en le poussant quasi de force dans un fauteuil. Mademoiselle écrit à *L'Arche,* figure-toi. Et c'est moi qui lui ai demandé de passer. Pour lui raconter notre histoire.

L'Arche était une revue juive tout à la fois confessionnelle et confidentielle. Claude fixa sa mère comme si elle était devenue subitement folle.

— Te rends-tu compte de ce que tu fais ? Tu veux vraiment que tout le monde se mêle de nos affaires ? Tu ne trouves pas que c'est déjà assez compliqué comme ça ? C'est inouï, vraiment !...

— C'est toi qui es inouï, mon fils, permets-moi de te le dire, répliqua madame mère en s'asseyant à son tour. Cela fait des semaines que nous tournons en rond. Des semaines que malgré tes efforts, que je sais acharnés et louables, et dont j'ai d'ailleurs longuement parlé à mademoiselle — n'est-ce pas, mademoiselle ?... (l'autre dodelina du bonnet) — ... que malgré tes efforts, donc, nous n'arrivons à rien. Aussi j'ai pensé que les journaux pourraient se faire l'écho du vol et de la spoliation — car il y a spoliation, mademoiselle, n'ayons pas peur des mots ! — dont nous sommes les victimes. Voilà. C'est le Consistoire qui m'a indiqué le nom de cette personne. Du journal *L'Arche,* je te l'ai déjà dit, je crois !

— Je travaille également au *Monde,* ajouta la journaliste, visiblement fière d'émarger au quotidien du boulevard des Italiens. Et pigiste au *Jerusalem-Post* !

En entendant cette triple précision, Claude crut qu'il allait défaillir ! Dans la situation où il était, il ne manquait que son pedigreee dans la presse pour qu'il se retrouve à la Santé avant la fin de la journée. Comme si elle avait deviné le cours carcéral de ses pensées, la demoiselle Elleinstein se leva et vint s'asseoir à côté de lui.

— Monsieur Varal, dit-elle, *Le Monde* ce n'est pas *Le Canard enchaîné.* Ni *L'Arche,* la revue *Détective* ! Quant au *Post,* c'est très loin ! Je ne veux que vous aider. Et je trouve l'histoire de ce livre aussi navrante que passionnante. Savez-vous que j'ai fait, il y a quelques années, tout un reportage sur les artistes micrographes des XVIIIe et XIXe siècles ! Et que j'y citais M. Sofer, votre arrière-grand-père ! Vous n'avez donc rien à craindre de moi. Au contraire. Je peux vous être utile. A vous et à votre mère. Vous me croyez ?...

Le problème, quand on a chu au fond d'un puits, n'est pas de savoir si — dans l'absolu — on croit que les puits ont le charme poétique des constructions anciennes, mais de trouver la façon de s'en sortir ! Pour l'heure, Varal était dans la merde et se foutait bien de savoir que la presse juive ou française était prête à lui ouvrir ses colonnes.

C'est, en termes à peu près analogues, ce qu'il dit à la plumitive détachée de *L'Arche* et pigiste au *Monde.* Laquelle eut l'humour d'en sourire. Et la conscience professionnelle de faire comme si elle n'avait rien entendu. Elle s'en revint donc vers Maude Varal et reprit le cours de son interview.

Écœuré, Claude partit vers la cuisine se faire un café. Il entendait sa mère raconter par le menu l'histoire du grand artiste, cherchant au passage des anecdotes marquantes et s'arrêtant de temps à autre pour aller fouiller dans ses archives à la recherche de quelques photocopies qu'elle avait sauvegardées du désastre. Lorsqu'il eut terminé sa tasse, Mlle Elleinstein refermait son bloc-notes. Elle lui tendit sa carte en soulignant qu'elle était « à sa disposition » s'il avait un quelconque détail à ajouter ! Il en avait... mais préférait foutrement les garder pour lui.

Là-dessus elle prit congé.

Quand elle fut partie, Claude fit asseoir sa mère à ses

côtés et lui conta l'affaire Prisot, l'entrevue avec Kaufman et la piste de Jérusalem. Sans expliquer, toutefois, ce qui s'était réellement passé chez l'avocat. Ni qu'il avait sans doute, à l'heure présente, tout un détachement de la PJ aux basques !

— Mère, conclut-il en se levant, il ne nous reste qu'une chose à faire si tu veux récupérer le Livre : il faut que j'aille en Israël. Seulement vois-tu, en ce moment, les déplacements lointains !...

Mme Varal ne l'avait pas interrompu une seule fois tandis qu'il lui racontait toutes les péripéties de ces derniers jours. Simplement, ses yeux étaient passés du bleu myosotis au bleu améthyste. Et leur eau, d'habitude si claire, s'était embuée peu à peu. Claude la prit dans ses bras au moment où elle éclatait en sanglots.

Elle pleurait doucement, contre ses épaules, avec de petits gémissements d'animal blessé, avec des soupirs voilés, et une sorte de retenue attendrissante.

— Arrête, je t'en prie, maman, arrête. Tu te fais mal et tu me fais mal. S'il te plaît !

Les larmes des vieilles gens sont aussi terribles à regarder que celles des enfants. Elles désarçonnent. Elles inquiètent. Et rendent impuissant.

Durant de longues minutes Claude consola sa mère, lui caressant la tête, essuyant son visage, embrassant ses joues que les pleurs et le fard mélangés faisaient ressembler à de vieux parchemins.

A la fin, il la serrait si fort qu'elle le repoussa en lui disant :

— Tu m'étouffes, Claude, tu m'étouffes.

Elle se dégagea, s'épongea les yeux et le nez, puis fila dans sa salle de bains.

Lorsqu'elle en ressortit, elle était souriante. Et pomponnée de neuf. Claude la regardait par en dessous pour déceler ce qu'elle pouvait bien penser. Peine inutile. Ce qu'elle pensait, elle le lui dit.

— Claude, je t'avance l'argent du voyage. Si tu crois que tu dois te rendre en Israël, vas-y. Je n'ai rien d'autre à dire.

Ils s'embrassèrent longuement. Longuement. Très longuement. Puis il récupéra son manteau. Et fila.

*
**

Comme je traversais, fissa, le hall de mon immeuble, j'entendis quelqu'un m'appeler. C'était la gardienne.

— Bonjour monsieur Varal, me dit-elle en louchant sur ma tenue !

— Bonjour, madame Martinez, dis-je, en zieutant son tablier rouge !

— C'était juste pour vous dire qu'il y a deux messieurs qui sont passés tout à l'heure et qui ont demandé après vous ! Je me suis dit, comme ça, que ça pourrait peut-être vous intéresser...

Tu parles que ça m'intéressait ! C'était plus lumineux qu'un télégramme ! Je m'engouffrai dans l'ascenseur. Ainsi les flics étaient déjà sur mes talons ! Le bon Me Kaufman avait fait lâcher les chiens. Et le filet se resserrait. A vue de nez j'imaginais qu'il avait des mailles très petites, le filet. Et que mes chances de passer à travers étaient en proportion.

Je me précipitai chez moi comme un bolide.

Au moins je n'avais plus à me poser de questions superflues. Ou je décampais sur-le-champ. Ou je finissais en prison. C'était simple et impeccablement réglé.

J'enfouis dans un sac quelques affaires, pris ma trousse de toilette et fonçai dans le placard « secret » de Claire, cherchant à me rappeler dans quel repaire exact elle planquait ses bijoux ?

L'énervement plus l'anxiété rendaient mes gestes maladroits. Je mis près d'un quart d'heure à trouver ce qui était sous mon nez. Dans un carton à chaussures. Tout bêtement. Je ramassai donc les colliers, les bagues et autres boucles d'oreilles qui me paraissaient avoir quelque valeur.

J'allais partir lorsqu'un détail de taille, et incongru, un de ces indices décisifs en matière de pièces à conviction, m'arrêta net. Je venais de m'apercevoir dans la glace. Avec ma barbe broussailleuse, mes cheveux trop longs, ma *kipa* sur la tête et mon costume aussi noir que crasseux et aussi crasseux qu'avachi. J'avais bonne mine ! Autant sortir avec une pancarte autour du cou indiquant clairement, voire en plusieurs langues : « Ici gît, mais encore debout ! le dénommé Varal Claude, auteur du détournement de papelards et pièces maîtresses variées de l'affaire Prisot chez l'avocat Kaufman ! »... Je reposai mon sac et fonçai, derechef, vers la salle de bains.

Il me fallut deux lames doubles extra-douces de chez Gillette et la totalité d'une bombe de crème à raser de chez Palmolive pour venir à bout de ma juiveté capillaire. Je fourraillai ensuite dans l'armoire à pharmacie pour trouver les ciseaux à ongles de ma femme. Et entrepris de me couper les mèches qui me descendaient sur les tempes, celles qui me tombaient dans la nuque, ainsi que celles qui rebiquaient sur le dessus de mon crâne. Tout ça en me mirant d'un œil dans le reflet moucheté d'un miroir grossissant. Autant dire que je ne me ratai point.

Une fois terminé cet élagage de saison, je courus jusqu'à ma penderie et enfilai un costume de velours marron et râpé que je réservais, en général, pour les week-ends à la campagne. Un long cache-nez par-dessus le tout, enroulé à la Cocteau, et je faisais collégien avec trente ans de trop ! Ou artiste peintre légèrement à la corde. Mais, de toute évidence, plus aspirant rabbin !

J'allais, une nouvelle fois, reprendre mon sac de voyage et me diriger vers la porte d'entrée quand un coup de sonnette me vrilla les tympans. Puis s'enfourna dans mon plexus. Pour finir par me descendre dans les jambes. Je ne voulais pas croire que la police était déjà revenue. Mais je ne voyais pas non plus qui d'autre pouvait bien sonner à ma porte à 14 h 03 ?

Avec une boule de trouille grosse comme un ballon de football, je me dirigeai vers l'entrée et d'une voix grêle et idiote, demandai :

— Qui est là ?

Au lieu de me répondre, l'inconnu y alla également de sa question :

— Monsieur Varal ? Claude Varal ?

Il m'était difficile de dire non. Difficile de m'évanouir en fumée. Et difficile de ne pas penser que la concierge avait dû se faire une joie de confirmer que j'étais bel et bien rentré chez moi. Sans qu'elle m'ait vu ressortir. J'ouvris.

Ils étaient deux. Comme dans les films. Et c'était eux : les flics du matin. Un grand et un petit. Un plutôt maigre avec une sale tronche et un plutôt gras avec une bouille ronde. Le rond parla le premier :

— Monsieur Varal ?

— Oui, dis-je, en me demandant si mon filet de voix anémique ne valait pas déjà tous les aveux de la terre ?

— Inspecteur Leglanteux et mon collègue Sipard. Pouvons-nous entrer un instant ?

Qu'est-ce que vous dites, dans ces cas-là ? Non ? Allez vous faire voir ailleurs ? Je n'admets la police dans mes murs qu'à travers le tube cathodique ? Sous les traits de Colombo... et à condition qu'il s'essuie les pieds ?...

— Je vous en prie, dit donc le prévenu (mais un peu tard) que j'étais. (En m'effaçant pour laisser entrer les forces de l'ordre dans la force de l'âge et qui ne devaient pas avoir plus de quarante ans à eux deux.)

— Nous faisons une enquête sur plainte du Parquet rapport à un vol commis chez un avocat, Me Kaufman, dit le plus maigre.

— Et d'après les premiers renseignements dont nous disposons, il semblerait bien que vous puissiez nous renseigner, monsieur Varal, dit le plus rond.

Dans la vie, et surtout dans la vie quand pleuvent les tuiles, les individus normalement constitués peuvent avoir deux types de réactions. Les uns s'écroulent, façon château de cartes. Ou mur de brique. Ça fait de la poussière, pas mal de couinements, et un grand trou. Les seconds se ressaisissent brusquement et foncent vers une quelconque porte de sortie. Contre toute attente — et presque à mon petit corps défendant ! — j'appartenais au groupe 2. Me voici donc qui fais entrer les inspecteurs, les débarrasse de leur trench-coat, les installe dans le salon et leur explique sans me démonter que je ne comprends pas un mot à ce qu'ils viennent de me raconter. Ou... à moins que... plutôt si... ne seraient-ils pas en train de rechercher mon frère cadet ? David Varal ? Moïché, Saül, Isaac, David Varal ? Un brave garçon, un peu illuminé, et que la religion a touché récemment de ses ailes déployées ! Et a conduit à se prendre pour un rabbin, lui qui n'est même pas circoncis ! Et de rire, le gentil Varal Claude que je suis, en décrivant avec une profusion de détails les singularités de mon vilain frangin ! Et de glousser, le bon citoyen que je suis, en précisant qu'on ne se voit pas souvent, mon frère et moi, because on est aux antipodes l'un de l'autre !

— Et quand je dis antipodes, messieurs, veuillez noter que ce n'est pas une image !

Une des forces, en même temps qu'une des faiblesses de la police, c'est qu'elle est factuelle. Si donc un suspect a un frère et qu'il peut être suspecté, il est convenu qu'il faut d'abord vérifier si le second frère n'est pas plus suspect que le premier ! La chaîne de la suspicion ayant parfois plus d'une maille qui aille ! J'avais vu juste. Et l'avocat avait dû donner essentiellement des détails vestimentaires et pileux. A preuve que les policiers étaient tombés dans le panneau, ils changèrent de ton, subitement. Et de registre.

— Savez-vous, par hasard, monsieur Varal, si votre frère David avait en sa possession un livre d'art qu'il aurait souhaité conserver mais, qu'apparemment, il ne détenait plus ?

Non je ne le savais pas.

— Savez-vous, par hasard, monsieur Varal, si votre frère David connaissait cet avocat, Me Kaufman ?

Non, je ne le savais pas non plus.

— Et pourriez-vous nous dire où il habite, votre frère, monsieur Varal ?

Ça, pour sûr, j'aurais dû le savoir. Et même le voir venir, le piège. Et la préparer, la réponse. Au lieu de ça, je restai sec comme un fagot, la bouche ouverte et l'œil poisson. Je fus sauvé par le gong. Ou, plus exactement, par la sonnerie du téléphone.

C'était ma mère. O famille bénie ! Je fis : « Ouais, m'man, bien m'man, mais si m'man, mais non m'man, c'est ça, maman, soigne-toi bien ! » Et là-dessus je raccrochai en même temps que je balançai l'adresse requise : 158, rue Félix-Faure !

Face à moi, chacun sur son petit calepin à couverture jaune poussin, flic-maigre et flic-rond notaient avidement ce précieux renseignement. Là-dessus, et ensemble, ils se levèrent. S'excusèrent pour le dérangement. Et prirent congé.

Je filai dans la cuisine pour boire un grand verre d'eau. Et revins dans le salon pour me servir un scotch bien tassé. Un peu comme ces types qui se lavent d'abord les mains avant d'aller pisser. Ensuite je rappelai ma mère pour m'excuser d'avoir été si « étrange ». Je lui dis que j'avais du monde, que je ne pouvais toujours pas parler, et que je lui retéléphonerais d'une cabine. Enfin, me disant que l'on n'est jamais trop prudent dans ces circonstances, je descendis dans la rue, un panier à provisions à la main, histoire de faire le tour de mon pâté de maisons et de vérifier qu'il n'y avait pas de voitures ou de mecs en « planque » ! Je ne vis rien d'anormal et remontai chercher mon sac à toute vitesse.

⁂

Il était près de 16 heures lorsqu'il arriva en bas de chez sa mère. Emporté par son élan, il faillit manquer aux règles élémentaires et s'engouffrer dans l'immeuble. Le doigt du Destin le retint *in extremis.* Il fit donc marche arrière jusqu'à un café voisin et téléphona.

— Mère, dit-il, quand il l'eut au bout du fil, c'est moi. Les choses se précipitent et je ne peux pas te parler au téléphone. Mais il faut que tu m'aides, tu comprends ? Tout de suite. Tu vois ce que je veux dire ?

Mme Varal était âgée mais elle n'était pas sotte. De plus elle n'était pas la dernière à se délecter des feuilletons policiers américains. Lesquels n'ont pas leur pareil pour former le bon peuple planétaire à toutes les acrobaties qu'il convient de faire si l'on veut perpétrer quelque mauvais coup et s'en tirer — du moins jusqu'aux deux tiers du film ! — le mieux possible. Elle lui répondit donc du tac au fils :

— Les topinambours de l'oncle Jules sont avancés. Deux fois ! Je répète : les topinambours de l'oncle Jules sont avancés...

Et là-dessus elle raccrocha.

De fait, c'était Claude qui ne comprenait plus ce qu'elle avait voulu dire. Il refit le numéro mais la ligne était occupée. Il s'en alla se commander un petit noir et un calva, avala le tout comme un noyé les lèvres du bouche-à-boucheur, et s'en retourna téléphoner. Ça sonnait toujours pas libre !

Varal sentit la panique le gagner. Qu'est-ce que c'était que cette histoire de topinambours ? La police était-elle déjà sur place ? Sa mère était-elle en train de se faire passer à la Gégenne par quelques échappés de la Gestapo ? D'où l'allusion aux appels radio d'« Ici-Londres » !

Dix minutes durant il s'acharna sur l'appareil. En pure perte. Ou sa mère avait sciemment décroché. Ou on avait arraché les fils pour la ligoter plus commodément. Ou elle était sortie. N'y tenant plus, il régla ses consommations et sortit à son tour.

Il n'avait pas fait dix mètres qu'il l'aperçut. Marchant à sa rencontre d'un pas décidé et balançant à bout de bras un cabas vert pomme. Il allait courir au-devant d'elle lorsqu'il remarqua qu'elle le regardait d'un œil fixe. Sans ciller. Comme s'il avait été transparent. Merde, se dit Varal, elle est suivie !

Il la laissa le dépasser sans intervenir ni se retourner et compta jusqu'à vingt avant de faire demi-tour. La vieille dame avait traversé et se dirigeait vers la rue commerçante où elle avait l'habitude de faire ses courses. Inquiet, mais flairant que tout ceci n'était sûrement pas le fruit du hasard, il lui emboîta le pas à distance respectueuse. Il la vit successivement entrer chez le boulanger, chez le poissonnier, chez le marchand de couleurs. Et, à chaque fois, ressortir en balançant son cabas de plus en plus amplement.

A nouveau elle trottinait le long du trottoir, s'arrêtant de temps à autre devant l'étal des maraîchers, tâtant ici, soupesant là, visiblement tout à ce qu'elle faisait : ses courses. Soudain, il la vit pénétrer dans une petite épicerie libre-service, prendre un panier et disparaître dans les rayons. Il ne savait plus quoi faire ? La rejoindre à l'intérieur ? Mais si elle était effectivement filée ? L'attendre à la sortie ? Mais si elle repartait incontinent vers d'autres commerçants ?

Il en était là de ses hésitations lorsqu'il la vit poindre sur le pas de la porte et se diriger droit vers lui. Elle avait les deux bras le long du corps. Et plus de cabas au bout.

En une seconde il comprit et se rua comme un fou dans la supérette en priant le ciel qu'il ne mette pas deux heures à dénicher le sac. Il n'eut pas longtemps à chercher. L'engin trônait déjà sur le sommet d'une des caisses enregistreuses où un client charitable mais émotif venait de le ramener. « Pensez, disait-il à l'employée, avec toutes ces bombes qui sautent partout ! »

Claude s'approcha et expliqua que sa mère venait d'oublier ses provisions :

— Une petite dame aux cheveux blancs et aux yeux très bleus !

On se rappelait, en effet. Il se saisit du sac et repartit vers la sortie comme l'aurait fait un démineur venant de tomber sur la dernière livraison des frères Abdallah. Mme Varal avait disparu.

Claude se mit à marcher posément le long des boutiques comme s'il continuait pour lui les courses commencées par sa mère. Puis, profitant d'un afflux soudain de passants, il traversa à vive allure et se mit à courir jusqu'à la bouche de métro.

Ce n'est que lorsqu'il fut installé sur la banquette qu'il reprit son souffle et ses esprits. Et glissa une main dans le fameux cabas.

Il ne s'était pas trompé. Et sa mère était bien la petite bonne femme la plus extraordinaire que la terre ait jamais enfantée ! Au fond du sac, sous les paquets de farine et les bottes de radis, il y avait une enveloppe. Et, dans l'enveloppe, une liasse de billets de cinq cents francs. Pas de lettre, pas de mot — elle n'avait sans doute pas eu le temps ! — mais une des fleurs qu'il avait remarquées, la veille, dans un des vases du salon.

Le Claude, avec sa figure imberbe et son costume de peintre du dimanche, avec son sac de voyage sur l'épaule et son cabas vert sur les genoux, il se mit à pleurer. Là, doucement, connement, silencieusement. Devant des inconnus qui attendaient leur métro et qui l'observaient du coin de l'œil, méfiants mais attentifs.

Il sanglotait même à gros bouillons, comme le font les petits enfants quand le chagrin dépasse la capacité de leur cage thoracique. Ou comme les adultes, quand la profondeur de leur détresse fait qu'ils ne sont même plus capables de se contrôler.

A quarante-six ans, le voilà qui se retrouvait au ban de la société et sur un banc du métropolitain. Il avait paumé son boulot, sabordé son foyer, écorné sa vie par tous les bouts et tout ce qu'il lui restait étaient ces billets de banque enfouis sous des produits Codec.

De tous les juifs errants il était sûrement le plus aberrant de tous puisquc lui, il errait par erreur. Il regarda sa montre et se dit qu'il lui fallait agir ou se rendre. Continer ou abdiquer. Trouver une agence de voyages pour y acheter son billet d'avion ou retourner chez lui pour s'y faire cueillir par les gendarmes. Machinalement, et ainsi qu'il le faisait depuis qu'il était gamin et qu'il lui fallait prendre une décision capitale, il s'en remit au sort... et compta les lettres de l'affiche qui lui faisait face. M, oui... A, non... T, oui... Terminer sur le « oui » signifierait : j'y vais, je fonce, je continue... Tomber sur « non » voudrait dire : j'arrête, je renonce, je mets les pouces... Il continua son comptage, lentement, pour ne pas se tromper. En lettres rouges d'un mètre de haut, il était écrit : « Ma Toyota est fantastique. » La dernière lettre correspondait à « non ». Effondré, il se dit que son sort de Français, de juif et de bon fils ne pouvait se trouver lié à une pub imbécile pour une bagnole nippone ! Il regarda tout autour de lui et recommença ses calculs avec une autre affiche.

Cette fois, c'était le Printemps et ses 3 J. Cela avait au moins le mérite d'être concis. Il refit son petit ânonnement cérébral et chuta, ô joie ! sur OUI. Mais l'ignoble NON japonais lui dévorait la conscience. Et sa rame arrivait. Il grimpa dedans, trouva une place et se retrouva face à une affichette de la Centrale des Particuliers. C'était long, touffu et foutrement argumenté. Il décida, tout au fond de lui, que ce compte-là serait le bon ! Que c'était « la der de der ». Et que même le « Qui perd gagne » ne pourrait interférer avec la décision des astres et des publicitaires réunis. Il déchiffra tout. Le nom, le slogan, les arguments, et même l'adresse. OUI, c'était oui ! Il n'en croyait pas ses yeux. Il se mit debout pour vérifier s'il n'avait pas raté une lettre. Une fois, deux fois, trois fois, la Centrale des Particuliers lui délivra son message d'espoir. Et la direction qu'il devait suivre. Les dés en étaient jetés. Il descendit à la station suivante pour aller se repérer sur un plan et trouver le plus court itinéraire pour atteindre l'avenue de l'Opéra. Un quartier à touristes, s'était-il dit. Donc à agences de voyages. Vingt minutes plus tard il était sur le trottoir, face au palais Garnier. Et cinq minutes après, il attendait son tour au guichet de la première officine qu'il avait rencontrée en descendant l'avenue.

***

L'employée était mignonne. Brunette. Et occupée sur son ordinateur, lequel, vu le bruit qu'il faisait et la tête de la fille, ne devait pas rendre les services attendus.

— C'est pour quoi, monsieur ? dit-elle, lorsque la place fut libre et la machine apparemment réglée.

— Pour un billet d'avion, dis-je, en me demandant ce que l'on pouvait bien vouloir d'autre dans cet endroit. (Et si ma photo n'était pas déjà épinglée sur les parois internes de son comptoir.)

— Mais encore, monsieur ? Un billet pour où ? Et pour quand ? Et en quelle classe ?

Elle avait la voix rauque. Et comme une pointe d'accent. Avec un cartésianisme aussi patent que celui de son terminal. Je me sentis devenir plus rouge que son rouge à joues. Et plus patraque que son tabulateur.

— Pour Israël. Le plus tôt possible. Il faut que j'y sois demain. C'est... pour mon travail.

L'employée n'en demandait pas tant. Et ces sortes de considérations ne devaient pas entrer dans son « micro ». Elle releva la tête et me décocha un regard en coin. Afin de me donner une contenance, je posai mon cabas sur la banque et allumai une cigarette.

La brunette, qui avait deux couettes, des lunettes, et la bouche fortement épaisse, me fit remarquer que je pouvais peut-être remiser mes affaires ailleurs que devant son nez. Je m'exécutai. Encore plus rouge.

— Il y a un TWA à 20 h 15, ce soir, qui passe par Athènes. Là où il y a souvent des problèmes, vous savez !

Je grimaçai un sourire entendu pour lui témoigner que la finesse du commentaire ne m'avait pas échappé !

— Un Air-France demain à 9 h 45. Et un El-Al à 13 h 30.

— Le premier, si vous pensez que..., fis-je en croisant les pouces, pour que non seulement elle pense mais qu'il y ait de la place.

La mignonne à voix rauque, aux couettes, aux lunettes et aux observations en lames de rasoir recommença à chatouiller son bidule électronique. Au bout de quelques secondes qui me parurent des heures, elle dit :

— C'est OK. En classe affaires, je suppose ?

Sur le moment, je fus tenté de dire oui. Ne serait-ce

que pour moucher cette môme dont le ton commençait à m'indisposer sérieusement. Mais j'avais mes contingences.

— Plutôt en économique. Si cela ne vous fait pas trop de dérangement !

La brunette ne broncha pas. Elle tabula de nouveau et tendit vers moi la main qu'elle avait libre :

— Votre passeport.

Le condamné à mort que l'on réveillait en pleine nuit avec un « faut y aller, mon vieux ! » ne devait pas sursauter plus que moi devant ce bourreau à gueule de Sheila. Mon passeport ! J'avais pensé à tout sauf à ça. Et je voyais nettement où il se trouvait. Au milieu de mes papiers, dans le secrétaire du salon.

— Je ne l'ai pas sur moi, bredouillai-je lamentablement. Et le temps que je le récupère, je crois qu'il vaudrait mieux me mettre sur un vol de demain matin. Si c'est possible ? Impossible n'est pas français. Et, en dehors des périodes de grèves, même pas SNCF ! Par contre, c'est emmerdant.

Forte-Bouche, qui avait déjà tout composté, jura entre ses dents, tira méchamment sur l'une de ses couettes et se gratta l'oreille du bout de son stylo.

— C'est plein sur Air-France. Je vous mets sur El-Al ? A vos risques et périls, hein !

J'acquiesçai, cherchant ce qu'elle sous-entendait avec cette nouvelle petite phrase acidulée.

Pas farouche, en tout cas sur ce plan, elle me tendit mon billet en disant :

— Faut vraiment avoir à voyager pour aller dans des pays pareils ! A moins que vous ne soyez juif, bien sûr ?

— Bien sûr, dis-je, pris par surprise et estomaqué. D'ailleurs je le suis. Pourquoi ?

— Oh, comme ça. Pour rien !

Il y a quelques heures encore il est hautement probable que j'aurais sauté par-dessus le comptoir et flanqué trois beignes à cette connasse dont je soupçonnais qu'elle était arabe. Pour tout arranger. Mais, dans ma situation présente, je la voyais déjà hurler à l'agression, rameuter l'ensemble de l'agence, puis les flics, et me regarder partir en panier à salade, persuadée d'avoir vengé les siens une fois pour toutes ! Je n'étais plus rouge mais blanc. Et je m'écrasai.

— Trois mille sept cents francs, dit-elle en tapotant le Formica de ses ongles manucurés. Je ne vous ai compté que l'aller. Je me suis trompée ?

— Pas du tout, répondis-je en cherchant sous les légumes l'enveloppe de ma mère et en extrayant une liasse de billets.

Je payai la somme requise et rangeai le ticket dans ma poche. La brune, aux cheveux en cerceaux et à la bouche en pied de lampe, s'était remise à pianoter sur sa machine en m'observant par en dessous. Voulant sans doute savoir quel type de juif j'étais exactement. Ou pour quelles raisons étranges il me tardait de rallier ainsi la Terre promise à toutes bardes ?

Je sortis à reculons.

Comme je m'éloignais de l'agence, je remarquai un groupe d'adolescents rigolards qui y pénétraient. Ils avaient la démarche chaloupée et d'énormes *mézouzé* autour du cou. Je priai le ciel pour qu'ils tombent sur ma Sheila. Et qu'ils me vengent dans le sang.

En ce qui me concernait, le plus dur était fait. Il ne me restait plus qu'à récupérer ce putain de passeport et à trouver un hôtel pour la nuit.

Je décidai de ne repasser chez moi que beaucoup

plus tard. Pour éviter toute mauvaise rencontre. Et je partis en direction de Saint-Lazare, me disant qu'un hôtel miteux pour voyageurs sans un serait l'endroit idéal pour me planquer.

⁂

L'hôtel dans lequel je trouvai refuge perchait rue d'Amsterdam et se nommait « de Dieppe ». Il était cossu-chiche, rétro-triste et désert.

Une fois installé dans ma chambrette, avec vue sur une cour, papier à fleurs défraîchi, sanitaires en état de manque et lumières intérieures type couvre-feu, je me sentis atteint d'une déprime profonde.

Je commandai un double whisky tassé que l'on mit vingt minutes à m'apporter et, dans l'intervalle, sortis mon cahier-défouloir que j'avais pris le soin de fourrer dans mon sac.

Dehors il s'était mis à pleuvoir. Je débouchai mon stylographe.

⁂

La judaïcité redevient à la mode. Bizarre, isn't it *? Pas forcément le fait « brut » : être juif, mais plutôt celui de l'appartenance à un groupe différent. De ne pas être comme tout le monde. Et de sortir, grâce à ça, des sentiers battus, des boulevards ordinaires et des moules à Ducon la Joie. Mes « sauveurs » de l'agence de voyages — dont je ne doutais pas un seul instant de la pureté originelle — devaient être de ceux-là. Variété de Sabras brunis sous le* *soleil de France. Ou de Loubavitch débarrassés des excès de l'orthodoxie. Ce mouvement, d'ailleurs, né en Russie au XVIIIe siècle, n'a pas peur de s'afficher de temps à autre en « 4 par 3 » sur les murs de Paris, afin de rappeler aux juifs endormis le sel de leurs racines. Forts de quelque 10 000 prosélytes, on peut les voir, dans la capitale, déambuler dans les rues du 19e ou du 20e arrondissement avec leur tenue de fidèles hassidiques, leur sourire confiant et un enthousiasme communicatif particulièrement efficace.*

En effet, depuis que les Noirs affirment leur négritude en se laissant pousser les cheveux ou en se les peignant en tresses ultrafines agrémentées de verroterie multicolore, ne pas avoir le faciès à l'identique de la grande masse n'est plus une tare en soi. En France, mine de rien il aura fallu quand même pas mal de siècles pour en arriver là. Et le coup de pouce a peut-être été donné par le gouvernement de 81 et, notamment, par le fameux rapport de H. Giordan intitulé « Démocratie culturelle et droit à la différence ».

Tout est bien, donc, qui finit mieux qu'il n'avait commencé. D'autant que des juifs, qu'on se le dise, il n'y en a déjà pas beaucoup (600 000 au plus en 86). Et que toute immigration est tarie depuis 1962.

On assiste donc tout à la fois à un écrêtage d'un certain nombre et à l'émergence de quelques-uns : les Nouveaux Juifs ! Essentiellement des adolescents. Et originaires d'Afrique du Nord. (Ce qui n'est pas anormal lorsque l'on sait que plus d'un tiers de ces ressortissants ont moins de trente ans.)

Ces jeunes juifs trouvent leur atavisme super. Leur ascendant folklo. Et leur statut génial. Non seulement ils n'ont pas honte de ce qu'ils sont mais encore ils le revendiquent haut et clair. Arborant étoiles de David et autres talismans symboliques. Renouant avec la culture, les traditions et même l'hébreu. Et n'hésitant pas à fournir l'encadrement des manifs de la LICRA. Ou le contre-encadrement de celles du GUD.

Après des années de lowprofile *et de ripolinage en larges couches atones, voici un signe encourageant pour les Juifs-Mous, les Juifs-Plats et autres cacochymes au bord de la sénilité, tous plus ou moins bouffés et érodés par des décades à « faire avec » ou « comme si pas ». Étrange,* isn't it *? alors que le pli semblait pris et qu'il est plus difficile de se débarrasser d'attitudes que de changer ses habitudes. Positif, aussi, parce que tout ce qui relève la tête, dans un troupeau donné, amène en général le reste dudit troupeau à en faire autant. Or donc, si le juif nouveau est arrivé, souhaitons-lui du bouquet, de la cuisse, de la chaleur au palais et au ventre. Et cette limpidité gouleyante qui forme les bons crus.*

Et espérons qu'à Nouveau Juif ne correspondront pas aussi directement quelques Nouveaux Anti, répondant par là même aux lois sacro-saintes de la biologie élémentaire (qui veut que tout corps ait son anti... ou toute tache son enzyme glouton !).

⁂

Je retrouvai la rue et sa flotte vers vingt et une heures, incapable de rester plus longtemps dans mon cagibi de l'hôtel de Dieppe.

Le quartier Saint-Lazare n'est pas mon préféré. Passé une certaine heure, il n'y a plus que des mecs à valises à l'air hébété. Ou des mecs sans valise à la mine inquiétante. Plus tout un tas de flics maraudant sur les trottoirs ou veillant dans leurs camions grillagés.

Pour tuer le temps et éviter les risques inutiles je décidai d'entrer dans le premier cinéma venu. On y jouait *Requiem pour une petite culotte,* un porno franco-danois... j'aurais pu tomber plus mal !

La salle était pleine et sentait l'émotion rance. Sur l'écran, un monsieur besognait une dame. Laquelle hennissait de plaisir. Le tout sur fond de ferme campagnarde et bucolique.

N'étant pas très familier de ce type de film il m'était difficile de savoir si celui-ci était plus mauvais ou meilleur qu'un autre. Il me paraissait seulement que les dialogues étaient à la fois très simples et très répétitifs. « Oh-oh, ah-ah ! » pour les hommes. « Ouh-ouh, aïe-aïe ! » pour les femmes. Quant à l'histoire, elle était linéaire. Un dénommé Luc passait de chambre en chambre et de living en salon, tirant tout ce qui bougeait. Seul ou à plusieurs. Debout ou allongé. Vu de face ou de profil. Avec un engin énorme, fort laid et que le Technicolor n'arrangeait pas. Il avait aussi beaucoup de poils sur les fesses. Les dames, elles, étaient inégales. Une petite brune, qui me rappelait la Sheila de l'agence, devait être la vedette du film puisqu'elle occupait toutes les prises (si je puis dire !). Elle restait là, d'un plan sur l'autre. En plan. Et à poil. Elle mignonnait le héros, l'ami du héros et les amis de l'ami du héros. Puis elle s'abandonnait dans les bras de la copine du héros. Puis de la copine à la copine de l'ami du héros. Belle nature, en vérité. Et robuste constitution !

A intervalles réguliers, des spectateurs délaissaient leurs fauteuils pour se glisser vers les toilettes. Incontinence ? Besoin de recueillement ? Ou appel irrésistible de monsieur Onanisme le soir au fond des lavabos ? Le film prit fin après une partouze terrible et la lumière fut. Glauque. Et plutôt incongrue.

Un cinéma porno, dans le noir, c'est déjà une expérience. Mais avec néons, c'est carrément le cauchemar. Comme si tous les mâles présents avaient les mêmes raisons que moi de se planquer, chacun s'était enfoncé jusqu'à la garde dans son fauteuil. Faisant mine de trouver à ses souliers des significations prophétiques. On eut droit aux esquimaux, mais personne ne releva le nez de peur, sans doute, de fâcher ses chaussures. Ensuite ce fut la pub, avec une salle à demi éclairée. Et des femmes habillées que personne ne violait. Ce qui, pour le coup, semblait bizarre. Enfin le noir revint. Et le héros. Son engin de travaux publics. Et sa petite amie. Il n'y avait plus personne à la caisse lorsque je sortis. Dieu merci. Et personne non plus sur le trottoir.

Je hélai un taxi et me fis déposer à quelques centaines de mètres de chez moi. La pluie avait chassé les passants et seuls quelques pisseurs-à-chiens zigzaguaient entre les gouttes.

Pour ne pas attirer l'attention, je montai mes cinq étages à pied et dans le noir. Une fois dans l'appartement, je n'allumai pas davantage, renversant au passage un certain nombre d'objets qui s'écrasèrent sur la moquette avec des bruits abominables. Plus fort encore était le tambour de mon aorte qui me battait dans les oreilles. Je finis par trouver ce que je cherchais. Il était temps. Quelques secondes de plus et je m'écroulais. Drapeau blanc levé.

Je repartis comme j'étais venu. Sur la pointe des pieds.

*
**

C'était un Boeing et il était bondé.

La fouille avait duré des heures et ils étaient en retard. Assis à l'arrière, entre une femme obèse et un jeune homme blond, une pile de journaux sur les genoux, Varal n'en croyait pas ses yeux. Ni ses oreilles. Un steward typé arpentait les allées. Partout ce n'était que congénères. Et l'hôtesse avait fait les annonces rituelles en hébreu. Puis seulement après, en français et en anglais. Tandis que l'avion roulait sur la piste, puis se cabrait, le nez vers le ciel, Claude sentait fondre la boule d'angoisse qui n'avait cessé de l'étreindre depuis le moment où il avait quitté son hôtel funèbre, à Saint-Lazare.

De Roissy il avait appelé sa mère. Pour la rassurer. Lui demander de prévenir Claire. Compléter l'histoire pour le cas où elle viendrait à transpirer dans les journaux. Et où ceux-ci relateraient certains détails sur lesquels il avait été plutôt discret.

La vieille dame aux cheveux blancs et aux yeux de myosotis l'avait écouté sans l'interrompre. Ils s'étaient dit mille choses d'amour avant de raccrocher.

A présent qu'il volait vers la Terre promise, il se sentait comme une bouteille de soda que l'on a violemment agitée avant le décapsulage. Il avait envie de crier, de hurler, de chanter. Incroyable mais vrai !..., se disait-il en regardant l'hôtesse faire ses démonstrations. Moi, Varal, le connard à la baraka fuyante, moi le juif de fraîche date aux habits neufs et à l'âme tout juste sortie des limbes, moi le Sherlock du Talmud, me voici en route pour Israël ! Sur la piste du Livre comme les ancêtres sur celle des Tables de la Loi ! Un véritable roman-photos avec, pour tout portrait, ma gueule. Rien que ma gueule. Il s'agitait sur son siège. Tendait et détendait ses jambes. Remuait les bras en des gestes convulsifs. Et sentait ses deux voisins le regarder de biais. Inquiets.

Comme les lumières interdisant de fumer venaient de s'éteindre, il sortit son paquet de cigarettes et en alluma une. Sa rondelette de compagne lui jeta un coup d'œil assassin. Il lui sourit et tendit son paquet. Puis, montrant la zone dans laquelle ils se trouvaient, expliqua « qu'il en avait le droit ! ».

— Celui de vous tuer, peut-être, fit la dame revêche. Mais pas celui de m'empoisonner moi !

Il sourit de nouveau et éteignit son tuyau à cancer. L'autre lui décocha un sourire reconnaissant. Il s'était fait une amie. Du coup, il se leva et entreprit de faire quelques pas dans l'allée.

A priori les goyes et les touristes ne prenaient pas El-Al. Trop dangereux, sans doute ! Ou fort mal présenté par les préposées à la vente des billets dans les agences de voyages.

L'appareil n'était donc rempli que de juifs. Et ça lui faisait tout drôle, à notre anachorète fraîchement dépucelé. Il y en avait des petits, qui pleuraient dans les bras de leur mère. Ou qui gloussaient en lisant Tintin. Et des vieux, qui somnolaient dans leur barbe. Il y en avait des jeunes de « là-bas », charpentés comme des Américains, avec jeans et baskets. Et des moins jeunes, le nez dans le *Figaro.* Ou dans le Guide Bleu. Il y avait des religieux, avec tout leur attirail. Et des « dans les affaires » compulsant leurs dossiers. Tout un monde. Tout un peuple. Toute une race.

Un couple entre deux âges, mais singulièrement représentatif, se tenait par la main. Ils lui sourirent lorsqu'il passa à leur hauteur. Et le Claude, il reçut ce sourire comme une bénédiction papale.

Revenu à sa place il se faufila entre les genoux du blond et se cala contre les hanches de la dame. Tout ça avec force sourires et mots d'excuses. Aussi, engagea-t-elle la conversation. Elle s'appelait Sabine Izmanark et habitait Tel-Aviv. Elle y était venue à l'âge de quinze ans avec ses parents, s'y était mariée avec un médecin et avait deux enfants. Bien que née en France, elle possédait l'accent chantant des Israéliennes. Et parlait avec les mains, les bras et tout ce qui pouvait remuer dans l'espace exigu que délimitaient son fauteuil et ses accoudoirs.

Lorsque l'hôtesse survint dans l'allée avec sa poussette pour les apéritifs, Claude, généreux, offrit à boire à ses deux voisins. Le jeune homme qui lisait un livre en anglais le remercia dans un mélange de morse et de français et choisit une vodka-orange. Mme Izmanark prit un Coca-Cola mais lui emprunta ses revues. Lui opta pour un bourbon et se plongea dans *VSD*.

Quand arriva le déjeuner il se sentait gaillard et avait grand faim. Il rabattit sa tablette et commençait à extraire ses couverts de leur enveloppe de cellophane lorsque sa voisine lui glissa son paquet de journaux sur les genoux en lui disant :

— Merci bien, cher monsieur... si vous le permettez je vous reprendrai *Le Monde* après le repas. Il me semble qu'ils parlent de vous ! Je me trompe ?

L'avion devait être quelque part au-dessus de la mer Tyrrhénienne. A moins que ce ne fût déjà l'Adriatique. Le ciel était bleu indigo et les flots bleu marine. Varal, lui, devint blanc comme le plastique de son plateau. Il prit le journal et le déplia au-dessus de lui afin qu'il ne baigne pas dans le céleri rémoulade ou les côtelettes d'agneau. Et avant même d'avoir repéré l'article il savait ce qu'il allait trouver. Il en avait l'estomac qui faisait des nœuds. Et les poumons un bruit de forge.

C'était en haut de la page 23, sur trois colonnes, signé de Mlle Elleinstein. Toute l'histoire. La saga de l'arrière-grand-père Sofer et la quête du Graal de son arrière-petit-fils Varal. L'affaire de l'antiquaire et le « casse » chez l'avocat. Avec, enfin, en sus, en prime, en botte secrète et assassine, un dessin à la plume qui le représentait. Fait avec des lettres et des chiffres. L'attention était délicate. Et le résultat saisissant.

Claude n'osait plus regarder du côté de la mère Izmanark mais il percevait nettement qu'elle préférait ce spectacle inattendu aux délices refroidissantes de son plateau-repas. Il avait toujours les bras tendus, le journal au bout, le cœur à 200 tours-minute et la gorge plus sèche qu'un ravin du Néguev.

— Bravo, monsieur Varal, dit alors la dame Sabine en se décidant à attaquer son hors-d'œuvre. C'est bien Varal votre nom, n'est-ce pas ? Ah, dites donc ! Si l'on m'avait dit que j'allais faire le voyage aux côtés d'une célébrité ! D'un monsieur dont on parle dans les journaux ! Un artiste, ma foi. Descendant d'une famille d'artistes. Ça pour une surprise !

Un instant Claude se demanda de quoi elle parlait et si, en plus, elle ne se foutait pas de sa tête ? Et puis, il réalisa qu'il n'avait que parcouru le papier de la salope d'Elleinstein. Et quasiment pas regardé les derniers paragraphes. Il reprit sa lecture et, cette fois, crut mourir pour de bon. Le reportage se terminait sur un morceau de bravoure de la meilleure plume dont le sens était plus ou moins le suivant : « le dénommé Claude Varal, par un de ces prodiges dont seule la nature et les lois de la génétique ont le secret, possède les mêmes dons que son illustre parent... *dixit* madame sa mère que notre journaliste a rencontrée... ».

Étant donné que cette folle de *L'Arche,* pigiste au *Monde* et correspondante du *Jerusalem-Post,* n'avait pu imaginer toute seule une semblable conclusion, il était évident que c'était bien Mme Varal qui avait inventé cette fable. Claude était effondré et n'osait imaginer ce que cela donnerait si, dans le même temps, le quotidien hébreu publiait le même papier ! Non seulement il était dans la merde mais encore y était-il avec un faux nez ! Bravo, Varal, tes affaires s'arrangent !

Il repoussa son plateau, incapable d'avaler quoi que ce soit.

— Alors, dit à nouveau Mme Izmanark, c'est bien vous, n'est-ce pas ?

— Oui, dit-il dans un souffle. Mais un peu exagéré.

Là-dessus il fit signe à l'hôtesse qu'on lui ôte son repas et alluma machinalemnt une cigarette.

La bonne Sabine le gratifia d'un gentil sourire permissif tant il est vrai que l'on ne peut reprocher à un artiste dont parle *Le Monde* d'empester abusivement son entourage.

Cette fois Claude se sentait dans l'impasse. Et sûr d'être cueilli dès son arrivée comme un vulgaire passeur de chanvre indien. Il touchait au but et voilà que le but explosait.

— Décidément c'est trop con, se dit-il à lui-même mais à mi-voix.

— Vous dites ? fit sa compagne à qui rien n'échappait.

— Rien, murmura-t-il en sentant sourdre en lui des envies de meurtre.

— Qu'est-ce qui est trop con ? reprit la dame qui avait de la suite dans les idées. (Et l'oreille fine.)

— La vie, répondit Claude d'une voix lugubre. Rien que la vie !

— Pas chez nous, vous verrez, dit Mme Izmanark en souriant. Allez, quoi, vous n'allez pas m'en vouloir de vous avoir dit tout ça, n'est-ce pas ? Tenez : je vous offre le champagne.

Avant même qu'il ait pu protester, le champagne était commandé, débouché, versé et toasté. Il but. Rebut. Commanda à son tour une nouvelle bouteille. Et finit, un quart d'heure plus tard, par considérer que le pire n'était peut-être pas israélien.

Puis, pour s'occuper l'esprit, il récupéra son cahier qu'il avait laissé à portée.

Il ne restait plus que quelques pages vierges. C'était donc, ici aussi, le terminus. Il sortit son stylo et décida, en accord avec le Destin (qui, décidément, le tenait à l'œil !) de mettre un terme à son prurit d'écriture.

A côté de lui, on s'était replongé dans les journaux. Ou l'on dormait.

⁂

Il
va y avoir des juifs partout
Je
vais voir des juifs partout
Ils,
c'est étrange

Ils,
c'est cocasse
Ils,
c'est un comble
vont être
dans tout
comme une farce gigantesque.
On
va se causer de juif à juif
se coltiner de juif à juif
se quereller, se mettre d'accord
s'opposer, s'aimer, s'ignorer
de juif à juif.
On
va se plaire, se déplaire, se complaire
se distraire
entre juifs...
Et Moi
au milieu...
Je rêve!
Je
me pourlèche déjà du choc
Je
me délecte déjà du coup
Je
n'en reviens pas
moi qui n'y suis pas encore...
A deux heures de vol à peine de cet avion qui est déjà juif
jusqu'au bout des ailes.
Un pays où le boulanger sera juif
Où le cordonnier sera juif
Où l'épicier sera juif
Et juifs aussi le charpentier,

le maçon, le camionneur, le vendeur à la sauvette.
Et le mendiant.
Sans compter le pêcheur à la ligne
Sans compter le couple qui fait son jogging
Sans compter le bébé vagissant dans son parc
Et le chien de compagnie. Peut-être un berger juif.
Les prostituées seront juives.
Comme leurs clients.
Et les copains de leurs clients.
Et le mac. En trench beige.
Les concierges seront juives.
Et les boîtes aux lettres de leurs immeubles
Et les poubelles du sous-sol
Et les avis de l'entresol... Interdit aux démarcheurs, aux colporteurs, aux représentants, aux voyageurs de commerce,
même juifs.
Et juifs
seront le conducteur de l'autobus
Et les passagers de l'autobus
Et les passants trottinant le long de l'autobus
Et les chèvres. Dans les broussailles.
Et juifs
seront l'agent de police
et l'inspecteur de police
Et les voleurs.
Le meurtre de la nuit aura été commis par un sadique juif armé
d'un couteau juif acheté chez un quincaillier juif et salement planté
dans le dos d'une vieille juive.
Ses économies auront disparu. Juives,
les économies.

Le jardinier au fond de son petit lopin de légumes verts sera juif.
Le menuisier derrière son tas de sciure blonde sera juif.
Et le plombier appelé pour déboucher les tuyaux.
Et la sage-femme accourue pour accoucher le nouveau-né.
Et la préposée à l'état civil.
Et celui aux pompes funèbres.
Ainsi que le croque-mort. Et ceux qui vendent les fleurs en Celluloïd. Et les regrets éternels.
Le banquier sera juif.
L'épargnant sera juif.
Le failli, le banqueroutier, le capitaliste, l'économe, le boursicoteur seront juifs. Comme ceux qui font fortune. Ou qui la perdent.
La
réceptionniste de mon hôtel le sera.
Le
liftier
de mon ascenseur le sera.
Et même la dame-pipi.
Quelle revanche quand je pense, qu'en France, on pisse à longueur de jour
sur
du Juif et Delépine !
Quel pied
pour un descendant de l'Éternel qui s'était trompé d'escalier.
Pour un enfant d'Abraham revu et pas mal équarri par les petits-neveux du maréchal Pétain.
Pour un clandestin du Talmud,
Pour un fou à délier que guettent toutes les polices du monde.
Dont la juive. La plus habile.

Il buta sur la dernière ligne de la dernière page comme l'avion se posait.

Cette fois-ci, il « y » était, le Varal. Et plus seulement au figuré.

⁂

Il était 18 h 30, heure locale, lorsque Claude franchit les postes de douane et de police de l'aéroport Ben-Gourion, la peur au ventre, persuadé d'être arrêté sur-le-champ.

La première personne à qui il eut affaire était un officiel casquetté, galonné et badgé. Il lut : « Ibrahim Mustapha. » Merde, se dit l'immigrant, ils sont partout ! La seconde lui tomba dessus alors qu'il attendait son bagage et lui dit :

— Z'êtes français, m'sieur ?

C'était un porteur à la mine chafouine et à la denture largement dépareillée.

— Oui, fit Varal qui commençait à se demander s'il n'avait pas un peu trop fantasmé sur l'aspect juif de la Terre promise.

— J' m'appelle Gaston. Gaston Lebarillac, fit Gaston le porteur en soulevant son sac et en ouvrant le passage.

La troisième était un autre douanier qui, cette fois, était anglais.

Encore sous le coup de ses alarmes putatives, Claude ne goûta pas vraiment le sel de la situation. Il n'avait même qu'une crainte : tomber sur un Israélien pur jus des services secrets. Ou de l'ex-Haganah. Aussi poussa-t-il un soupir violent lorsqu'il aperçut Mme Izmanark qui venait à sa rencontre, poussant trois imposantes valises empilées sur un chariot.

— *Chalom, chalom,* lui dit-elle.

Puis, regardant son modeste bagage, elle ajouta :

— Vous ne venez pas vraiment pour vous installer, dites voir ? Allez, suivez-moi, la sortie est par là.

Il marcha donc derrière elle, se frayant un passage au milieu d'une foule compacte, lorsqu'il la vit s'arrêter net et faire de grands gestes de la main à quelqu'un qui devait se trouver de l'autre côté des barrières. Il allait s'éloigner pour chercher la navette qui reliait Lod à Tel-Aviv quand la grosse dame l'appela.

— Monsieur Varal ! Monsieur Varal ! Par ici. Venez que je vous présente ma fille ! Sarah, ma chérie, voici M. Varal. Un artiste à côté de qui j'ai eu l'honneur de voyager. On parle de lui dans le journal, figure-toi. Je te raconterai.

Claude blêmit et regarda autour de lui si aucun uniforme suspect n'avait entendu ce que la gentille mais sotte Sabine venait de dire. Puis il rougit en découvrant ce qu'il y avait en amont de la petite main fine et bronzée que lui tendait la prénommée Sarah ! Une somptueuse créature d'une vingtaine d'années, blonde comme les blés, longue comme une liane et moulée — pour parfaire les clichés — dans une robe de tricot blanc qui ne laissait rien ignorer d'une poitrine superbe, d'une paire de jambes divine et d'un derrière à s'asseoir devant. Pour prier.

Israël, soudain, lui parut magnifique. Il en oublia sa psychose d'arrestation, sa trouille devenue viscérale et jusqu'aux motifs de sa présence en ces lieux.

Sarah Izmanark lui fit un sourire, lui dit : « Enchantée, monsieur ! » et se retourna pour aider sa mère à pousser son caddy.

C'est dans leur sillage qu'il franchit les dernières portes et se retrouva à l'extérieur, dans une lumière crue doublée d'une chaleur moite. Impressionné, il s'arrêta un instant, clignant des yeux et mal à l'aise dans son costume de velours marron. Il ôta sa veste qu'il posa à cheval sur son épaule et, reprenant son sac, chercha des yeux la mère et la fille. Elles avaient disparu.

Décontenancé et furieux, il revient sur ses pas jusqu'aux portes de l'aérogare. Mais il ne vit rien d'autre qu'une patrouille militaire qui s'avançait vers lui. Il tourna les talons et partit dans la direction opposée. La queue pour la liaison avec la ville était en face : il traversa. Il allait monter dans le bus quand un coup de klaxon le fit sursauter. Une Renault 16, rouge brique, venait de s'arrêter en double file et, par la portière ouverte, Sabine Izmanark lui faisait signe de s'approcher.

— Et alors, où étiez-vous passé ? lui demanda madame mère en l'invitant à prendre place. Venez : on vous dépose à votre hôtel. C'est lequel déjà ?

Claude n'en avait pas la moindre idée. Il ne s'était d'ailleurs même pas posé la question de savoir s'il allait rester à Tel-Aviv ou repartir aussitôt pour Jérusalem. Pour ne pas perdre la face il lança, à tout hasard :

— Au Hilton !

Sarah hocha la tête en disant que c'était parfait : elles passaient devant. Puis elle démarra comme un bolide, gagnant l'autoroute qui menait à la ville.

*
**

Le trajet prit près d'une heure tant la circulation était dense.

Écrasant son nez à la fenêtre, le front en sueur et les yeux écarquillés, Claude prenait contact avec Israël et se sentait à la fois euphorique et déçu.

Déçu parce que le paysage qui défilait devant lui sur cette portion de voie rapide ressemblait à toutes les périphéries urbaines de la Méditerranée. Caisses à savon blanchâtres, circulation hétéroclite entrecoupée de camions militaires, oliviers et eucalyptus sur fond de ciel bleu. Euphorique, parce qu'il savait qu'il approchait du terme de sa quête et que sa vie avait enfin un sens.

De temps à autre il croisait le regard clair de Sarah dans le rétroviseur et devinait la moue de ses lèvres, le rose de ses joues et l'éclat de son sourire.

— Maman m'a dit, pour le Livre, fit-elle soudain. C'est formidable, dites voir. Vous me raconterez ?

Il hocha la tête, se demandant au fond de lui ce qu'il pouvait bien y avoir de formidable dans cette course rocambolesque qui l'avait mené de son 17e arrondissement pépère et bourgeois au beau milieu de l'État hébreu ? Mais, pour ne pas décevoir la jeune fille qui semblait trouver à son aventure le piment des films de Spielberg, il expliqua que tout n'était pas joué. Et que le plus dur restait à faire.

— Je veux, oui, gloussa la divine créature en éclatant de rire et en se tournant à moitié pour mieux le regarder. Vous êtes un explorateur, en quelque sorte, n'est-ce pas ? Alors, tous les rebondissements sont encore possibles !

Il fit oui du bout des lèvres, le héros, souriant à son tour vers le morceau de glace rectangulaire et complice.

Ils étaient entrés dans Tel-Aviv par le sud, longeant le Musée national, passant devant le zoo et l'hôtel de ville, et débouchant, pour finir, sur la mer et le parc de l'Indépendance où nichait le Hilton.

— Vous voici arrivé, monsieur Varal, dit madame mère.

— Quand repartez-vous pour Jérusalem ? ajouta mademoiselle fille.

Claude remercia la première et précisa, à l'attention de la seconde, qu'il n'avait pas encore arrêté ses plans. Il se prenait de plus en plus pour James Bond.

— Surtout, descendez au King David, lui dit Sabine. C'est le meilleur hôtel. Et le mieux situé.

— Il se peut que j'y aille moi-même dans la semaine. Peut-être nous croiserons-nous ? murmura Sarah en le regardant dans les yeux.

Claude jura que rien ne pourrait lui faire plus plaisir. Puis il descendit. La voiture s'éloigna dans un crissement de pneus. Déjà un portier arrivait.

Varal n'eut que le temps de reprendre son sac au vol et d'expliquer qu'il ne « checkait pas in » tout de suite.

— *People to see,* dit-il, en un anglais approximatif. *Friend of me. I come back later.*

Le portier, un grand type brun avec une sacrée gueule de métèque, le regarda s'éloigner en se disant que, décidément, il ne comprendrait jamais rien au comportement des étrangers.

Claude sortit du parc et prit la direction de la marina. S'il ne voulait pas finir sa mission en dormant à la belle étoile, il avait intérêt à se trouver un gîte moins onéreux. Au pif, il tourna à gauche, puis à droite puis à gauche encore.

Rue Hayarken il tomba sur un hôtel d'allure modeste. Et sans nul doute plus en rapport avec l'état de ses finances. Les néons bleutés et les lampadaires orange s'allumaient un peu partout car l'obscurité était venue en quelques minutes.

Il prit une chambre pour une nuit, se commanda un sandwich et une bière et monta. Il était gai. Calme. Et amoureux de la créature blonde. Manquait plus que ça, se dit-il en s'écroulant sur le lit, les bras en croix et l'œil fixe.

***

Je dormis comme une masse et ne me réveillai qu'à huit heures. Il faisait déjà très chaud et je transpirais à grosses gouttes.

On me monta un petit déjeuner continental, avec café-jus-de-pipi et brioches hébraïques. A 8 heures 45 je réglais ma note. Et à neuf heures j'étais dans la rue.

Je hélai un *shérout* (taxi collectif) et me fis conduire jusqu'à la gare des autobus, dans le sud de Tel-Aviv. Sur le trajet nous traversâmes le marché de Carmel, longeâmes la tour Shalom et la Grande Synagogue, et à chaque nouvel édifice je sentais mon petit cœur circoncis faire des bonds dans ma poitrine.

Si les méchants loups ne me mangeaient pas, si Interpol ne me mettait pas le grappin dessus et si les petits ruisseaux font bien les grandes rivières, sûr que ce périple en Terre sainte allait faire de moi, enfin, un véritable juif à part entière.

A dix heures, j'étais installé dans le car qui partait pour Jérusalem.

Il s'ébranla bientôt et je reconnus, au passage, une partie de l'itinéraire que nous avions suivi la veille avec Sarah et sa mère en venant de l'aéroport. Déjà des souvenirs ! Et des nostalgies ! Au-delà de celui-ci, l'autoroute s'engageait dans la plaine de l'Ayalon puis montait vers les collines de Judée.

Au départ, le car étant plein, je n'avais trouvé de place qu'en bordure de l'allée centrale. Mais en cours de route, à force de tendre le cou à droite et à gauche vers ces paysages exceptionnels, mon voisin me proposa gentiment de permuter avec lui. C'était un *hassidim* typique, avec son bonnet de fourrure et ses papillotes, son livre de prières sous le bras et son cabas de plastique sur les genoux.

J'avais changé de place au bon moment. Nous arrivions au fameux défilé de Bab-el-Oued et j'apercevais, de part et d'autre de la route, les véhicules rouillés et les carcasses de chars, vestiges des combats de la guerre de 48.

Le petit guide que j'avais acheté à la gare des bus m'était foutrement utile. Car on ne pouvait pas être aussi peu préparé que moi à ce voyage. Mes connaissances historiques étant maigres et mes bibliques au-dessous du niveau de la mer (même Morte), j'avais toutes chances de traverser ce pays avec l'aveuglement parfait d'un béotien stupide. Ou, pis, avec les œillères d'un Américain. Mon aimable voisin me dit soudain quelques mots en hébreu. Il pointait du doigt un blindé calciné. Puis, se couchant presque sur moi, il allongea le bras en direction d'une plantation d'arbres qui longeait la route et s'étendait sur plusieurs hectares. *« Yara Kédochim, Yara Kédochim »,* répétait-il en me désignant les arbres et en m'invitant à chercher ce que cela voulait dire dans mon opuscule. Je suivis son conseil et compris qu'il me montrait « la Forêt des Martyrs ». Six millions d'arbres plantés en mémoire de six millions de juifs exterminés par les nazis. Je lui fis signe que j'avais saisi et observai ces plantations symboliques avec un violent pincement au cœur. L'autoroute montait à présent à travers une forêt de chênes et de caroubiers et le trafic était intense. Bien que le car fût climatisé, je sentais la chaleur s'écraser contre les vitres et le ciel me paraissait plus blanc que bleu.

A droite et à gauche il y avait des villages-kibboutz plantés au milieu des vignes ou des pins. Et des sortes de nids d'aigles perchés sur des collines. Nous avions dépassé Abou Gosh et Giryat Anavim (la ville du raisin, disait mon guide), et la route grimpait toujours. Le ciel était de plus en plus cristallin et les pinceaux noirs des cyprès s'y détachaient avec la netteté d'ombres chinoises.

Puis, au détour d'un virage, en haut d'une pente, le choc. Jérusalem et les monts de Judée. Des mamelons vert et jaune, des crêtes ocre et gris, des grappes d'immeubles roses accrochées à flanc de coteau. Et, par-dessus le tout, une lumière indicible. Faite de bleu et de blanc, de mauve et de greige, de feu et de glace, à la fois violente par son intensité et profonde par les vibrations qu'elle émettait.

Je comprenais, tout à coup, la magie mystérieuse de ce site millénaire. Le magnétisme singulier qu'il exerçait. Et la fascination que l'on pouvait avoir pour ce mélange de grandeur inouïe et de simplicité totale. Je comprenais que si l'on croyait en Dieu — à l'un quelconque des multi-Dieux dont l'homme peut faire usage — on pût considérer que c'était en ces lieux, et nulle part ailleurs, que tout avait commencé.

Je comprenais enfin que même les athées, les apostats, les hérésiarques, les agnostiques, les anti-tout et les plus réfractaires des obscurantistes, se soient fait, un jour ou l'autre, bluffer par ce panorama. Et par ce qu'il dégageait.

Nous pénétrâmes dans la ville par le côté ouest et descendîmes le long d'une sorte de rocade, jusqu'à la gare centrale des autobus.

Face à moi j'apercevais la vieille ville et ses enceintes. Au-delà, le mont des Oliviers et le mont Scopus. Et, sur ma droite, les bâtiments et les jardins de la nouvelle Université hébraïque, la Knesset, le monastère de la Croix et surtout, si je me repérais bien sur mon plan, le Sanctuaire du Livre et le musée d'Israël. « Mon musée ! » Il était un peu plus de onze heures et demie.

Je pris mon sac et sortis de la gare pour gagner l'esplanade où se trouvaient les taxis.

***

L'hôtel King David, ancien QG des forces britanniques, était une bâtisse immense et rose donnant d'un côté sur l'ouest de la cité et les collines qui montaient jusqu'au mont Hetzl, et de l'autre, sur les remparts de la Vieille Ville.

Jusqu'à la guerre des Six Jours c'était un des rares points de Jérusalem (avec la tour du YMCA) d'où l'on pouvait précisément embrasser d'un seul regard le dôme du Rocher, la mosquée El Aqsa, la basilique du Saint-Sépulcre et bien d'autres monuments aussi mythiques que bibliques mais hors de portée des touristes de l'époque. Je réglai mon taxi et pénétrai dans le hall majestueux et austère de cet hôtel-caravansérail.

Oui, j'étais seul.

Non, je n'étais pas avec un groupe. Et surtout pas avec celui, braillard et mal élevé, qui venait d'investir les lieux comme les fourmis un morceau de viande tombé d'une table.

Oui, je souhaitais absolument une chambre avec vue sur la citadelle.

Non, je n'avais pas réservé.

Mon cas semblait critique pour la responsable de la réception. Laquelle parlait anglais en roulant les « r » mais compulsait un énorme planning mural comme dans tous les hôtels du monde.

Je priais le ciel pour que l'on me trouve quelque chose. Et, dans le même temps, je me demandais combien allait me coûter cette folie.

— Nous aurions une possibilité pour ce soir, monsieur. Et peut-être aussi pour demain. Mais ensuite c'est le week-end et nous sommes complets !

Le week-end me paraissant bien au-delà de mes espérances de vie et relevant quasi de la science-fiction vu ce qui m'attendait, j'acceptai le risque d'avoir à déménager sous quarante-huit heures et remplis ma fiche.

— Cela vous fera cent quarante-cinq dollars US plus les taxes, par jour, monsieur Varal, fit la jeune femme en sonnant pour que l'on me mène à mes appartements. Je vous souhaite un très bon séjour à Jérusalem.

— Et si je paie en shikels, dis-je, histoire d'avoir l'air sérieux. Qu'est-ce que ça fait ?

La fille fit un rapide calcul et me balança un chiffre tellement vertigineux que je décidai de passer outre.

— Parfait, dis-je, en me retournant pour aller prendre l'ascenseur. (Et après avoir remercié chaleureusement la jeune femme.)

Ma chambre était une suite. D'où sans doute le prix. Elle était à l'angle gauche du bâtiment, au quatrième étage, avec deux fenêtres. L'une donnait sur « la vue ». L'autre sur l'ouest de la ville, les bâtiments du YMCA et le parc de l'Indépendance.

On ne pouvait rêver mieux. Elle était immense, avec un *king size bed,* un ameublement-moustache type Galeries Barbès des années 50, une salle de bains rétro et assortie et tout un tas de gravures qui montraient Jérusalem du temps où Lamartine et Chateaubriand en étaient les illustres visiteurs.

Je déballai mes quelques affaires de juif particulièrement fauché, lesquelles ne prirent qu'un centième de la place offerte par la demi-douzaine de penderies qui garnissaient l'entrée. Puis, je me fis couler un bain. A présent que j'étais à pied d'œuvre et au pied du mur, qu'est-ce que je faisais ? Et comment allais-je m'y prendre ? Même en vendant les bijoux de Claire et en ne mangeant qu'un jour sur deux, je craignais fort, étant donné l'état piteux du franc français et l'inflation galopante du shikel israélien, de ne pouvoir subsister très longtemps. Je barbotai donc, au propre et au figuré, dans l'eau et dans mes problèmes. Faisant de jolies bulles de savon qui éclataient en de ravissants arcs-en-ciel scintillants. Et échafaudant quelques plans sur la comète dont les queues alambiquées auraient sûrement surpris plus d'un astronome chevronné.

⁂

Lorsque je redescendis de ma chambre et que je passai devant la réception pour y déposer ma clé, j'aperçus deux hommes en kaki, mi-militaires, mi-policiers, en grande discussion avec la jeune femme qui s'était occupée de moi. Ils avaient, l'un et l'autre, appuyé leur mitraillette contre la paroi du comptoir et tripotaient un paquet de fiches que la fille leur tendait.

J'entendis très distinctement les trompettes de Jéricho me corner aux oreilles en même temps que je sentis très nettement mon sang se figer dans mes veines. Faisant mine d'avoir oublié quelque chose, je rebroussai chemin et allai jusqu'au bar. Autant faire une pause avant le grand saut !

Il était frais, sombre et quasi désert à cette heure-là. Ses boiseries de chêne lui donnaient un air douillet, très « british », et l'on apercevait, à travers ses baies vitrées, les murailles de la Vieille Ville et la porte de Jaffa.

Je choisis le guéridon le plus éloigné possible de l'entrée et me laissai choir dans un fauteuil très bas, très creux et indiscutablement confortable.

Un barman stylé parlant un anglais académique vint prendre ma commande et se permit de me recommander le « Pim's du King ». Va pour ce breuvage, me dis-je, car s'il est écrit que mon dernier verre ici-bas doit être un Pim's, pourquoi pas ?

Je le bus à petites gorgées, un œil sur la porte et l'autre sur le barman que l'on venait d'appeler au téléphone. Était-on en train de l'avertir qu'il fallait me surveiller discrètement ? Voire me barrer le passage au cas où je prendrais la fuite ? Et devais-je rester assis comme un bonze en manque d'allumettes mais déjà installé sur son bûcher ?

Je réclamai un second verre et notai un très net changement d'attitude chez le factotum affecté aux boissons. A l'évidence, j'avais vu juste. Et je n'avais plus qu'à recommander mon âme à Dieu. (Au moins devait-il être à portée puisque dans cette ville trois fois sainte il était partout !) Je trouvai à mon deuxième cocktail un goût amer que n'avait pas le premier. Le con était en train de m'empoisonner. Je bondis hors de mon fauteuil et me précipitai vers la porte. L'autre ne chercha pas à m'en empêcher. Le hall était presque vide mais les deux zouaves armés toujours là. Je leur fonçai dessus, façon kamikaze aux plus belles heures de la guerre du Pacifique.

J'en avais marre d'être sur le gril, marre de me consumer à petit feu, marre d'avoir cette peur chevillée aux tripes ; mieux valait en finir.

Les kakis ne m'avaient pas vu venir, occupés qu'ils étaient à compulser leurs papiers. Ils ne se retournèrent que lorsque je les touchai du doigt. Carrément. Et que d'une voix blanche, mais posée, le visage également blanc, mais grave, je leur dis :

— *Hello, sir! Do you know how I can go to the Museum ?*

Voilà. On ne pouvait être plus précis. Ni plus coopératif avec la police locale.

J'attendis que ma demande anglo-frenchie faite avec un très pur accent parisien atteigne les lobes frontaux de leurs centres de réflexion, puis de décision, un peu comme l'on guette l'arrivée de l'éclair après avoir entendu le roulement du tonnerre (ou le contraire ?...).

— *Sorry, can you repeat?* dit l'un.

— Vous êtes français ? fit l'autre.

J'en étais soufflé. Les deux hommes me regardaient gentiment et je bredouillai un mélange convulsif de « *sorry*... ça ne fait rien... *don't worry*... je vais me démerder... *thank you*... merci mille fois ! ».

O God ! Quelle histoire ! Deux choses, au moins, étaient donc évidentes. La première, c'est que ma parano commençait à peser sérieusement sur mon comportement. La seconde, c'est qu'il n'y avait apparemment pas d'avis de recherche lancé à mon encontre. J'étais un homme libre. Et c'est librement que je sortis de l'hôtel.

⁂

Je remontai King David Street jusqu'au carrefour de la poste et pris à droite en direction de la porte de Jaffa.

Il faisait beau, sec, et notablement plus frais qu'à Tel-Aviv. Comme c'était l'heure du déjeuner les cars de touristes étaient clairsemés et je croisai surtout des soldats, des groupes d'écoliers et pas mal de rabbins. Bien que n'étant pas venu en Israël pour faire, à proprement parler, du tourisme, j'avais le sentiment étrange qu'il me « fallait » aller voir le Mur si je voulais avoir une chance de réussir ma Mission. A chacun ses phobies ! Je pénétrai donc à l'intérieur de la citadelle de David, sidéré par ce que je découvrais à chaque pas, escaladant les marches menant aux remparts afin de contempler la ville de plus haut, médusé par la magie des lieux autant que par l'extraordinaire foisonnement de dômes, de clochers et de minarets qui s'étendaient devant moi jusqu'à l'horizon.

En redescendant je me trouvai en plein quartier arménien, avec son bazar multicolore et ses échoppes bourrées à craquer de nourriture, de vêtements, d'étoffes et de bimbeloterie polychrome. Les ruelles étaient sombres et tortueuses. Elles sentaient des parfums de camphre, d'épices, d'encens et de bougies. A tout instant surgissaient des carrioles traînées par des ânes ou poussées par des gamins agiles comme des levrettes. Elles charriaient, en des pyramides surprenantes et précaires, des monceaux de cageots ou des quartiers de viande, des fagots de bois ou des paniers de fruits. Et parfois rien. Ou seulement un autre môme, hilare et braillant. Serpentant entre les étals qui dégorgeaient leur camelote jusqu'au milieu des allées, je tournai à droite, à gauche, m'enfonçant toujours davantage dans ce dédale de chemins inconnus et bruyants. Ce labyrinthe furieux tenait à la fois du souk et des Puces, du marché oriental et d'une cour des miracles à l'abri du temps et de la modernité.

Je débouchai dans le quartier juif et repérai, sur mon plan, qu'il voisinait avec le mont du Temple et la mosquée El Aqsa au pied de laquelle se trouvait le Mur des Lamentations. De l'autre côté, il y avait le quartier chrétien. Et, plus au nord, celui des musulmans.

Lorsque au détour de la rue dc la Chaîne, je trouvai l'accès au Mur, je m'arrêtai, bizarrement ému. On a beau être incroyant, incrédule et même iconoclaste, on a beau être blasé, blindé et même snobinard, cet amoncellement de rocs énormes, empilés les uns sur les autres en une muraille gigantesque en bas de laquelle se pressent un nombre infini de petites choses noires qui s'agitent d'arrière en avant, les mains collées à la pierre, les yeux fermés et la bouche murmurant avec ferveur des prières en hébreu (mais aussi dans toutes les langues), ça vous secoue. Ça vous ébranle. Ça vous amène la foi aux lèvres et les larmes aux yeux. Comme cela est et a toujours été, avec des millions et des millions de visiteurs, juifs et non juifs, depuis l'aube des temps.

On me prêta un *capéloutch* et je m'approchai.

De près, le Mur était encore plus impressionnant. Les blocs inférieurs, les *ashlar,* dataient d'Hérodote le Grand, et formaient à l'époque les fondations du Temple. Dans chacune de leurs anfractuosités des centaines de petits papiers racornis étaient insérés telles des myriades de papillons immobiles déposés par tous ceux venus se recueillir ici. C'était puéril et émouvant. Comme tous les gestes humains à la frontière du superstitieux et de la religion.

A l'extrémité gauche il y avait une ouverture qui menait à une cave immense dont la paroi méridionale était faite d'*ashlar* encore plus volumineux qui s'enfonçaient dans le sol. C'était un lieu de culte et l'on y célébrait une bar-mistsva. Ployant sous le poids des rouleaux de la Torah, aidé par son père et ses frères aînés, un jeune juif officiait. Le visage grave en même temps que serein. Les yeux fixes. Illuminé. Moi qui n'avais jamais fréquenté les synagogues et n'en éprouvais ni remords ni regret, je fus saisi d'une exaltation étrange. Et oppressé, soudain, comme si l'air de cette salle creusée dans le roc s'était subitement évaporé.

Tout autour ce n'était que psaumes et prières, ombres mouvantes et flammes vacillantes, bougies et candélabres, va-et-vient incessant de fidèles attentifs, chants rauques et monocordes que répercutaient les murs de pierre en un bourdonnement irréel.

Je ressortis sur l'esplanade et pris en pleine face cette claque ambrée et vibrionnante que fait la lumière du soleil sur cette portion de terre miraculeuse.

Un peu plus loin, il y avait une zone de fouilles nouvelles et le terrain, déchiqueté et à ciel ouvert, suintant d'ocres et de rouges, d'argiles et de calcaires, révélait déjà d'autres trésors enfouis.

Au-delà, c'était le jardin de Getshémani, puis le mont des Oliviers. Sous un firmament pâle et transparent, qui semblait virer au pourpre et au mordoré tant les pierres de la ville imprimaient à l'air leur propre coloration.

J'allai m'asseoir à l'écart, là où les femmes se séparent des hommes et où l'on distribue aux touristes indolents les calottes indispensables. Ou les châles pour prier. J'avais mal à l'âme et des nœuds au cœur. Je ne me sentais pas plus juif qu'avant, certes, mais je me sentais... quelque chose ! Mini-caillou sur ce sol sacré ! Miette de sable jaune surgie d'une de ces excavations ancestrales. Poussière d'étoiles célestes. Morceau d'un tout dont j'ignorais la forme, la taille et, surtout, la signification. Jérusalem, et son charisme unique, était en train de m'avoir. J'étais hypnotisé par le Mur. Mutant. Je remontai par la porte du Fumier, faisant lentement le tour de l'Haram es-Sharif et pénétrai à l'intérieur de cet autre sanctuaire magnifique par la porte Dorée.

⁂

Il était près de dix-sept heures lorsque je revins à l'hôtel, et j'étais mort. J'avais tout vu, tout sillonné, tout admiré, me plongeant dans tous les cultes, toutes les églises, tous les mirages.

Pour un croyant — quelle que soit sa confession — Jérusalem ne peut être que la consécration de sa vénération de Dieu. La preuve par neuf, par vingt, par cent monuments, vestiges et témoignages de granit ou de marbre, de faïence ou d'émail, d'inscriptions dans la pierre ou le bois, de l'existence de « ce à quoi il croit ». Pour les autres, c'est un coup de tonnerre génial qui vous prend à revers les plus inamovibles des certitudes. C'est une provocation incontournable et qui laisse pantois. Je demandai ma clé et allais me diriger vers les ascenseurs lorsque j'entendis quelqu'un qui m'appelait par mon nom. C'était la réception. Un jeune homme brun à petites moustaches. Qui me dévisageait d'un air louche. Et ne me disait rien qui vaille. Aussitôt je pressentis la tuile.

— Oui, dis-je, vous m'appelez ?

— On vous a demandé, monsieur Varal. Un jeune homme. Il a dit qu'il repasserait un peu plus tard. Et que vous l'attendiez.

Si les sbires de midi n'étaient pas encore au parfum, il devenait patent que ledit parfum s'était diablement affiné. Et propagé. Le piège puait donc à plein nez ! Je remerciai le moustachu de son précieux message et grimpai dans ma chambre. Si je ne voulais pas connaître, après les chapelles, les synagogues et les mosquées de Jérusalem, la paille humide et sûrement dégueulasse de ses cachots, je n'avais qu'une chose à faire. Et vite. Écœuré de n'avoir pas même pu passer quelques heures dans cette chambre de rêve, je ramassai prestement mes affaires et redescendis.

Le hall, à présent, grouillait de monde. Deux cars venaient de décharger leur cargaison de chair triste et rose, à l'abdomen vrillé par les courroies des appareils photo, le crâne surmonté d'une gapette ridicule mais identique afin, sûrement, qu'il ne s'en égare point. Je m'approchai de la porte, décidé à quitter les lieux sans demander ce que je devais (puisque par définition et vœux contraires des dieux j'estimais n'avoir profité de rien !), quand un grand escogriffe blond me barra le passage.

— Monsieur Varal ? dit-il dans un français parfait. Vous êtes bien monsieur Claude Varal, n'est-ce pas ?

Dans les films, et à ce moment précis, Roger Moore sort son stylo-pistolet à gaz lacrymogène et tout le monde rit aux larmes. Roger Hanin balance une grande baffe sonore et tout le monde s'écarte. Delon flanque un direct du gauche et Lino un coup de boule. Las ! Je n'étais aucun de ces joyeux drilles et je me voyais mal me coltiner ce balèze devant une centaine de touristes ébahis. Sans répondre à la question je pivotai sur place et partis comme un zèbre vers l'arrière de l'hôtel. Peut-être y avait-il, dans le fond, une sortie de secours. Ou une échelle d'incendie ? L'autre m'avait emboîté le pas et hurlait sur mes talons :

— Monsieur Varal, s'il vous plaît, attendez ! Monsieur Varal, je vous en prie, arrêtez-vous.

— D'accord, dis-je, en pilant net et en me retournant après avoir constaté que j'allais droit vers un cul-de-sac. Je me rends. J'avoue tout. C'est moi. C'est bien moi.

L'armoire à glace blonde avait bonne gueule. Et l'air plutôt ennuyé. Il me regardait comme si j'étais devenu fou et, s'approchant de moi, me saisit par le bras.

— Monsieur Varal, c'est Sarah qui m'envoie. Sarah Izmanarck, vous savez ? Je suis son frère !

Quand on a trop couru et que l'on s'arrête, on craque. Quand on a eu peur jusqu'à tremper sa chemise et que l'on s'aperçoit que c'était sans fondement, on s'effondre. J'avais donc le choix. Aussi je m'assis sur un canapé, à quelques mètres du bar, et partis d'un rire énorme. Le frangin m'observait, embarrassé.

— Sarah arrive ce soir. Ce n'était pas prévu et elle voudrait dîner avec vous. Si vous êtes libre, bien sûr. Je dois lui laisser un mot chez des amis. Alors ?

Alors ?

Alors oui ! Mille fois oui ! Alors je n'ai pas fait mon pèlerinage pour rien, cet après-midi, au Mur des Lamentations. Alors le jour se lève !

— Je ne bouge pas de l'hôtel, dis-je. Je l'attendrai jusqu'à ce qu'elle vienne me chercher. Je l'aime et je suis fou d'elle. Je l'attends et me languis d'amour. Est-ce clair ? Voulez-vous que je vous l'écrive ?

— Non, monsieur, ce n'est pas la peine, répondit le fils Izmanarck. Je transmettrai. Merci. Je vous remercie !

Là-dessus il fit encore deux ou trois courbettes aimables et s'éloigna.

Mon siège devait être aspirant. Ou moi-même vidé. Et plus léger que l'air... car je ne pouvais plus me lever. Ah Sarah !

⁂

J'attendis dans ma chambre jusqu'à vingt heures.

Puis dans le hall jusqu'à vingt et une heures.

Puis sur le perron de l'hôtel de vingt et une heures à 21 heures 30.

Puis une heure encore, dans le bar.

Je me couchai, finalement, avec deux cachets. Et une amère désillusion.

J'étais cocu par contumace. Foutu par forfait. Revenu à la case départ.

Mauvais ça !

⁂

Je n'émergeai que vers dix heures, la bouche pâteuse et la tête comme une marmite. Putain de somnifère ! Et putain de Sarah !

La jolie Sabra s'était bien foutue de moi par petit frère interposé. Ou alors, celui-ci ayant fidèlement rapporté notre conversation, elle avait pris peur ? Les présages ayant viré de bord, je me dis que rien ne me servait de tourner autour du pot davantage. Et que plus tôt j'irais au musée, plus vite je serais fixé sur mon sort.

Je pris une douche, commandai un grand café noir et m'habillai.

⁂

Claude prit un taxi pour se faire conduire au musée d'Israël qui dominait la ville, un peu plus haut que la Knesset.

Il faisait un temps superbe et plus chaud que la veille. Bien que vêtu légèrement il était déjà en nage lorsque la voiture le laissa devant les guichets d'accès. Il régla la course et se glissa dans la queue.

D'où il était il ne voyait pas s'il y avait un contrôle

quelconque de l'autre côté des caisses. Aussi, prudent, il se rapprocha d'un groupe de touristes allemands qui commençait à mitrailler avant même d'être entré. Largement encadré par les Teutons il fit même l'économie du billet car la caissière le compta avec les autres. Ça y est : il était dans la place ! Et nul gendarme ou militaire ne semblait poindre à l'horizon.

Le musée était divisé en plusieurs pavillons : Beaux-Arts, Livre, Archéologie. Et avec, en son centre, comme une toupie géante, une sorte de champignon d'un blanc immaculé qui abritait les fameux manuscrits de la mer Morte. Claude hésita sur la route à suivre.

De toute évidence, son Livre à lui avait plus de chances d'être dans un des bâtiments annexes qu'en compagnie des rouleaux trouvés il y a une trentaine d'années par des bergers arabes à la poursuite de leurs moutons ! Il décida donc de garder la coupole pour la fin et se dirigea, en contrebas, vers le Musée archéologique et biblique. Lequel était relié à celui des Beaux-Arts. Les bâtiments étaient ultramodernes, situés à des niveaux différents et communiquaient les uns avec les autres par des passages couverts et vitrés. De chacun d'eux le panorama qui s'ouvrait sur la ville était exceptionnel.

Au fur et à mesure qu'il avançait, Varal se sentait de plus en plus tendu. Et anxieux. Comme il s'y attendait, il n'y avait rien pour lui dans le premier musée. Il sortit et se dirigea vers la partie Beaux-Arts. Il y avait un peu moins de monde et il marqua une longue pause devant le Pentateuque de Castro, livre rare s'il en fut, illustré d'enluminures époustouflantes et datant du XIVe siècle. Mais de « micro », point. D'exposition pouvant s'en rapprocher, non plus ! Il parcourut au pas de charge la salle des Peintures, revint sur ses pas pour visiter deux halls qu'il avait négligés, et repartit vers l'entrée sans avoir rien trouvé. Sa déconvenue était de taille.

Et s'il s'était gouré sur toute la ligne ?

Et si la lettre prise chez Kaufman n'était qu'une déclaration d'intention mais que le Livre du grand-père n'avait pas été acheté ?

Et s'il avait fait tout ça pour des prunes ?

Claude Varal sentit son moral foutre le camp. Ainsi que son énergie. Son tonus musculaire. Et jusqu'au sang qui circulait dans ses membres et lui permettait, entre autres, de tenir debout. Il sortit du pavillon et se laissa choir sur un banc. Il était dans l'allée qui menait au jardin d'art de Billy Rose.

Pris d'une inspiration subite, il retourna sur ses pas et entreprit de questionner l'un des gardiens qu'il avait croisés en sortant.

Dans son anglais incomparable il expliqua ce qu'il cherchait :

— *Small writting, you know! Very little letters which form very little words which make very little picture, you see?*

L'autre ne voyait rien du tout et comprenait encore moins.

Après avoir longuement réfléchi et compulsé le plan des différentes salles dont il avait la charge, le gardien pointa son doigt sur un endroit précis en disant :

— *May be there, mister, may be there!*

Claude lui prit le guide des mains et vit qu'il s'agissait d'une salle qui se trouvait effectivement dans un coin qu'il n'avait pas regardé. Il remercia chaleureusement le futur conservateur en chef du grand musée d'Israël et fila de nouveau vers les bâtiments du musée des Beaux-Arts.

Il trouva sans trop de difficultés la première pièce, consacrée aux reproductions d'une maison juive, en Allemagne, vers la fin du XIXe siècle. Et, jouxtant cette salle, la synagogue de Horb dont les commentaires enregistrés en quatre langues narraient l'histoire avec emphase. Sur la droite, tout un pavillon lui avait échappé. Celui des gravures et dessins d'un certain nombre d'artistes juifs. Et célèbres.

Son cœur, à présent, scandait carrément la *Marseillaise.* Il l'entendait dans sa tête, le sentait dans ses jambes, et l'avait même en entier, avec section rythmique pleine de percussions, dans l'estomac !

Si ce doit être quelque part, ça ne peut être que là ! se dit-il en avançant lentement vers le centre de la rotonde. Et si c'est là, qu'est-ce que je fais ?

Effectivement, c'était !

Là !

Du moins, en partie !

Dans un arrondi de la salle, entre une Bible illustrée par Turner et des dessins de Munch et de Chagall, se trouvaient six tableautins micrographiques à la plume dont, avant même d'avoir décrypté la signature, il savait qu'ils ne pouvaient être que de l'aïeul Jules Sofer.

Exact !

Un siège n'était pas loin : il s'y précipita.

Il ignorait, bien sûr, si ces œuvres étaient ou non extraites du Livre, mais leur présence dans cette pièce témoignait clairement de l'intérêt du musée pour l'artiste Sofer. Il ne restait plus qu'à trouver l'ouvrage lui-même.

Il se releva et fit, lentement, le tour de la salle. Quelque chose le chiffonnait mais il ne savait pas quoi. Le nez en l'air, il remontait le long des cimaises, quand il comprit d'où lui venait cette angoisse subite. Il n'y avait aucune vitrine dans cette partie du musée. Or il ne voyait pas comment l'on pouvait exposer le Livre du grand-père autrement qu'à l'abri. Dans une boîte sur pied. Ou murale.

Il reprit sa marche et s'arrêta, soudain. Il était devant une porte. Laquelle, visiblement, donnait sur une autre salle. Elle était fermée à clé et il courut jusqu'aux baies vitrées. Il ne s'était pas trompé. De l'autre côté, il y avait un petit bâtiment dont un des murs était mitoyen. Et auquel cette porte donnait accès. Il vit d'ailleurs des ombres aller et venir. C'était là : il en était sûr.

Décidant de se renseigner à nouveau auprès du gardien qui l'avait si miraculeusement mis sur la voie, il retraversa tout le musée au pas de course. Hélas ! le gentil mentor n'était plus à sa place. Claude commençait à se sentir à l'agonie. Tournant en rond et ne sachant plus que faire, il finit par tomber sur un kiosque à journaux et se dit qu'un guide des lieux, pour peu qu'il soit précis, pourrait peut-être lui permettre de localiser cette foutue salle interdite.

Il allait faire son choix lorsque son regard fut attiré par l'éventaire des journaux. Et, tout en haut, par le premier de la pile : le *Jerusalem-Post.*

Pris, tout à la fois, d'un pressentiment précis et d'un tremblement nerveux, il acheta le quotidien et en oublia son guide. Il se recula de quelques mètres et ouvrit le journal. Dire qu'il tremblait serait un euphémisme. Les feuilles bougeaient tellement qu'il faillit ne pas trouver ce qu'il redoutait de débusquer. Et pourtant c'était là. En page culturelle. Le même article que celui du *Monde.* Mais en anglais.

A force de passer par tant d'émotions, de commotions et d'appréhensions diverses mais à jet continu, Varal avait fini par épuiser, à son insu, son stock d'adrénaline. Il était donc sec question panique. Vide question influx nerveux. Et à la corde en ce qui concernait son potentiel de réaction.

En conséquence de quoi il demeura debout. Replia son journal. Acheta nonobstant le guide du musée. Et se dit que la seule chose qui manquait encore au tableau était de signaler qu'il était en Israël. Et de communiquer le numéro de sa chambre au King David !

***

Ce fut une sonnerie stridente en même temps qu'une voix dans son oreille qui disait : « *Closing time, sir, closing time!* » qui le tirèrent de la léthargie somnolente dans laquelle il avait sombré dix minutes plus tôt. Il était affalé sur un banc, à quelques mètres du kiosque et s'était endormi comme un nourrisson.

Il se mit péniblement sur ses jambes et commença à se diriger vers la sortie.

Soudain, comme il passait à la hauteur d'un marchand de souvenirs et de cartes postales, une idée fulgurante et lumineuse lui traversa l'esprit. Il se rua vers la boutique, qui était en train de fermer, et acheta pour plusieurs centaines de shikels tout ce qu'il trouva de plus volumineux. Pour mettre le tout il demanda un sac. Et on lui offrit un magnifique cabas en tissu sur lequel étaient dessinées les armes du musée.

Son sac d'une main et de l'autre s'épongeant le front, il s'ébranla lourdement en direction de la sortie. Prenant bien soin de pousser des soupirs à fendre l'âme. Et en traînant les pieds. Quand il ne lui resta plus qu'une dizaine de mètres à franchir, il s'écroula. Le sac déversant son contenu sur le carrelage alentour. Et Claude s'étalant de tout son long sur le sol.

Évidemment on accourut de toutes parts. On se pressa autour de lui. A commencer par les touristes qui regagnaient la sortie. Et par le personnel du musée qui était responsable de ses visiteurs.

Dans un demi-coma parfaitement imité, Varal fit comprendre qu'il souhaitait de l'air, de l'eau et du calme. Heureusement pour lui, il était trop tard pour que les chefs s'en mêlent. Ils mijotaient déjà dans leurs voitures sur le chemin de leurs maisons. Aussi, ce furent la vendeuse de souvenirs et un guide qu'il avait aperçu tout à l'heure qui prirent soin de lui. Et le transportèrent dans la salle des gardes, un peu en retrait par rapport à la porte d'entrée officielle.

Une fois installé sur un banc de bois, et après que l'on eut dégrafé sa chemise et fait couler un filet d'eau minérale entre ses dents serrées, Claude, dans un hoquet tragique, demanda à ce que l'on prévienne sa famille.

— Amélie Schwartz, dit-il dans un râle... chambre 208... à l'Intercontinental...

Puis il ferma les yeux. Out! Ses vis-à-vis, morts d'inquiétude, se précipitèrent au-dehors. L'un pour faire appeler un médecin d'urgence. L'autre pour prévenir la pauvre Mme Schwartz.

A peine furent-ils sortis de la pièce que Varal se redressa et se rua sur les placards métalliques qui garnissaient les murs. Au bout du quatrième il trouva ce qu'il cherchait : une vareuse et un pantalon bleus, ainsi qu'une casquette. Tout l'uniforme des gardiens du musée. Il balança le contenu de son sac dans une poubelle et enfourna à la place la tenue qu'il avait dérobée. Ensuite, il se dirigea vers la porte.

Il eut quelque difficulté à retrouver ses deux anges gardiens qui s'échinaient sur les téléphones des caisses de l'entrée. Il frappa à la porte, fort poliment, et, devant leur mine ahurie, expliqua qu'il était diabétique et que sa crise, Dieu merci, était passée. Les deux autres ne comprirent pas grand-chose à ses explications mais refusèrent en chœur, et vexés, l'argent qu'il voulut leur donner.

Il s'excusa de nouveau et, sortant sur l'esplanade, héla le dernier taxi qui s'y trouvait.

Sa tenue de combat sous le bras, il indiqua au chauffeur qu'il souhaitait se rendre dans les souks de la Vieille Ville. Puis il se laissa aller sur la banquette de moleskine grenat avec une volupté salace.

***

Il se fit déposer à la porte de Damas et entra aussitôt dans le quartier musulman.

Il ne s'était pas trompé. S'enfonçant de quelques mètres dans les ruelles où commençaient à scintiller les lampes Pigeon, il trouva chez Ibrahim, Mustapha and C° tout ce dont il avait besoin et qu'il avait inventorié pendant le trajet. Il acheta une large djellaba blanche gansée d'ocre et de roux, une paire de lunettes noires que n'aurait pas reniées Humphrey Bogart, et deux bouteilles de henné. On lui glissa le tout dans un sac de plastique rouge particulièrement discret. Il paya et refit le chemin en sens inverse, quittant la cité par la Porte Nouvelle et remontant à pied à son hôtel dont il apercevait les lumières en haut de la colline.

Avec tout ça, si, demain, on le reconnaissait, chapeau le Mossad !

*
**

Il était en train de se sécher les cheveux et d'admirer leur teinte roussâtre lorsque l'on frappa à sa porte. Il hésita quelques secondes puis se décida à ouvrir. Sur le seuil, blonde dans une robe rouge, souriant de toutes ses dents, se tenait Sarah.

Claude était devenu statue. Granit. Forme de sel. Bas-relief primitif. Il regardait la jeune femme sans comprendre et sans pouvoir articuler un mot. Sa bouteille de henné à la main, en peignoir de bain jaune et vert aux armes de l'hôtel, il avait l'air d'un zombie dont la tête aurait malencontreusement percuté un tas de terre de Sienne.

— Bonjour, dit Sarah, avec son accent chantant et son éternel sourire charmeur. Et pardon ! Je n'ai pas pu venir hier soir. J'espère que vous ne m'en voulez pas ?

Lui en vouloir, crédieu ! Mais de quoi voulait-elle bien parler ?

Il s'effaça pour la laisser entrer. S'excusa de sa tenue. Lui demanda deux minutes, le temps d'enfiler ses vêtements. Et revint deux minutes et trente-cinq secondes plus tard se camper devant elle, l'œil allumé mais la gorge sèche.

— Si mon invitation ne vient pas trop tardivement et si vous n'avez rien de mieux à faire, monsieur Varal, je suis venue vous la renouveler pour ce soir, lui dit la forme rouge dont le derrière valait tous les autels saints de la ville. (Et l'éclat du visage toutes les images pieuses.)

Varal marmonna quelques platitudes parfaitement désynchronisées d'avec ses mains qui s'ouvraient et se refermaient convulsivement ; d'avec ses yeux qu'il avait écarquillés comme un hibou ; d'avec son pouls, enfin, qui battait la plus folle des chamades.

Se balançant d'un pied sur l'autre, il hésitait entre l'envie de la jeter immédiatement sur son royal lit. Et celle de savoir à quoi elle jouait exactement. Il n'eut pas à se poser la question très longtemps. Avec cette candeur universelle des jeunes filles d'aujourd'hui, Sarah lui déclara sans ambages qu'il lui plaisait. Qu'elle avait avancé son voyage à Jérusalem exprès. Qu'elle le trouvait troublant, séduisant, charmant, en même temps que terriblement intimidant... Sur quoi elle se jeta dans ses bras en lui demandant pardon pour sa franchise.

Elle avait les seins élastiques, le ventre dur et sentait la myrtille. Ou le muguet. Il l'embrassa dans le cou, doucement, là où le duvet ressemble à de la soie. Il lui dit qu'il s'en voulait de l'intimider et qu'il la trouvait démoniaquement belle. Puis, en parfait imbécile-gentleman, façon Redford dans une superproduction bien-pensante, il la repoussa gentiment en lui rappelant que tout ceci n'était pas très raisonnable, et que, et que...

— Vous avez raison, Claude, dit Sarah en tirant sur sa jupe et en lissant ses cheveux. Allons dîner d'abord ! Comme ça les apparences seront sauves. Et vous aurez tout le temps de discuter avec votre conscience. OK ?

Varal se sentit flotter dans l'espace.

— OK, OK, miss Merveille : emmenez-moi dîner. Je m'en remets à vous !

⁂

Ils avaient été dans le quartier du Moulin de Montéfiore, à dix minutes à pied du King David. C'était un quartier neuf et résidentiel, avec des villas superbes, des ruelles romantiques, des escaliers un peu partout, et deux ou trois restaurants pittoresques.

Ils avaient pris l'apéritif, mangé des spécialités casher, bu du rosé de Haïfa et de la vodka polonaise, commandé des cafés et des pousse-café, et ils se regardaient à présent sans rien se dire, leurs jambes emmêlées sous la table, les mains jointes sur la nappe.

Claude était sous le charme de cette créature incandescente et aussi peu farouche qu'un chat apprivoisé. Il ne se souvenait pas d'autant de bonheur. Il avait l'impression de renaître. Il était un peu saoul.

La dévorant du regard, il guettait le mouvement brusque et félin qu'elle avait pour rejeter en arrière, à intervalles réguliers, la masse de ses cheveux blonds qui lui tombait sur le visage. Il était fasciné par ses lèvres pleines et roses, par ses dents petites et carnassières, par le bleu minéral de ses yeux qui éclatait, sitôt qu'elle riait, en un millier de pierreries irisées. Il en oubliait son âge, Claude Varal, son état civil et son état tout court. Il en oubliait l'article du *Jerusalem-Post* et la tenue de guide de musée qui l'attendait dans son placard. Il en oubliait même le fait qu'il avait, demain soir, une chance sur deux de dormir en cabane.

Ils sortirent du restaurant en se tenant par la main.

Ils virent, en même temps, une étoile filante. Et firent un vœu. A l'amorce d'un escalier qui rejoignait la rue principale, il lui déposa un chaste baiser sur le bout des lèvres. Puis un autre, moins anodin, à la troisième marche. Arrivés tout en haut, ils s'étreignirent avec frénésie. En un baiser-passion. En un baiser-folie, qui fait perdre le souffle, la tête, le sens de la vie et qui supprime, l'espace de quelques secondes, tout ce qui n'est pas l'autre.

Ils reprirent leur marche. Sarah chantonnait à mi-voix. Claude hurlait carrément. Mais dans sa tête. On a ses pudeurs ! Et puis, cette fille n'était-elle pas un peu fantasque ?

Pourtant, ils arrivaient devant l'hôtel ! Pourtant ils pénétraient à l'intérieur de l'hôtel ! Pourtant ils prenaient l'ascenseur de l'hôtel ! Pourtant ils se dirigeaient vers sa chambre d'hôtel ! Sur le pas de la porte, il l'embrassa à pleine bouche. C'était bien la myrtille qu'elle sentait.

***

Ils firent l'amour avec extase et recueillement. Sarah s'était déshabillée comme si c'était la chose la plus naturelle qui soit. Et il s'était retrouvé face à sa nudité superbe, dans son étoffe et ses appréhensions. Elle avait les seins comme des oranges de Jaffa, les fesses comme des potirons de la plaine de Gaza et les poils du pubis d'un blond vénitien dont il s'excusait pour Israël.

Il la couvrit de baisers furtifs, de caresses légères, de tendresse infinie, déversant dans ses oreilles une multitude de mots où celui d'amour tenait la plus grande place. Il lui embrassa le creux des aisselles, la pointe des seins, l'arrondi des genoux, la courbe du ventre, le creux satiné des cuisses. Et son sexe-fleur. Et sa bouche-fleur. Et son sexe encore. En un ballet fou. A perdre son souffle dans son souffle. A gémir de bonheur. A crier de plaisir. Sarah, qui avait été si bavarde pendant tout le dîner, ne disait plus rien. Elle laissait courir ses mains sur la nuque de Claude. Sur ses épaules. Sur ses reins. Il la pénétra soudain avec violence. Ils firent l'amour avec démence. Ils se dirent sûrement « je t'aime ». Et s'endormirent, l'un contre l'autre, en travers du *king size bed* de l'hôtel King David, sur les hauteurs grandioses de Jérusalem.

⁂

Quand je me réveillai, elle était partie. Comme si j'avais rêvé. Un mot, hâtivement griffonné, était posé sur la table de nuit. « Je t'appelle tout à l'heure. *Love. Chalom.* Et bonne chance. Sarah ! »

De la chance, j'allais en avoir besoin. Et d'un bon paquet, même ! Je fis ma toilette, posément, en essayant de me rappeler, scène après scène, la nuit fantastique que j'avais passée. Cette fille était divine et folle. Follement divine et propre à damner un pauvre bougre comme moi. Dans mon état, c'était le coup de grâce. Je louchai vers les draps fripés et luttai pour ne pas tout laisser tomber et partir à sa recherche. La douche me calma et je m'habillai avec méthode. D'abord la tenue bleue du gardien. Puis la djellaba du touriste. Enfin les lunettes du visiteur incognito. Le sac du musée caché dans celui du bazar, je descendis au rez-de-chaussée.

Le hall était bondé de touristes attendant leurs cars et personne ne remarqua cet étrange bonhomme, moitié Arafat, moitié épouvantail pour champs de maïs, qui longeait les murs, franchit les portes et s'engouffra dans un taxi.

J'arrivai au musée peu après son ouverture et il n'y avait presque pas de visiteurs. Cette fois, je payai mon billet et marchai lentement en direction du dôme de porcelaine blanche et de la muraille entièrement noire qui le précédait. Je fis le tour du sanctuaire, puis, profitant de ce qu'un premier groupe de touristes arrivait, leur emboîtai le pas et me retrouvai à l'entrée du Musée archéologique.

D'une allure décidée mais que j'essayai de garder nonchalante, je refis en sens inverse le chemin de la veille. La chance était avec moi : il n'y avait personne dans les salles du bas. Et personne dans les coursives qui menaient à la section des Beaux-Arts.

Arrivé à proximité de la rotonde aux dessins, je cherchai les toilettes que je finis par trouver sur une galerie extérieure. J'ôtai ma tunique blanche que j'enfouis dans mon sac et me retrouvai en tenue de gardien. Pour aller fouiner dans la cour intérieure sur laquelle donnait la salle défendue, ce déguisement me paraissait plus prudent. Je retournai vers le centre de l'édifice et traversai la rotonde jusqu'à la fameuse porte. Bien évidemment, elle était toujours fermée. J'ouvris donc une des fenêtres qui me permit d'accéder à la cour. Puis de là, m'orientant par rapport à la salle principale, je repérai les ouvertures de l'autre pièce.

La première était carrément grillagée et je n'insistai

pas. La seconde, en revanche, ne l'était pas et j'appuyai sur l'huisserie de toutes mes forces pour la faire céder. En vain. Le bois craqua sinistrement mais la fenêtre ne s'ouvrit pas.

Affolé à l'idée d'échouer si près du but, je fis le tour de la cour à la recherche de quelque chose qui pourrait me servir de levier. Plus que tout je voulais éviter d'avoir à casser un carreau. Même habillé comme un gardien, il est probable que la situation n'aurait guère eu l'air catholique (je veux dire : juive !) si un collègue me voyait opérer. Je finis par aviser un morceau de ferraille posé le long d'un mur. J'étais sauvé. Je retournai à ma fenêtre et pesai de toutes mes forces sur la barre dont j'avais fait glisser l'extrémité sous le rebord de la pièce d'appui. Le bruit que je faisais devait s'entendre jusqu'à la mer.

Je m'arrêtai, en nage, l'oreille aux aguets, réprimant avec difficulté les coups sourds que j'entendais dans ma poitrine. Je repris mon travail de monte-en-l'air et finis par réussir. Dans un craquement terrible, le dormant latéral venait de céder. Et la fenêtre de sortir de ses gonds. Je poussai lentement l'un des deux battants et me glissai à l'intérieur.

La pièce dans laquelle je me retrouvai ressemblait à celle qui était de l'autre côté de la porte cadenassée. Sauf qu'il y avait bel et bien des tas de vitrines. Murales et sur pied. Grandes et petites. Le long des murs et en épi.

Me déplaçant sur la pointe des pieds, je commençai à faire le tour de ces boîtes vitrées. C'était effectivement une exposition de micrographie que le musée préparait. Chaque casier en était plein. Des portraits et des paysages. Des natures mortes et des notices explicatives. J'en ressentis une rancune froide en constatant que l'arrière-grand-père n'était donc pas le seul dans sa spécialité et qu'à l'époque — si j'en croyais ce qui était exposé ici —, il y avait au moins une douzaine d'autres artistes qui faisaient le même genre de dessins.

Jules Sofer, toutefois, avait droit à une vitrine à part. En acajou et en plein milieu. Plus grande que les autres. Et au centre de laquelle trônait le Livre. Ouvert à la page de la lettre manuscrite de Bismarck. En regard du portrait d'Abraham Lincoln qui comptait soixante mille lettres. J'étais tellement ému que je demeurai planté devant le Livre comme une momie. Les yeux remplis de larmes. Le cœur saccagé. Anéanti.

Ainsi donc IL était là !

Protégé seulement par une vitre ordinaire. Dans une pièce ordinaire. Sans alarme électronique ni caméra dans les plafonds. Mieux : la vitrine n'était même pas fermée !

Je l'ouvris délicatement et saisis le Livre à reliure verte. Il devait bien peser cinq kilos. Je l'enfouis dans le sac du musée, prenant en même temps, posée à côté, une invraisemblable composition représentant vingt-trois grands hommes américains (cinq cent vingt-sept mille lettres au total !), un portrait de la reine Victoria (quarante-cinq mille seulement, la pauvrette !) et une touchante reproduction de la tour Eiffel (neuf mille cinq cent quarante) accompagnée d'une lettre de remerciement de monsieur Gustave soi-même. J'en aurais pleuré de joie et de jubilation si je n'avais pas été aussi stressé. Je ressortis dans la cour, enjambai le rebord de la fenêtre donnant sur la rotonde puis la refermai. Rapidement, je renfilai ma djellaba et remis mes lunettes noires sur le haut de mon nez.

(Lire du bas en haut)

La reproduction de la Tour est ecrite en 9.540 lettres

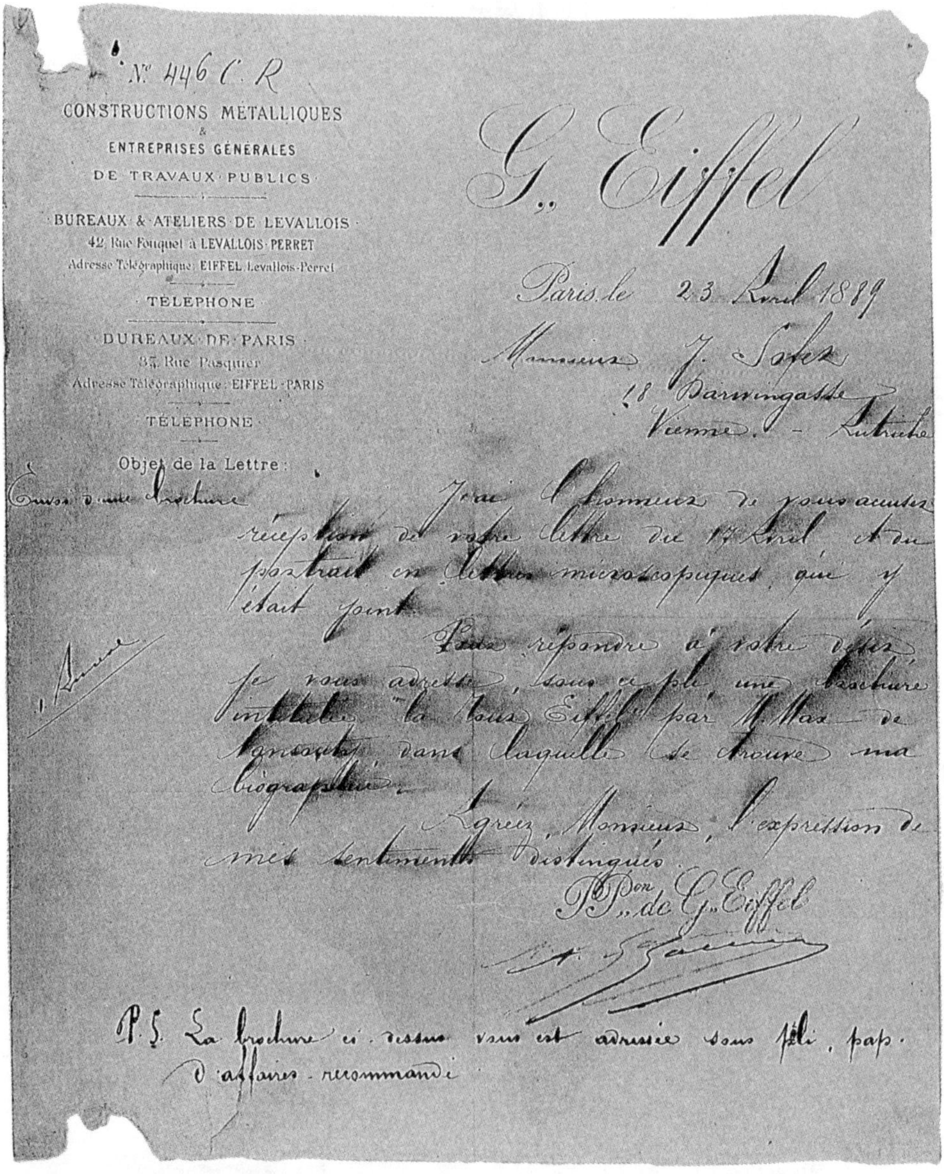
N° 446 C.R

CONSTRUCTIONS MÉTALLIQUES
&
ENTREPRISES GÉNÉRALES
DE TRAVAUX PUBLICS

BUREAUX & ATELIERS DE LEVALLOIS
42 Rue Fouquet à LEVALLOIS-PERRET
Adresse Télégraphique: EIFFEL Levallois-Perret

TÉLÉPHONE

BUREAUX DE PARIS
37 Rue Pasquier
Adresse Télégraphique: EIFFEL-PARIS

TÉLÉPHONE

Objet de la Lettre: Envoi d'une brochure

G. Eiffel

Paris, le 23 Avril 1889

Monsieur J. Sofer
18 Barwingasse
Vienne. - Autriche

J'ai l'honneur de vous accuser réception de votre lettre du 17 Avril, et du portrait en lettres microscopiques, qui y était joint.

Pour répondre à votre désir, je vous adresse, sous ce pli, une brochure intitulée "la Tour Eiffel" par M. Max de Nansouty, dans laquelle se trouve ma biographie.

1 brochure

Agréez, Monsieur, l'expression de mes sentiments distingués.

P.P.on de G. Eiffel

P.S. La brochure ci-dessus vous est adressée sous pli, pap. d'affaires recommandé

Tout en me dirigeant vers la sortie, je pensai à ma mère. J'avais envie de l'appeler sur-le-champ. J'avais envie de crier victoire, de hurler ma joie.

J'avais réussi, mon Dieu !

Je l'avais fait, bon Dieu !

J'étais heureux, tudieu !... et passablement fier de moi.

Le Livre Vert de la famille Varal allait regagner l'univers des Varal et ne plus jamais en sortir.

J'allais le ramener en France.

Dans l'appartement de ma mère.

Dans le salon de ma mère.

Sur l'étagère en merisier du meuble à abattant. Là où était sa place.

Il me parut soudain que le terme de « fils prodigue » n'avait pas été inventé pour rien. Et qu'il m'avait fallu venir ici pour le mériter.

Va pour le Varal prodigue !..., me dis-je en franchissant la sortie du musée, le Livre au fond du sac et une joie triomphale au fond du cœur.

⁂

Je revins à l'hôtel sans encombre et montai aussitôt dans ma chambre.

Bien que la vue du lit défait produisît dans mes reins d'érotiques picotements et que le souvenir de Sarah contrecarrât mes vélléités de fuite, je savais parfaitement qu'il me fallait déguerpir au plus vite. Tant pis pour l'idylle : je reviendrais !

Je rassemblai donc mes affaires, enfouissant tout en vrac dans mon sac de voyage mais laissant dans celui du musée le précieux Livre Vert.

Je n'avais pas vraiment de plan : si ce n'est de rejoindre Tel-Aviv et d'attraper le premier avion pour Paris.

J'étais en train de régler ma note lorsque je sentis une légère tape sur mon épaule droite. Je me retournai lentement.

Deux hommes en pantalon gris et chemise blanche à manches courtes m'observaient fixement. Tandis qu'une jeune femme en tailleur greige, ôtant calmement sa main de mon épaule, me dit, en français :

— Monsieur Varal, quand vous aurez acquitté votre facture, vous voudrez bien nous suivre !

In-dis-cu-ta-ble-ment, in-du-bi-ta-ble-ment, mais tout à fait compréhensible !... cette fois était la bonne ! Je n'en éprouvai pas de surprise. Ni d'angoisse. J'avais déjà donné. Je n'eus pas non plus le courage de poser des questions, de m'enquérir, par exemple, de ce qui les avait menés jusqu'à moi aussi vite. Ou de demander quelle était la destination finale de notre imminente balade.

Au fond, je m'attendais à cette fin depuis le début... (rigolo, non ?) et retrouvais, *in extremis,* le fatalisme bien connu de mes ancêtres.

— N'oubliez pas vos affaires, dit un des deux hommes en gris au moment où je ramassai ma monnaie.

Je le remerciai pour tant de prévenances et saisis mes deux sacs. Une voiture noire nous attendait devant la porte. Je notai qu'elle portait un fanion sur l'aile avant gauche. Son inscription en hébreu ne me disait rien. Et j'ignorais comment s'écrivait « Police » dans cette langue.

La jeune femme monta devant. Et les deux cerbères, de part et d'autre de ma petite personne. Sur la banquette arrière. Le scénario était parfait : sauf que je l'avais déjà vu cent fois.

Mon fourre-tout à mes pieds et le sac du musée sur mes genoux, je me sentais tel un bloc de glace. Froid de la tête aux pieds. Presque extérieur à la situation. Un peu comme l'autre jour devant le kiosque à journaux après que j'eus lu l'article du *Jerusalem-Post.* Quand on dépasse un certain seuil d'angoisse ou d'épouvante, d'oppression ou de peur, il faut croire que l'on devient immunisé.

J'envisageai donc avec calme et résignation ma prochaine incarcération dans l'une des prisons du pays, mon jugement pour vol avec effraction, et ma condamnation à quinze ou vingt ans dans les mines de cuivre du roi Salomon. Quand on sait ce qui vous attend, la pilule est forcément moins dure à avaler !

La voiture noire prit de la vitesse, remontant King David Street vers l'ouest et je m'étonnai de voir qu'elle n'avait pas obliqué vers le centre ville mais, au contraire, pris à gauche une voie qui grimpait sur la colline. Le ciel était lumineux et Jérusalem, plus belle que jamais. Mourir sous une lumière pareille n'était pas donné à tout le monde. Pourrir dans un cachot non plus. Ai-je dit que j'étais subitement devenu philosophe ? En revanche, j'essayai de repérer où nous allions.

Je n'eus pas le loisir de m'interroger très longtemps. Et j'aurais pu y penser ! Nous prenions la route du musée, tout simplement. Il allait y avoir confrontation, reconstitution et restitution. Schéma classique !

Je songeai à ma mère, à ma femme, à mon fils, à Sarah. Comble de l'ignominie, je pensai surtout à Sarah. J'aurais dû la baiser une fois de plus, cette nuit, si j'avais pu savoir que cela serait la dernière de mon existence. Pour peu que je prenne seulement dix ans, cela me ferait cinquante-six en sortant de tôle. Elle serait mariée et mère de famille depuis longtemps, le coup de ma vie !

La voiture stoppa devant un bâtiment que je ne connaissais pas et qui devait être celui de l'administration. On m'aida à descendre mais on me laissa le soin de porter mes colis. Je préférais ça. Tant que l'on ne m'avait pas ôté mes lacets, délesté de ma ceinture et vidé le contenu de mes poches, j'étais encore un homme comme les autres.

Les deux gris ouvraient le passage et la jeune femme brune et de greige vêtue marchait à mes côtés. Elle ne disait rien et regardait ses pieds. Elle les avait petits et chaussés de mocassins marron.

Nous pénétrâmes dans une sorte de grand bureau vitré et l'on me fit signe de m'asseoir. J'obtempérai. La greige alla dans une autre pièce et je la vis téléphoner. Les gris allumèrent une cigarette mais ne m'en proposèrent pas. Égoïstes, soit, mais pas brutaux. J'aimais autant ! Au bout de quelques minutes, un nouveau personnage fit son apparition. Il était très grand et portait une barbe. Il avait des lunettes genre lorgnons mais de bons yeux de chien de chasse. Il vint vers moi et me tendit la main :

— Jacob Steirn, dit-il. Je suis le conservateur du musée. Enchanté de faire votre connaissance, monsieur Varal.

Il ne manquait pas d'air, le bonhomme ! Dans quelques secondes, il allait me faire ma fête mais, pour l'instant, il jouait les mondains comme si nous étions dans un ouvroir ! Décidément chaque pays a ses coutumes en matière d'arrestation. Et question rideau de fumée et poudre aux yeux, Israël me semblait mériter toutes les palmes ! Je regardai le faux derche à figure de faux doux avec un sourire figé.

— Si vous voulez bien me suivre par ici, monsieur Varal, on nous attend, reprit le conservateur.

Ça je m'en doutais ! Passé ces salamalecs bidon, ils allaient sans nul doute se mettre à plusieurs pour me tabasser. Me presser de questions en s'aidant d'instruments barbares et de tortures. Me tirer dans le dos, même, si je faisais mine de vouloir résister.

Du coup, je sentis l'ensemble de mes résolutions glacées fondre devant l'imminence de la douleur. Je pouvais être stoïque, mais pas insensible aux sévices physiques. A mon petit corps défendant et trouillard, je commençai à trembler.

Le vénérable et urbain barbu dut pressentir l'état dans lequel je plongeais peu à peu car il s'avança vers moi et me prit par le bras. Tout en me soutenant il me tenait, le salaud ! Nous enfilâmes une succession de couloirs et de corridors obscurs, montâmes un escalier, en redescendîmes un autre, sortîmes dans une cour, pénétrâmes dans un autre bâtiment et arrivâmes, finalement, devant une porte immense, à double battant, fermée.

Là, le conservateur ne me conserva pas le bras et je me retrouvai tout seul face à ces deux panneaux de chêne sculptés que l'on ouvrait lentement, de l'intérieur.

⁂

La première chose que je vis, ce fut un flash électronique. Aveuglant. Puis un second.

La première chose que j'entendis, ce fut un brouhaha énorme. Puis comme des applaudissements.

La troisième chose que je distinguai, ce fut une batterie de caméras de télévision installées sur le pourtour de ce qui ressemblait à un amphithéâtre.

Et quand j'entendis distinctement le mot « bravo », je crus que j'allais défaillir.

Je rêve, me dis-je, je déconne, j'affabule, je délire, je métastase de la cellule grise ! Ces gens se foutent de moi pour mieux se payer ma tête ensuite. Avec leur sens inné de la mise en scène, c'est sans doute leur façon à eux de dresser les tribunaux d'exception ! Mais où est donc la cage de verre de M. Eichmann qui a si bien servi dans les années 61-62 ? Et le rideau rouge cher à Guignol ?

On me fit descendre les marches qui menaient vers le box des accusés mais, à mon grand étonnement, on dépassa, les gris, la greige et moi, ce point stratégique pour aller jusqu'à une sorte de podium. Là où normalement, dans tout pays civilisé, siègent les juges.

En fait de juge, je me retrouvai seul derrière un bureau massif, juché sur une estrade, face à une salle bourrée à craquer et dont les projecteurs que j'avais dans les yeux m'avaient empêché, jusqu'ici, de mesurer la taille. Et de discerner si elle était vide ou pleine.

Pleine elle l'était, assurément.

On s'affaira quelques instants devant moi, disposant des

micros comme s'il en pleuvait et comme si j'étais là pour confesser mon crime à l'attention de toute la planète.

Puis le silence se fit. Puis le barbu conservateur prit la parole. En hébreu. Puis la greige se rapprocha de moi, pour traduire. C'était gentil de sa part.

— Il dit, dit-elle, qui vous êtes et pourquoi vous êtes là. Il explique, à présent, le long voyage que vous avez entrepris et comment il est le résultat d'une plus longue course encore que vous avez menée pour retrouver le Livre de vos ancêtres. Il précise que ce Livre, que vous détenez aujourd'hui, et que vous avez le droit de garder puisqu'il vous appartient, pourrait être le plus beau fleuron de l'exposition que notre musée va inaugurer dans quelques jours et qui sera consacrée à l'art micrographique. Il vous demande, enfin, si vous accepteriez de nous faire l'honneur de confier cette œuvre, mille fois précieuse et mille fois sainte, à notre musée. Elle vous sera restituée après la manifestation. Il s'y engage personnellement. Et vous remercie, par avance, de votre compréhension. Ainsi que le journal *Jerusalem-Post* qui a bien voulu organiser cette conférence de presse !... Maintenant, M. Steirn demande si vous pouvez montrer le Livre de M. Jules Sofer à l'ensemble de l'auditoire. Juste un instant !

On avait dû changer de film à mon insu !

On avait dû me balancer d'une histoire dans une autre sans rien me dire !

Moi qui, il y a quelques minutes encore, ne donnais pas cher de ma tête, voici qu'elle se trouvait mitraillée par les photographes, filmée par les télévisions et dévisagée comme celle du Prophète par les trois cents ou quatre cents personnes massées sur les gradins.

Ce serait peu dire que je n'en revenais pas ! J'étais ni

plus ni moins en orbite, nageant dans la stratosphère, narguant les satellites, satellisé moi-même, flottant dans l'éther comme un spoutnik sans gyroscope.

Je sortis le Livre de son sac de tissu et le donnai à la jeune femme greige, qui le tendit au conservateur Steirn, qui le fit circuler de main en main.

Les flashes crépitaient de toutes parts. Je pouvais suivre la progression de l'ouvrage à la traînée de « oh, ah, ouh !... » qu'il provoquait. J'étais vraiment sur un nuage.

Soudain j'aperçus les gris qui revenaient dans la salle par une porte latérale et qui poussaient devant eux une sorte de table roulante. Ils avançaient lentement, se dirigeant vers moi, et, lorsqu'ils furent au pied de la tribune, s'écartèrent à distance respectueuse.

Sur la table, que j'apercevais nettement en contrebas, soigneusement alignées les unes à côté des autres, se trouvaient une douzaine de plumes d'oie. Autant de bouteilles d'encre de Chine. Et des feuilles de papier à dessin. L'interprète greige me fit signe de me lever et de descendre pour rejoindre ce nouvel autel de ma consécration. Je ne voyais pas encore clairement ce que l'on voulait de moi mais, à coup sûr, je m'attendais au pire !

Tandis que je me déménageais, le conservateur avait repris la parole. Et la greige, de nouveau, traduisit.

— Il dit, cher monsieur Varal, que vous avez, vous aussi, le talent de votre arrière-grand-père Jules Sofer. Il le sait. On le lui a certifié. Aussi vous demande-t-il, pour lui et pour tout Israël qui vous regarde, pour les membres du conseil d'administration du musée qui se trouvent ici et pour tous nos amis journalistes étrangers, d'accepter de nous faire un dessin. Là. Tout de suite. Renouant ainsi avec la tradition des grands artistes micrographes auxquels vous êtes si extraordinairement apparenté.

Quand la coupe est pleine, il faut la boire, dit un proverbe auvergnat de par chez nous ! Et quand la farce est engagée, mieux vaut en suivre la plus grande pente ! Au point de folie où j'étais parvenu, je n'étais donc plus à quelques fantaisies près. Je me levai. Et me retrouvai assis à la table, une plume d'oie à la main, face à un auditoire électrisé par le suspense et qui ululait de plaisir anticipé.

Jouer les micrographes, je ne l'avais essayé qu'une fois : dans mon cahier. Ici, devant cet aréopage vrombissant, cela me paraissait carrément suicidaire.

Je remis une nouvelle fois mon âme à Dieu, choisis une feuille de Canson pas trop grande, une plume d'oie pas trop petite, débouchai un flacon d'encre de Chine, et commençai.

Un concert d'applaudissements crépita de haut en bas des gradins. Les photographes se précipitaient autour de moi comme des mouches attirées par la lumière. Et en quelques secondes, toute la salle bascula vers le bas de l'amphithéâtre pour voir de plus près ce que j'étais en train de faire.

Et ce que je fis, ô divine et inespérée surprise, c'était le portrait d'une jeune fille blonde, à la bouche ourlée, aux cheveux longs, au corps de liane et de sirène qui s'appelait Sarah et à laquelle je déclarais ma flamme en lettres d'un quart de millimètre de grandeur.

J'étais mûr pour entamer à mon tour la compilation de mes œuvres à l'intérieur d'une couverture de maroquin vert bronze !

*
**

Durant huit jours et huit nuits Claude fut le héros de Jérusalem.

Il donna des conférences à l'Université hébraïque de Givat Ram, visita le musée Rockefeller aux côtés d'un groupe de parlementaires de la Knesset, fut l'hôte de l'Agence juive, inaugura une stèle à l'hôpital Hadassah, donna un cocktail au palais des Nations.

On l'emmena ensuite visiter le pays : la mosquée d'Abraham à Hébron, l'université Ben Gourion à Beershéba, les ruines de Massada, les rives du Jourdain et du lac de Tibériade, les flots bleus de la mer Rouge, à Eilat. On le fêta à l'institut Weizman de Réhovot, l'ovationna au théâtre Habima de Tel-Aviv, écouta son histoire extraordinaire dans les salles magnifiques et bondées de l'université de Haïfa.

Huit jours et huit nuits de folie et de délire. Qui lui firent perdre le sens du temps. Celui des réalités. Et jusqu'à son identité. Il était Jules Sofer. A sa manière. Rien de moins.

Hélas ! Il ne revit pas Sarah.

*
**

Lorsqu'il arriva à Roissy, il était un peu plus de midi. Sa mère l'attendait à la sortie de la douane. Ils s'étreignirent longuement, l'un reniflant, l'autre pleurant, emmêlés comme deux racines, imbriqués comme les deux pièces d'un puzzle, soudés par l'amour et le bonheur.

— Alors, lui dit-elle, tu l'as ?

— Oui, répondit-il. Enfin presque !

Et de la poche de son veston, il tira le reçu du musée. Tandis qu'ils attendaient les bagages il apprit que Claire l'avait quitté. « Pour un certain de Grandvallet, tu connais ? » et que son fils était parti vivre en Allemagne : « Sûrement une histoire de cœur, tu ne crois pas ? »

Claude se réfugia dans les bras de sa mère. Et deux larmes grises coulèrent sur ses joues tannées par le soleil de la Terre promise.

Sur leurs talons, un Dupont la Joie qui poussait son chariot et revenait d'Eilat leur dit :

— Pouvez pas vous pousser, non ? C'est pas le Mur des Lamentations ici. On est en France, merde à la fin !

Oui, monsieur. Merde, à la fin.

Paris — Le Faulq
Novembre 1984 - février 1987

DU MÊME AUTEUR

Aux Éditions Albin Michel

Lettre ouverte aux fatigués

CHEZ D'AUTRES ÉDITEURS

Le Papanoïaque (Hachette)
Mytho et Mégalo vont sur un bateau (Hachette)
La Descente aux Affaires (Plon)
Les Petits Anars (Julliard)
L'Addition (Denoël)
La Tête enflée (Denoël)
Guide de l'homme seul en province (Tchou)

La composition
et l'impression de ce livre ont été effectuées
par l'imprimerie Aubin à Ligugé
pour les Éditions Albin Michel

AM

Achevé d'imprimer en avril 1987
N° d'édition 9781. N° d'impression L 23234
Dépôt légal, en avril 1987

Imprimé en France